U0113281

辛亥革命全景录　主编　金冲及

国家"十二五"规划
纪念辛亥革命100周年　重点图书项目

天南电光

——辛亥革命在云南

潘先林　张黎波　著

云南出版集团公司
云南人民出版社

图书在版编目 (CIP) 数据

天南电光:辛亥革命在云南 / 潘先林、张黎波著. —昆明:云南人民出版社,2011.10

ISBN 978-7-222-08396-7

Ⅰ.①天… Ⅱ.①潘… Ⅲ.①辛亥革命—史料—云南省 Ⅳ.①K257.06

中国版本图书馆 CIP 数据核字(2011)第 198624 号

责任编辑:刘大伟　程　静
装帧设计:徐　晖　杨晓东
责任校对:张　波
责任印制:洪中丽

书　名	天南电光——辛亥革命在云南
作　者	潘先林　张黎波　著
出　版	云南出版集团公司　云南人民出版社
发　行	云南人民出版社
社　址	昆明市环城西路 609 号
邮　编	650034
网　址	www.ynpph.com.cn
E-mail	rmszbs @ public. km. yn. cn
开　本	787 × 1092　1/16
印　张	17
字　数	250 千
版　次	2011 年 9 月第 1 版第 1 次印刷
印　刷	昆明市五华区教育委员会印刷厂
书　号	ISBN　978-7-222-08396-7
定　价	38.00 元

尊敬的读者:若你购买的我社图书存在印装质量问题,请与我社发行部联系调换。
发行部电话:(0871)4194864　4191604　4107628(邮购)

总　　序

席卷全国的辛亥革命，到现在整整100年了。

党的十五大报告指出："一个世纪以来，中国人民在前进道路上经历了三次历史性的巨大变化，产生了三位站在时代前列的伟大人物：孙中山、毛泽东、邓小平。"第一次历史性巨变是辛亥革命；第二次是中华人民共和国的成立和社会主义制度的建立；第三次是改革开放，为实现社会主义现代化而奋斗。这对辛亥革命是一个很高的评价，解决了辛亥革命的历史定位问题。

在过去很长时间里，人们对于辛亥革命的认识是不够的，往往讲它的消极和失败的方面比较多，讲它的历史意义和对中国历史的推进作用比较少。这有认识上的原因，也有时代的原因。曾经参加过辛亥革命的林伯渠同志于1941年在延安《解放日报》上写了一篇文章，其中讲道："对于许多未经过帝王之治的青年，辛亥革命的政治意义是常被过低估计的。这并不足怪，因为他们没看到推翻几千年因袭下来的专制政体是多么不易的一件事。"当年的青年现在如果还在世的话已经九十来岁了。林伯渠同志70年前讲这番话的时候尚且如此，今天的青年对辛亥革命的认识严重不够也就不难理解了。

时代的原因也很重要：辛亥革命虽然取得了很大成功，但并没有从根本上推翻帝国主义和封建势力的统治，中国半殖民地半封建的社会性质并没有改变，人民的悲惨境遇也没有改变。孙中山也总是强调"革命尚未成功，同志仍须努力"。所以在民主革命阶段，包括共产党人在内的先进人士着重强调的常常是辛亥革命并没有从根本上解决问题这一面，以鼓舞人们继续奋斗去夺取胜利。因此，以前对辛亥革命的不足方面讲得比较多是可以理解的。现在，已经过了100年，中国人民已经站立起来并且取得了伟大的胜利，回过头来看，我们自然可以对辛亥革命的历史功绩作出更冷静、更全面、更客观

1

的评价。

把辛亥革命看做是20世纪中国的第一次历史性巨变，它的主要历史功绩至少体现在以下三个方面。

一、辛亥革命开创了完全意义上的近代民族民主革命

这是党的十五大报告中对于辛亥革命的表述。但这句话似乎并没有引起人们足够的注意。说辛亥革命开创了完全意义上的近代民族民主革命，是说它在中华民族的历史发展上提出了新的目标。

近代以来，中华民族遭受到的苦难实在太深重了。中华民族在古代曾经创造过灿烂的文明，但是到近代却大大落后了。鸦片战争是中国近代历史的开端，因为从那时起，中国开始丧失作为一个独立国家拥有的完整主权和尊严，走上了听凭外国殖民者欺凌和摆布的半殖民地道路。此后，中华民族逐渐陷入苦难的深渊。当时，压在中国人心头的有两块巨石，一块是帝国主义的压迫，一块是清政府的反动腐朽统治。

在1894年至1895年的中日甲午战争中，中国战败并被迫签订《马关条约》。此后，民族危机空前加剧。亲历这场事变的革命前辈吴玉章同志在回忆录中写道："这真是空前未有的亡国条约！它使全中国都为之震动。从前我国还只是被西方大国打败过，现在竟被东方的小国打败了，而且失败得那样惨，条约又订得那样苛，这是多么大的耻辱啊！……我还记得甲午战败的消息传到我家乡的时候，我和我的二哥曾经痛哭不止……我们当时悲痛之深，实非言语所能表述。"可见甲午战争对中国人的震动和影响之大。

但事情的发展远没有到此为止。1897年冬，德国出兵强租胶州湾，自此各国纷纷在中国强租领土，划分势力范围。1900年，八国联军入侵中国，世界上几乎所有帝国主义国家联合起来，共同向一个国家发动战争，这在历史上还是第一次。此后，八国联军占领中国的首都——北京长达一年之久，并实行分区管制，居民要分别悬挂占领国的国旗。这种耻辱，不能不深深刺痛中国人的心。90年后邓小平同志还谈道："我是一个中国人，懂得外国侵略中国的历史。当我听到西方七国首脑会议决定要制裁中国，马上就联想到一九〇〇年八国联军侵略中国的历史。七国中除加拿大外，其他六国再加上沙

俄和奥地利就是当年组织联军的八个国家。要懂得些中国历史，这是中国发展的一个精神动力。"接下来的1904年至1905年，日本和沙俄为了争夺在华利益，在中国东北进行了一场日俄战争，给中国人民带来巨大灾难。中朝两国历来唇齿相依，唇亡齿寒。1910年，日本正式吞并朝鲜，又给了中国人很大的刺激。中华民族已到了濒临灭亡的边缘。

长期以来，清政府以"天朝大国"自居，许多国人盲目自大、安于现状。即便鸦片战争后，中国已开始沦为半殖民地，但一般人的认识还很不足，危机意识不强。1894年甲午战争前夜，郑观应在其名著《盛世危言》中看到"时势又变，屏藩尽撤，强邻日逼"的严重局面，觉得需要危言耸听地提出一系列改革主张，但是在书名中一定要加上"盛世"两字，不敢说已是"衰世"，不然受到的压力就太大了。1894年，孙中山成立了兴中会，第一次提出了"振兴中华"的口号。第二年，改良派的严复写了一篇《救亡决论》，最先喊出"救亡"的口号。陈天华在《警世钟》中说"要革命的，这时可以革了，过了这时没有命了"，反映出当时中国人那种焦虑和急迫的心情。

我们再来看看清政府的状况。八国联军入侵中国后，流亡西安的清政府发出一道上谕，宣称要"量中华之物力，结与国之欢心"。此时的清政府已俨然成为一个"洋人的朝廷"。清政府还是一个极端专制的政府。在民怨沸腾、革命高潮日益逼近之际，清政府于1908年颁布的《钦定宪法大纲》的第一条就是："大清皇帝统治大清帝国，万世一系，永永尊戴。"它还规定国家颁布法律、召开议会、调集军队、对外宣战、签订条约等权力都集中在君主手中，特别强调"宣战、讲和、订立条约及派遣使臣与认受使臣之权。国交之事，由君上亲裁，不付议院议决"。可见，即使已到了穷途末路，清政府依然坚持那种极端专制的制度。甲午战争前，清政府每年的财政收入大体在白银八千万两。而甲午战争失败后向日本的赔款就达两亿三千万两白银，加上分期缴付所需利息，相当于三年的全部财政收入。《辛丑条约》按照人均一两白银的标准，规定中国向列强赔款四亿五千万两。这些钱从哪里来？一方面，清政府大量举借外债，这大大加深了对列强的依赖；另一方面，只能加重税收、加紧搜刮国民。至宣统三年，国家的财政收入猛增到三亿两白银。当然，这不是生产发展而只能是加紧剥削的结果。

如何改变这样的危局？中国的出路在何方？太平天国运动、义和团运动、维新变法等许多尝试最终都以失败告终。此时，以孙中山为代表的资产阶级革命派登上了历史舞台。他不仅首先提出了"振兴中华"的口号，而且组建成立了同盟会，提出了"民族、民权、民生"三大主义。也就是要实现民族独立、民主政治、民生幸福，并且要通过革命的手段来实现。这在当时是最进步的思想，反映了时代的要求和人民的愿望。所以，毛泽东同志说过："中国反帝反封建的资产阶级民主革命，正规地说起来，是从孙中山先生开始的"。尽管孙中山的思想中有着空想的成分，并没有找到实现这些目标的具体道路，但这些目标的提出毕竟激励了不止一代的中国人为之奋斗。辛亥革命没有完成这个任务，但它的历史功绩是不可磨灭的。正是在这个意义上，我们一直把自己看做是孙中山先生开创的革命事业的继承者。

二、辛亥革命推翻了统治中国几千年的君主专制制度

中国在君主专制政体统治下经历过几千年的漫长岁月。这是一个沉重得可怕的历史重担。多少年来，人们从幼年起，头脑中就不断被灌输"三纲五常"这一套封建伦理观念，把它看成万古不变的天经地义。"国不可一日无君"。中国君主专制制度的经济基础是封建土地制度，而君主专制制度反过来又从政治上保障维护了封建土地制度。君主仿佛代表天意，站在封建等级制度的顶巅。《红楼梦》里的王熙凤有一句名言："舍得一身剐，敢把皇帝拉下马。"可见在那个时候，谁要是想"把皇帝拉下马"，就得要有"舍得一身剐"的勇气，一般人是连想都不敢想的。而辛亥革命砍掉了皇帝这个封建社会的"头"，整个旧秩序就全乱了套。从此以后，从北洋军阀到蒋介石南京政府，像走马灯那样一个接一个登场，旧社会势力却再也建立不起一个统一的比较稳定的政治秩序来。这样的状况和辛亥革命以前显然不同。

有人评价辛亥革命导致了中国军阀割据，社会更加混乱。似乎革命徒然造成社会的混乱，妨碍了中国现代化的实现。这其实是一种目光短浅的看法。实际上，辛亥革命将清政府打倒后，旧势力只能靠赤裸裸的野蛮的军事统治，显然这是无法持久的。而且，军阀混战使旧统治势力四分五裂，也有利于以后人民革命的开展。所以尽管军阀混战对中国人民的伤害极大，但如果从稍

长时段的历史眼光来看，这种动荡和阵痛是社会转型期常需经历的过程。可以说，辛亥革命在这方面正给以后中国人民革命的胜利打开了道路。

三、辛亥革命带来了民主意识的高涨和思想的大解放

民主意识就是指国民对自己在国家中所处地位的认识。在封建君主专制的社会里，一切都是皇帝"乾纲独断"，老百姓根本谈不上有对国家建议和管理的权力。戊戌变法前的"公车上书"当时在全国引起很大震动，但上书的都是有功名的举人，并且由于都察院拒绝代递，所上之书也没有能送达朝廷。辛亥革命后，临时政府公布了《中华民国临时约法》，孙中山特别提出要写上"中华民国之主权属于国民全体"，这是他最看重的一点。虽然中华民国并没有给人民带来当家作主的现实，但民众的心理发生了很大变化，觉得自己是国家的主人了。民国成立后，各种政治团体纷纷成立，报纸杂志空前活跃，群众活动多了。可以这样说，没有辛亥革命就没有五四运动，因为如果没有辛亥革命创造的这种社会氛围和民众心理状态，五四运动很难发生。另一点是思想的解放，辛亥革命将过去被看得至高无上的皇帝推翻了，连皇帝都可以打倒，那么，还有什么陈腐的过时的东西不能怀疑、不能推倒呢？陈独秀在《新青年》写了一篇《偶像破坏论》说："其实君主也是一种偶像，它本身并没有什么神奇出众的作用，全靠众人迷信他，尊崇他，才能够号令全国，称作元首。一旦亡了国……比寻常人还要可怜。"五四运动时期对许多旧事物的怀疑和批判，同辛亥革命带来的思想解放有很大关系。

从近代历史上说，太平天国洪秀全做了天王，实际上还是皇帝；戊戌变法是想靠一个好皇帝来实现；义和团运动打的还是"扶清灭洋"的旗号。从世界范围来说，世界大国实行共和政体的只有美国和法国，其他的都不是共和政体。辛亥革命在中国建立了共和政体，这件事不能小看。当然，我们还要看到，以孙中山为代表的资产阶级革命派也有严重的弱点和不足。为什么辛亥革命这样一场全国规模的革命运动，并不能改变中国半殖民地半封建的社会性质和人民的悲惨境遇？第一，它没有一个明确的反帝反封建的革命纲领，对帝国主义和封建主义都没有足够的认识，许多人认为推翻清政府后革命就成功了，失去继续前进的方向和动力，妥协心理上升为主流，导致革命

半途而废。第二，它没有广泛地发动并依靠群众，特别是占中国人口绝大多数的工农大众。辛亥革命的主干力量是受过近代教育的爱国青年。他们在会党和新军中做了许多工作，开展了有力的革命宣传，博得了相当广泛的同情。这是武昌起义后能够迅速得到多数省响应的重要原因。它在一定程度上发动了群众，所以能取得一定的成功。但它并没有能依靠和发动占中国人口绝大多数的劳动群众，特别是在农村没有一个大变动。而没有中国最广大的农民参加和支持，在强大的帝国主义和封建势力面前就觉得自己势单力孤而易于妥协，这是它失败的重要根源。第三，同盟会是一个相当松散的组织，成员复杂，当革命取得初步胜利后，内部就四分五裂，无法形成一个把革命推向前进的坚强核心。归纳起来就是一句话，没有一个能提出科学的明确的革命纲领、能依靠和发动最大多数群众、由有共同理想和严格纪律的先进分子组成的坚强有力的党。因此，尽管辛亥革命取得了那么大的成绩，但仍没有解决根本问题。这也促使许多投身过这场革命或受到它影响的爱国者不能不严肃地重新思考国家社会的许多根本问题，寻找新的出路。

走了第一步，就会有第二步和第三步。辛亥革命的胜利和失败，从正反两个方面，为五四运动的兴起，为马克思主义在中国的传播，直到中国共产党的建立，准备了重要的条件。

历史事件是一步一步走的。中国的近代史就好像接力跑一样，后来的人以前面跑到的地方作为起点，接棒，然后又远远地跑到前一个人的前面去。从辛亥革命到中国共产党的建立这10年的历史，是不断探索、不断在矛盾中前进的历史。它留下的经验教训，不仅使我们了解共产党建立的必然性，而且对我们今天仍有重要的启示。

对辛亥革命的研究，已经取得众所公认的突出成绩。但有一个问题仍是很值得注意的：中国版图辽阔，人口众多，情况复杂多样。各个地区的自然环境、社会结构、文化传统、风俗习尚等等，都有很大的差异。辛亥革命是一场全国规模的革命运动，它的发展在各个地区并不是以同一模式再演。共同性和差异性同时存在，这在研究中国各个时期历史时都需要重视，对辛亥革命的研究也是如此。如果目光只集中在少数最引人注目的地区，很容易有简单化的缺陷，不足以完整地表现出这场革命的全貌，也难以看清这场革命在整个中国造成怎样的历史性巨大变化。

分省研究还有一个好处，就是便于比较。这部丛书的内容几乎涵盖了全国绝大多数省区。中国各地的情况复杂多样，丛书各卷分别对这些省在辛亥革命前的社会状况、哪些社会力量发动了当地的革命、清朝疆吏是如何应对的、革命引起了哪些巨大的社会变化、旧社会势力怎样反扑等等，都有相当详细的描述和分析。这就便于进行比较研究：从相同的地方可以加深对这场革命共同规律的理解，从不同的地方又可以看到各个地区的不同特点，这就是中国的实际国情。不作这种比较，既难更深入地把握住这场革命的发展规律，也难以看到各个不同地区的特点。所以，这项工作对推进辛亥革命研究走向深入有着不可替代的作用。这是我长期以来一直期待着的。

但是，要进行这样全国性的大协作谈何容易。我很钦佩人民出版社和各省人民出版社有这样的眼光，下决心齐心合力来从事这项巨大工程。由人民出版社和17家地方人民出版社共同策划并组织出版的这套《辛亥革命全景录》丛书，在新闻出版总署支持下，列入国家"十二五"规划重点出版项目。其中，《共和大业——聚焦1911》作为综合卷，总述辛亥革命的全过程；地方卷几乎每省一册（《直隶惊雷——辛亥革命在京津冀》包括了今天的两市一省）。这样，便全方位地概述了辛亥革命在各地的发展（可惜缺少了新疆、广西、福建和东北）。

承担了这项任务的出版社都把这项工作放在十分重要的地位，各社社长担任丛书的编委会委员，亲自抓，称为"社长工程"。编委会先后召开三次编辑工作会议，确定：作为历史性纪实丛书，内容必须真实、准确，不得虚构；图文并茂，注意可读性；还制订了丛书的装帧设计方案和印刷技术标准等。

丛书作者都是年富力强、学有专长的本地学者。书稿重点突出地方特色，对辛亥革命中的全局性活动及跨界活动，不写或只作简单的交代。由本地学者写本地事件，有许多优点：史料搜集相对较易，除充分使用现存的文学资料外，作者还亲历有关历史遗迹，走访当事人及其后代，收集整理了不少口述史料，经认真考证后使用，使本书提供了较多新的资料。为了做到图文并茂，责任编辑协助作者查阅大量档案资料，找到不少以往鲜为人知的珍贵历史图片，为丛书增色不少。

　　总之，这是一部集体努力的产物，必须归功于人民出版社、各省人民出版社和当地专家学者。我所做的工作很少很少，由出版社邀约而承担了主编的名义，主要是表示对这项很有意义的工作支持和能够顺利完成的兴奋。我很希望各界学者能够充分利用这部丛书的成果，并且指出它的不足之处，以便把辛亥革命研究更有力地推向前进！

目录

CONTENTS

前　言

一

时光飞逝，今年是辛亥革命一百周年纪念。

百年来，全国各阶层、各党派、各团体几乎每年都要纪念辛亥革命。由于时代的变迁、社会的发展，人们对辛亥革命的纪念，也就不断地被赋予新的内容、新的主题和新的精神。1921 年，梁启超在辛亥革命十周年纪念时说："辛亥革命有什么意义呢？简单说：一面是现代中国人自觉的结果。一面是将来中国人自发的凭借。自觉，觉些甚么呢？第一件叫做民族精神的自觉，第二件叫做民主精神的自觉。"

这是永恒的主题。

时至今日，为什么要纪念辛亥革命？专家指出，答案很多：铭记革命的重大意义，继承先烈的革命精神，还原历史的真相，反思革命的得与失，两岸团圆的渴望，唤起人们警醒社会各种弊病，等等。其中一个相当重要的内容，就是"传承历史记忆与民族精神，延续国脉"。

对于云南辛亥起义，蔡锷曾评价说："云南反正，继湘、鄂之后援，倡黔、粤之先声，西南大局，视此为转移，影响民国，至为伟大。"1912 年"重九"起义纪念日，云南举行了盛况空前的纪念活动。政府宣布放假三天，省城各机关、学校、团体举行各种庆祝仪式。各大街口及公共场所，都扎青松毛、柏枝牌坊。市民自制彩灯挂在门上，学生们举行提灯会，列队游行。此后每年都有纪念，报刊上也有不少纪念文章发表。新中国成立后，1959 年，中国科学院历史研究所第三所编辑出版了《云南贵州辛亥革命资料》。1961 年 10 月，为纪念辛亥革命五十周年，朱德元帅撰写了《辛亥革命回忆》

一文，充分肯定了辛亥革命作为资产阶级民族民主革命运动的进步意义，回忆了自己参加云南辛亥起义的全过程。10月7日，创作了《辛亥革命杂咏》八首，其中四首讴歌了云南辛亥起义：

云南起义是重阳，下定决心援武昌。
经过多时诸运动，功成一夜好开场。

生擒总督李经羲，丧失人心莫敢支。
只要投降即免死，出滇礼送亦宜之。

靳逃钟死人称快，举出都督是蔡锷。
五华山上树红旗，出师两路援川鄂。

忆曾率队到宜宾，高举红旗援弟兄。
前军达到自流井，已报成都敌肃清。

《辛亥革命杂咏》

"靳"指清朝云南督练公所总参议靳云鹏，"钟"指陆军第十九镇统制（师长）钟麟同，"红旗"指援川滇军的旗帜和头戴红边帽。朱德元帅的评价，较长时间内成为纪念和研究云南辛亥革命的指导思想。

1981年，辛亥革命七十周年纪念，云南省政协文史资料委员会编《云南文史资料选辑》第15辑——《纪念辛亥革命七十周年》，谢本书、荆德新等编《云南辛亥革命资料》，掀起了研究云南辛亥革命的热潮。1982年，云南省政协文史资料委员会编《云南文史资料选辑》第17辑——《云南辛亥革命资料选编》。1991年，辛亥革命八十周年纪念，全国政协文史资料委员会编《辛亥革命在各地——纪念辛亥革命八十周年》，云南省政协文史资料委员会编《云南文史资料选辑》第41辑——《辛亥革命在云南》。云南省史学会、云南省中国近代史研究会组织编写了《云南辛亥革命史》，1993年，谢本书等编写了《云南近代史》，署《云南近代史》编写组，云南辛亥革命史的研究达到了新的高度。2001年，辛亥革命九十周年纪念，云南省政协文史资料委员会编《云南文史资料选辑》第58辑——《重九风云》，收录了一批回忆资料。

亲历者的回忆和前辈专家学者的研究，成绩显著，提供了大量宝贵的资料。他们认为，昆明"重九"起义"可与辛亥武昌起义媲美"。"云南省城起义，是除首义的湖北以外，独立各省革命党人组织的省城起义中，战斗最激烈、代价也最巨大的一次"。他们总结云南辛亥革命的特点：第一，起义是同盟会直接领导的。第二，武装夺取政权。第三，革命旗帜鲜明。第四，领导人是爱国民主主义者。第五，改革初见成效。第六，为支援邻省作出了贡献。"重九"起义后新成立的云南军政府也存在软弱性和若干缺点错误：第一，唐继尧入黔对革命派的屠杀。第二，对帝国主义和封建势力的代理人袁世凯抱有幻想。第三，在改革中没有涉及土地问题。

胡绳先生则强调说，云南的资产阶级革命派和立宪派合作地进行了起义，但革命派没有掌握领导权。滇西的腾越起义建立了以资产阶级革命派为主的政权，但云南独立后，当权的是立宪派，云南军政府并吞了革命派的滇西军政府。在省外，派兵消灭了贵州的革命派势力，又派兵到川西南扫荡下层群众的"同志军"力量，希望能开辟一个立宪派的天下。但是，与蔡锷合作组织起义的团营级军官和云南陆军讲武堂教官，多半并不具有资产阶级民主革命思想和立场，他们一般地与同盟会脱离关系，有的人在革命后掌握军权，成了代表反动势力的军阀。如代表旧势力的实力派唐继尧就是套上革命外衣的封建军阀。他们迅速地利用局势，迫使蔡锷离开云南，夺取了立宪派的领导权。

时代在变迁，从今天的角度看，上述观点受政治立场的影响较大，阶级分析方法明显而略呈机械，某些评价并不客观且略为脱离现实。我们编写本书，除充分吸取前人的研究成果和资料外，计划提出以下三个方面的认识：

其一，在推翻清王朝的统治特别是建立巩固的新政权方面，云南立宪派士绅及一部分旧官僚起了很大的作用。起义军占领昆明后，蔡锷等人以军政府总司令处的名义，致电谘议局："惟是破坏之责，锷等已尽，而建设之任，专在诸公。"谘议局复电表示竭力维护，以勤成功。并致电全省各府、厅、州、县官吏及自治公所，约定十条，要求照办。这对稳定局势，促成全省各地响应昆明起义、新兴政权大汉云南军都督府的成立起了重要作用。双方建立起了良好的军、绅关系，"互相赞助"，没有出现攘夺权力等纷争，这在辛亥革命时期响应独立的省份中是不多见的。朱德元帅曾将民国初年云南大放异彩的原因总结为两方面：一是坚持同盟会和立宪派的统一战线；二是依赖群众。在新政权中，旧官僚和立宪派士绅占据了重要的位置，成为社会稳定的重要因素。在参议院，由都督蔡锷选择素孚名望及旧官僚中"卓有政声"者23人充任参议官，希望凭借这些"老成硕彦"的声望，减少新政府的改革阻力。在军政部，总长李根源极力延引政治知识与经验丰富的旧官僚和士绅担任要职。云南立宪派士绅与旧官僚以积极的姿态融入民国，客观上造成了民国初年云南较为宽松的政治、思想环境。

其二，云南辛亥革命推动了中国早期现代化的发展。我们认为，中国早期现代化历程中最主要的现象，一是"中心"（中国内地）与"边陲"（边疆少数民族地区）之间非常松弛隔绝的关系（天高皇帝远）变为双方打通而密接的关系，二是近代以来边疆少数民族的国家认同意识及其发展。云南辛亥革命的爆发，是清末以来西南边疆早期现代化显著成就的结果，如留日学生、编练新军、陆军讲武堂、昆明开埠、滇越铁路等。辛亥革命后，云南军都督府没有将眼光局限在云南，而是放眼全国，积极参与国家的政治、军事活动。先后派兵"援川"、"援黔"和"援藏"，为支援全国革命、推翻清王朝的统治、维护国家统一、保卫国家安全作出了重大贡献。这一系列的军事、政治活动，加强了云南边陲与中国内地打通而密接关系的发展，增强了边疆少数民族的国家认同，推动了中国早期现代化的发展。

其三，民国初年的云南，是一个充满信心而奋发改革的地区。云南军都督府成立后，各级领导人大多是30岁左右的青年，他们刚从各类学校毕业，在军中服役，没有沾染上晚清政府的官僚作风和各种陈规陋习，"恰同学少年"，生龙活虎，意气风发，给昆明政坛带来了一股清新的空气。云南军都督府进行了一系列现代化改革，内容涉及内政、财政、教育、实业和交通等方面，成效显著。都督蔡锷廉洁节俭，公正严明，坚韧勤奋。他裁减薪金，将自己的薪俸从600两（元）减为60元。下令禁止公务员在休息日以外请客宴会，避免成为"征逐酒食者"。设置军都督府政务会议，进行公文改革，制定文官考试制度，规定各机关、商铺作息时间，等等。朱德元帅回忆说："当时的云南已呈现出一种新的面貌。"真可谓万众一心，同心同德，整个社会呈现出一派生机勃勃的新气象。

本书书名解题。本书名为《天南电光——辛亥革命在云南》，天南，指南方，这里指云南，点明云南距中国内地政治中心之遥远。《云南会城护国门碑记》称："天南一隅，捬挂中原"；周钟嶽先生编有《天南电光集》，汇集"重九"起义后云南军都督府的来往交涉文电；尹明德先生著有《天南片羽》，记载1930年考察滇西界务的资料；民国初年云南同盟会机关报名《天南日报》，另有天南中学、天南戏园等。此外，又有称"南天"的。李烈钧将军有诗云"昔年鼙鼓震南天"，传蔡锷去世后小凤仙寄挽联称"万里南天鹏翼"，电影故事片《知音》主题曲有"将军拔剑南天起"句等。我们理解，凡是站在云南的地理位置或角度，从云南看万里之外的京师与中原内地，就称自己为"天南"；凡是站在京师与中原内地的地理位置或角度，从内地看万里之外的云南，就称其为"南天"。虽非绝对，但大略如是。电光，周钟嶽先生的书中指"电文"，这里指强烈的光泽，耀眼耐久。比喻辛亥革命云南起义犹如一道明亮的闪电，划过长空，震动天下，光耀千秋。另外书中标题，"闯进大门的陌生人"，语自美国学者魏斐德著、王小荷译《大门口的陌生人：1839～1861年间华南的社会动乱》（中国社会科学出版社1988年8月版）；"有声来自西南"，语自唐继尧为昆明《义声日报》的题词；"滇军精锐冠于全国"，语自赵钟奇《护国运动的回忆》（载《近代史资料》1957年第5期），据称是蔡锷的评价。

本书的编写，吸取了前人的大量研究成果，由于受体例的限制，不能在书稿中一一注明，只能在书后附以"主要参考文献"，以资检索。若有遗漏，敬请前辈学者和同行专家谅解。书中所附图片，也以历史资料图片为主，未能一一注明来源，敬请社会各界人士和读者谅解。本书编写过程中，云南大学的林超民教授领导并参加了撰写提纲的拟定和讨论，我们作了最大程度的吸纳，力图有所发扬。承蒙云南人民出版社刘大伟社长的关心和帮助，笔者得以赴江西井冈山参加全国人民出版社关于《辛亥革命全景录》撰写提纲的讨论会，吸取了与会各人民出版社各级领导和有关专家的宝贵意见。云南人民出版社刘大伟社长和历史读物编辑部的赵石定主任、张波副主任多次就本书的撰写提纲提出了宝贵的修改意见，并多次审定了初稿。写作过程中，还得到云南大学陆韧教授、云南师范大学周智生教授的帮助，在此一并致以衷心的感谢。

本书稿撰写分工如下：潘先林承担《前言》及第一、二、三、六、七章，第五章第一节；云南大学中国边疆学专业西南边疆史方向博士研究生张黎波承担第四、五章，第六章第一节，主要参考文献整理及图片收集。全书由潘先林统一定稿。编写过程中，作者尽可能做到"详人之所略、略人之所详"的写作原则。但由于时间仓促，加上作者学识水平所限，讹误之处在所难免，敬请有关专家学者和社会各界人士批评指正。

二

清宣统三年十月二十（公元 1911 年 12 月 10 日），寒风凛冽，风雨交作。在云南东北部昭通通往四川的崎岖山路上，一支"头戴红边边（红色的军帽帽缘），身穿二尺五"，肩扛德国克虏伯六八步枪的军队在艰难地行进。队列中有骑兵、炮兵和机关枪队，装备精良。官兵们斗志昂扬，精神饱满。他们是辛亥昆明"重九"起义后成立的云南军都督府派出的"援川军"第一梯团，目标是金沙江对岸的四川叙府（今宜宾市），任务是取道四川进入陕西和甘肃，钳制清廷左臂，支援辛亥革命在全国的发展。

云南陆军步兵

民国元年正月初三（公元 1912 年 2 月 20 日），北风呼啸，雨雪载途，又有一只装束和装备基本相同的军队行进在云南东部通往贵州安顺的道路上，队伍前面的旗帜上大书"不平胡虏，请勿生还"八个大字。他们是云南军都督府派出的北伐军，目标是取道贵州直指重庆，与援川军会合，任务是循长江东下，支援首义的湖北军政府，参加南方民军的北伐，推翻清王朝的统治。

云南陆军炮兵

云南陆军骑兵

云南陆军机关枪兵

云南陆军工兵

云南陆军宪兵

同年，七月初八（8月20日），晴空万里，骄阳如火，又有一只军队兵分两路，行进在云南西北部丽江经维西和中甸进入藏区的道路上，他们是云南军政府派出的西征军，目标是川边藏区的盐井，任务是援助四川军政府派出的军队，平定藏区的武装暴乱，抵御英国对西藏的侵略，维护国家的统一。

云南军队在短时间内的一系列军事行动，引起了大江南北甚至国外的广泛注目，在有关国家命运的政治和军事活动，在保卫边疆安全、维护国家统一中，首次发出了"西南"的强劲声音，时人称其为影响深远的"西南政策"。

僻处边远，长期被中原内地人士视为"化外"和"蛮荒之地"的云南，何以有此非同寻常的表现？这还要从震动天下、光耀千秋的云南辛亥革命谈起。

第一章　闯进大门的陌生人

Chuang jin damen de moshengren

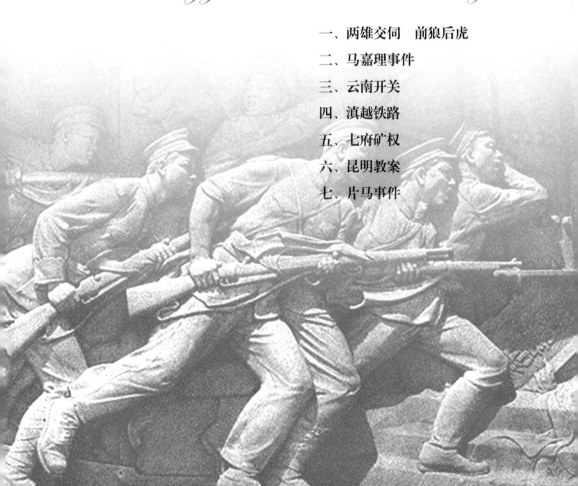

一、两雄交伺　前狼后虎

1900 年（清光绪二十六年）4 月 16 日，在云南东部曲靖府宣威县城外崎岖的乡村小路上，几个身材高大、金发碧眼、身背武器的外国人正在追赶五六个四散而逃、身材瘦小、脑后拖着辫子的中国人。他们抓住了一个动作慢的，"好好地揍了一顿"。之后又开始四处寻找，并在一个水沟里抓住了另一个中国人，打得他"满身泥水，多处受伤，鼻子淌血"，跪下向他们求饶。

这是英国远东局局长戴维斯少校及其随员，受英国政府派遣考察修建滇缅铁路的可行性。他们在 1894 年至 1900 年间先后四次到云南徒步调查，经过宣威时，因为坐在路旁的当地人在他们走过时叫了一声"洋鬼子"，于是就发生了这充满暴力和血腥的一幕。戴维斯等人显然认为被称做"洋鬼子"受到了侮辱，而当地人可能因为无知，也可能是"陌生"或者是文化差异才会这样称呼，并没有故意的侮辱。问题的关键是，对于这些居住在云南腹地的当地人来说，这些"陌生人"是怎么闯进自己祖祖辈辈生活的家园？他们为什么如此横行霸道，"理直气壮"？又是

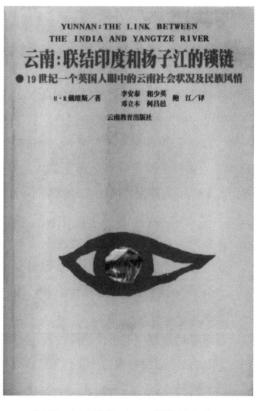

英国远东局局长 H．R 戴维斯少校
调查云南的图书

谁赋予他们这样的"权力"？这就要从19世纪中叶以来西方殖民主义国家对云南的侵略和清王朝的腐朽统治说起。

云南地接东南亚，是我国的西南门户。自古以来，中国与东南亚有着长期友好的关系和多方面的密切联系。紧邻云南的缅甸和老挝，元、明、清时期均与中央王朝建立起稳定的"朝贡"、"入贡"关系，中央王朝承认或赐予其民族上层"国王"、"土司"等封号。越南中北部自秦汉以来，长期处于中央王朝的行政管辖之下，北宋时期正式确立了两国间延续近千年的藩属朝贡关系。在西方资本主义入侵以前，东亚地区长期处在这种以中国为中心的地域性国际关系体系之中，称为"东亚朝贡秩序"。但英、法的入侵打破了这一体系，中国与东南亚国家先后被卷入以西欧为中心的近代国际秩序体系之中。

18世纪末19世纪初，西方资本主义国家为了争夺原料和市场，夺取殖民地，在远东地区展开了激烈的争夺。英国殖民主义者于1786年和1819年先后占领槟榔屿和新加坡，1824年取得马六甲。该年3月，英国发动了蓄谋已久的第一次英缅战争，正式向缅甸宣战。入侵英军兵分三路，第一路沿布拉马普特拉河侵入阿萨姆，第二路进攻阿拉干，第三路从海上逼近下缅甸。在阿萨姆，缅甸军队与英军展开激战，使英军付出了沉重的代价，但英军于1825年1月占领了阿萨姆首府朗普尔。在阿拉干一线，缅甸军队主动出击，给入侵英军以沉重打击。后因仰光沦陷，缅甸军队奉命回师缅甸南部地区，英军于1825年3月攻占阿拉干首府末罗汉，占领阿拉干全境。在伊洛瓦底江流域，英国海军乘缅甸沿海兵力空虚，于1824年5月占领仰光及马都八、土瓦、丹老、勃固等沿海城镇，从南面威胁到缅甸中心地区。该年底，缅甸军队向仰光英军发起进攻，经过几次战斗，缅军失利。英军向北进攻，于1825年4月占领达柳漂和卑谬等重镇。10月，缅甸军队再次集中兵力，向集中在卑谬的英军发动进攻，但很快遭到失败。英军沿伊洛瓦底江北上，长驱直入，于1826年1月占领敏巫和仁安羌，2月占领缅甸古都蒲甘，进抵距缅甸首都只有一日程的扬达波。缅甸封建王朝完全丧失了继续抵抗的信心，于2月与英国正式签订了丧权辱国的《扬达波条约》，将阿拉干和丹那沙林割让给英国。

1852 年 4 月，英印当局不宣而战，发动了第二次英缅战争。英国和印度的陆军、海军在仰光登陆，打垮了缅军的抵抗，占领仰光。5 月占领马都八和勃固，10 月攻占卑谬并占领了第悦茂以南的整个下缅甸。该年底，英国单方面宣布吞并下缅甸。此后，英国不断将侵略势力向上缅甸扩张。

1885 年 11 月，英国正式向缅甸宣战，发动了第三次英缅战争。侵略军从上、下缅甸交界处的第悦茂出发，侵入上缅甸地区，在敏拉要塞打垮缅军的抵抗，北上占领敏养，兵临曼德勒城下。缅王锡袍向英军投降，缅甸最后一个封建王朝雍籍牙王朝的统治结束。1886 年 1 月 1 日，英印政府根据英国政府的指示，公布了吞并整个缅甸的决定，缅甸成为英属印度的一个省。

当英国吞并下缅甸时，清政府没有向英国提出缅甸是清廷朝贡国的声明，第三次英缅战争爆发后，清廷驻英国公使曾纪泽才向英国外交部提出抗议。英国则采取欺骗愚弄的手段，作出三项虚假许诺。1886 年 7 月 24 日中英两国签订《中英缅甸条款》，清廷承认英国对缅甸的占领和统治，答应由中英两国派员勘定中缅边界。

18 世纪末，法国殖民主义者把越南作为它在东方的主要掠夺目标，加紧了对越南的侵略。1857 年，法国派舰队强行登陆，占领了土伦港。1858 年法国联合西班牙发动大规模的侵越战争，占领了西贡，并以此为基地向四周扩张。1861 进攻越南南圻，相继占领嘉定、定祥、边和等省。1862 年，法国强迫越南阮氏王朝签订了第一次《西贡条约》，割让嘉定、定祥、边和三省及昆仑岛。1863 年，法国强迫柬埔寨脱离越南的保护。1867 年，法国宣布吞并永隆、昭笃、河仙三省，占领了整个南圻，从而控制了湄公河三角洲。此后，法国开始大举进攻越南北方，同时派出"探险队"探测湄公河的上游澜沧江和红河。1873 年 11 月，法军进攻河内，此后接连攻陷海阳、宁平、南定等城。1874 年 3 月，法国与越南签订了第二次《西贡条约》，越南承认受法国保护，承认法国在南圻嘉定、定祥、边和、永隆、昭笃、河仙等地享有充分的主权，开放红河与河内、海防、归仁三港。1882 年 3 月，法国派出远征军进攻越南北圻，5 月占领河内，1883 年 3 月侵入南定。8 月，法军向越南封建王朝的首都顺化发动进攻，阮氏王朝被迫与法国签订了第一次《顺化条约》，规定法国对越南有保护权，越南的一切外交事务由法国控制，割让平顺省给法国。1884 年 6 月,法国以修约为名,强迫越南签订了第二次《顺化条约》,承认法国对越南的保护权。至此,法国实现了对越南的全部占领,越南成为法国的殖民地。1887 年,法国把柬埔寨、老挝和越南合并为"印度支那联邦",由驻西贡的法国总督进行统治。

在吞并越南的同时,法国挑起了 1883～1885 年的中法战争。早在 1874 年 3 月第二次《西贡条约》签订后,越南阮氏王朝先后两次派遣使团前往中国,要求中国援助越南抵抗法国的侵略,以尽宗主国的义务。清王朝一面下令驻英、法、俄三国公使曾纪泽不断向法国外交部提出抗议,一面于 1881 年底和 1882 年初派出广西桂军和云南滇军两支军队进驻越南北圻,同时支持刘永福黑旗军的抗法斗争。1883 年 12 月至 1884 年 3 月,清军与法军之间爆发了西山、北宁之战,清军失败。5 月,李鸿章与法国签订了《中法会议简明条款》,承认法国占领全部越南,放弃了对越南的宗主权。此后法军向驻守在越南谅山附近的清军发动进攻,法国海军向中国的台湾基隆、福建福州、浙江镇海等地发动进攻,摧毁了福建海军和福州造船厂。清政府被迫向法国宣战,中法战争正式爆发。1884 年底至 1885 年 3 月,清军从陆路向越南北圻的法国发动进攻,西路桂军在老将冯子材率领下取得了镇南关大捷,东线滇军取得了临洮大捷,法国政府茹费里内阁倒台。6 月,李鸿章与法国公使巴德诺在天津签订《中法会订越南条约》,双方撤兵,中法战争结束。清政府承认越南是法国的保护国,签约画押六个月内中法双方勘定边界。

英国侵入缅甸,其目的是计划开辟印度、缅甸到云南的交通,打开通往中国西部各富庶省份的"一扇后门",把云南看做是"联结印度和扬子江(长江)的锁链"。法国入侵越南,计划"在交趾支那建立一个法国的殖民地",同时建设一条到达中国中部的商道,以获取中国的富源。英、法对缅甸和越南的占领,"缅甸遂亡,而滇之西防危","越南遂亡,而滇之南防危",殖民主义者强行闯进了中国西南的大门,登堂入室,得窥堂奥。云南边疆藩篱尽失,门户洞开,从大后方变为反抗侵略的前沿,成为中国西南的国防重镇。时人对此描述说:"滇自缅、越失后,英伺其西,法瞰其南。巧取豪夺,互相生心。未几而有滇缅划界蹙地千里之约;未几而有攫取滇越铁路建筑权之约;未几而有揽七府矿产之约;未几而有云南、两广不许割让他国之约。部臣不敢拒，边吏不敢争，而西南之祸烈矣。"

二、马嘉理事件

戴维斯等人在宣威的"暴行"，以英国人获得"胜利"告终，他们享受到了"报复"后的快感。但也有"考察者"的蛮横霸道或者蓄意行为，遭到边境地区各族人民的反抗，产生了严重的后果，演变成为震惊中外的事件。

同治十三年（1874），为了打通经由八莫的滇缅商道，英国印度事务大臣应英国商会联合会的请求，要求对八莫通道进行勘察。印度政府派遣霍勒斯·柏郎上校、地理学家奈伊·伊莱亚斯及约翰·安德森博士等，率领一支 193 人的"远征

马嘉理事件起源地

队"，包括锡克武装卫队和150名缅甸武装警卫，计划由缅甸曼德勒出发，经八莫进入中国云南的腾越（今腾冲）地区。为此，英国驻华公使威妥玛根据英国政府的指示，向清廷总理衙门申请签证，声称印度总督拟派 3~4 人由缅甸进入云南"游历"，前往北京或上海，并派英国驻上海领事馆翻译员奥古斯塔·马嘉理前往云南边境接应。英方故意隐瞒了"远征队"的真实目的，申请的是旅游签证。1874 年 8 月，马嘉理从上海出发，沿长江西上，经武汉、湖南、贵州进入云南，过昆明、大理和保山，于 1875 年（光绪元年）1月到达腾越。

马嘉理事件发生地

经盈江县境内的雪列过红蚌河进入缅甸前清军最后的栅栏（1903 年）

红蚌河对岸的英军哨所。美国旅行家盖洛站在中方境内一侧（1903 年）

马嘉理一行"阴图川滇山川，在道颇不循轨度"，引起了云南军民的注意。当他进入腾越城郊的叠水河时，因绘制地形图并拍摄照片，当地民众认为有草绘军用地图、刺探情报之嫌，于是聚众数百人前往围堵，腾越地方政府只好派兵将其护送出境，并于 1 月 17 日到达八莫。其时英国殖民主义者企图入侵中国西南地区的野心已暴露无遗，马嘉理离开后，"道路纷纷传言：有洋人数十，将来腾设立洋行。又闻有洋兵二三百人，携带军火，欲藉通商为名，袭据腾城"。又传闻柏郎"远征队"的目的是要为修筑一条通过中国的铁路做准备。这使刚刚经历十余年战乱的腾越地区各族民众"惊惧不安"，他们以腾越城乡十八练总团名义，召集会议，议定武装保境安民。正在南部边境前沿巡视的总团首领李珍国也对可能发生的外敌入侵作了防范部署，他召集腊撒、陇川、章凤等沿边景颇族头人、山官，用"刀标木刻为凭令"，又令沿边各傣族土司"出具印结"，于各险要隘口防堵洋兵的侵入。

马嘉理与柏郎在八莫会合后，开始向中国边境进发。由于听说有数百名中国武装人员将进行阻截，柏郎下令"远征队"停止前进，由马嘉理前往探明情况。2月17日，马嘉理率人在不事先知照中国地方政府的情况下，闯入我国境内30余公里的腾越厅辖南甸（今梁河县）宣抚司属地蛮允街（今盈江县芒允镇），住入当地佛寺。经过打听了解，于21日返回接应柏郎。当他们行经蛮允南边2公里的蚌屯冲（傣语，意为红木树坪）时，被100余名景颇、傣、汉、回等族民众拦住，劝说他不要带领洋兵进入蛮允。马嘉理态度骄横，气焰嚣张，首先开枪射击拦路民众。各族群众激于义愤，奋起反击，当场将马嘉理及其带领的5人击毙。这就是中国近代史上著名的"马嘉理事件"，又称"滇案"。

2月18日，柏郎"远征队"紧随马嘉理之后，越过南滨江。21日，闯入蛮允以南约15公里崩洗山（班西山）下的雪列寨。22日，各族民众近两千人将柏郎"远征队"围困，迫令其退出国境。由于担心还会遭到中国人更大规模的反抗，柏郎等人放火烧山，乘机逃亡，当夜退缩到缅甸第五哨所，之后返回八莫，"远征队"解散。

马嘉理事件发生后，英国为了掩盖其入侵中国西南的真相，坚持把"追究罪责"的矛头指向清政府及其地方官吏。于是以马嘉理事件为借口，以外交谈判为手段，乘机扩大其侵略中国的行动，对清政府进行政治讹诈。在长达18个月的谈判中，英国驻华公使威妥玛屡次用下旗出走、断绝外交、派兵来华相威胁，英国政府也于1876年（清光绪二年）2月从印度派出4艘军舰驶向中国。面对如此形势，清政府被迫退让，下令署云贵总督岑毓英彻底调查。又派湖广总督李瀚章（李鸿章之弟）、刑部侍郎薛焕为钦差大臣，前往查办。清朝官方为搪塞英国人，坚持认为马嘉理之死是"山匪"拦路抢劫，马嘉理首先开枪杀人所致。柏郎"远征队"也因"驮载甚多"受到抢劫。于是派出军队，前往蛮允一带，包围景颇族山寨，打死打伤景颇族村民多人，捕获17人押往昆明"审问"。"审问"中，李瀚章等利用景颇族民众不懂汉语，通过翻译询问他们如何耕地、如何砍柴等，被审者点头答应是耕地的、是砍柴的，"并作出砍柴、挖地的手势"，于是被转译为他们"砍杀马嘉理"的举动。最后宣判死刑，杀害了这些无辜的群众，以向英国政府交差。

但威妥玛根本不相信清政府对马嘉理事件的处理，认为清朝官吏的审理"质同儿戏"，要求派北洋大臣李鸿章为全权谈判代表，向英国求和。

1876 年 9 月 13 日，李鸿章与威妥玛签订了《烟台条约》，赔款白银 20 万两，规定清政府在全国张贴告示，"昭雪"滇案，派专使赴英国"道歉"，对马嘉理事件表示"惋惜"。中英会商滇缅通商事宜，开放大理，英属印度当局继续派人到云南"探路"、"调查"。准许英国派员进入四川、青海、西藏等地探测印藏道路。等等。《烟台条约》使中国丧失了大量利权，英国不仅进一步扩大了在长江流域的势力范围，也为打开中国的西南后门找到了机会。

三、云南开关

英、法等国势力侵入云南，打着"通商"贸易的旗号，力图通过各种"条约"订立通商条例或章程，在云南内地开辟商埠。1876 年签订的中英《烟台条约》，准许英属印度当局继续派人到云南"探路"、"调查"，为日后商订缅甸和云南之间的边界通商章程做了准备。中法战争爆发后，1884 年（光绪十年）5 月签订的《中法会议简明条款》，法方"约明日后遣其使臣议定详细商约税则……期于法国商务极为有益。"1885 年（光绪十一年）6 月签订的《中法会订越南条约》，允许在中国边界指定两处通商处所，"与通商各口无异"，同时另定通商章程条款。光绪十二年（1886）签订了《中法越南边界通商章程》，规定在云南和广西各开商埠一处，进出口税则分别减收 1/5 和 1/3。光绪十三年（1887）增订了《中法续议商务专条》，规定广西的龙州和云南的蒙自、蛮耗辟为商埠，允许在蒙自设置领事。

为适应形势的发展，清廷在蒙自设立了分巡临安开广道，下辖临安府、开化府和广南府，兼管即将开关的蒙自海关关务。光绪十五年（1889）初，云南巡抚兼署云贵总督谭均培、临开广道兵备汤寿铭，与法国驻云南总领事弥乐石、税务司哈巴安等，商定设关收税诸事，奏请定期于同年 8 月 25 日开关。确定蛮耗地区为越南保胜至云南蒙自的水道必经之地，开设为蒙自关下属分关。蒙自正关地点暂定在蒙自东门外，西门外及河口新街设立分卡，马白关（今马关）也归蒙自关管辖。订立了《开办蒙自正关通商章程专条》十款，规定蒙自正关东界在东门外赴开化、蛮耗两路分歧处，西界在西门外接官厅处。同时对边界贸易、货到报关、土货到卡验内地税厘票单、查验货物、完纳税项、发收税单、呈缴税单、子口税单、办公时刻等都作出了详细规定。又订立了《蛮耗分关通行章程专条》十九款，规定蛮耗分关上界在红河东北岸小河口，下界在红河东北岸观音庙。同时对停泊之处、船到报关、进口舱口单、起下货物界限时刻、船只起货、运蒙自货物、运元江、三猛等处货物、船只下货、蒙自运来货物、元江、三猛等处运来货物、呈缴税单、子口税单、完纳船钞、出口舱口单、船开报关、禁止沿江私行起下货物、河口分卡报关、办公时刻等作出了详细规定。光绪二十一年（1895）签订的《中法续议商务专条附章》，允许法国将蛮耗分关改设于河口。1897 年（光绪二十三年）7 月 1 日，正式开设河口分关，将蛮耗改为分卡。义和团运动期间，蒙自关曾迁往河口办公。1909 年（宣统元年）4 月 15 日，滇越铁路通车至碧色寨，蒙自关在碧色寨设了办事处。1910 年（宣统二年）4 月 1 日滇越铁路全线通车，由于受条约限制，不便更名，云贵总督李经羲请准在昆明设关，直辖于蒙自关。蒙自关虽仍设于蒙自，但业务大部分在昆明办理，并在昆明城内太和街租赁警察厅的房屋办公。

　　光绪二十一年（1895）签订的《中法续议商务专条附章》，规定辟思茅为法、越通商处所。1896 年（光绪二十二年）8 月，法国在思茅设立领事馆，海关总税务司赫德将蒙自关税务司柯乐尔调任思茅关税务司，负责办理开关事务。1897 年（光绪二十三年）1 月 2 日，思茅关正式开关，订立《开办思茅正关通商章程专条》十款，规定思茅关东界在东门外接官厅处，南界在南门外校场坝，具体规定所涉内容与此前订立的《开办蒙自正关通商章程专条》相同。在易武（今勐腊，设在漫乃，与老挝邻界）、猛烈（今江城，与老挝邻界）设立分关，在思茅东门外设东关查卡，在思茅柏枝寺设永靖查卡。光绪二十六年（1900），为了加强对中老、中缅贸易的控制，曾将易武分关迁往勐海，但分关名称不变。

　　面对法国在云南取得的一系列通商权利，英国也不甘落后。光绪十二年（1886）签订的《中英缅甸条款》，重申将对滇、缅边界通商事宜订立

蒙自海关

蒙自海关旧址

思茅海关

原思茅海关所在的天民街

腾越海关

腾越海关旧址

专章。其后英国为了镇压缅甸人民的武装反抗，无暇兼及此事。光绪二十年（1894）签订的《中英续议滇缅界务商务条款》，获准在腾越厅属南甸宣抚司的蛮允设立领事，进出口税则仿照法国办理。光绪二十一年（1895）法国将蛮耗分关改设于河口，另辟思茅为商埠，英国要求获得同等权利。光绪二十三年（1897）签订的《中英续议缅甸条约附款》，同意开放腾越或者凤庆，代替蛮允，思茅也对英国开放。自此，思茅关成为法越、英缅通商口岸。

光绪二十五年（1899）英国选定腾越为通商口岸，清廷同意沿用思茅开关之例，暂以腾越厅同知为海关监督，筹办开关。1901年（光绪二十七年）12月，英国驻腾越领事烈敦与腾越海关税务司孟家美自缅甸到达腾越，与腾越厅同知兼腾越海关监督叶如桐会商，拟定《腾越正关通商章程》十六条。决定暂时租借腾越城南门外六保街"三楚会馆"为正式办公地点。1902年（光绪二十八年）5月8日腾越关正式开关，11日在蛮允、弄璋街设立分关。此后为便于征税，又添设了东门、盏西、蛮线三个分卡。腾越关在六保街官厅巷购地修建关房，在东门外修建了税务司、帮办等公馆，在来凤山麓修建了海关公墓。光绪二十九年（1903）迤西道移驻腾越后，海关监督由迤西道尹兼任。至民国初年，腾越关下辖龙陵、小辛街、蛮允三分关，蛮线、石梯二查卡。

光绪二十五年（1899），法国总领事方苏雅借口来昆明暂住，赖着不走。光绪二十八年（1902），英国驻腾冲总领事烈敦予以仿效，也移住昆明。

云南蒙自、思茅、腾越三海关的开辟，称为"约开商埠"，即遵照条约开辟的通商口岸，英、法国终于实现了在云南辟建商埠的目标，打开了通往云南腹地的大门，云南南部和西部边疆的门户大开，英、法殖民主义的势力得以登堂入室。

云南约开商埠简表

关口名称	关口性质	开埠时间	开埠原因	备注
蒙 自	正关	1889 年 8 月 25 日	1887 年 6 月 26 日《中法续议商务专条》	
蛮 耗	分关	1889 年 8 月 25 日		1895 年 6 月 20 日《中法续议商务专条附章》降为查卡
马白关	分关	1889 年 9 月 19 日		
蒙自西门外	查卡			
河 口	查卡	1897 年 7 月 1 日		1895 年 6 月 20 日《中法续议商务专条附章》升为分关
碧色寨	分关	1909 年		
思 茅	正关	1897 年 1 月 2 日	1895 年 6 月 20 日《中法续议商务专条附章》	1897 年 2 月 4 日《中英续议缅甸条约附款》准许英国在此设领通商
易 武	分关			
江 城	分关			
思茅东门外	查卡			
永靖哨	查卡			
蛮 允	正关		1894 年 3 月 1 日《中英续议滇缅界务商务条款》	1897 年 2 月 4 日《中英续议缅甸条约附款》降为分关
腾 冲	正关	1902 年 5 月 8 日	1897 年 2 月 4 日《中英续议缅甸条约附款》	
弄璋街	分关			
腾冲东门外	查卡			1902 年移至龙江
蚌 西				
蛮 线				

续　表

关口名称	关口性质	开埠时间	开埠原因	备注
龙　江				1902年移腾冲东门外查卡于此
遮　放	分关	1902年		不久降为分卡，改龙陵为分关
龙　陵	查卡			1902年后改为分关

資料来源：《云南近代史》编写组编《云南近代史》，云南人民出版社，1993年，第135～137页。

四、滇越铁路

　　1910年（清宣统二年）3月31日，一个春光明媚的日子，滇越铁路公司在云南府（今昆明）举行隆重的铁路通车典礼。火车站为黄墙红瓦的法式建筑，清朝的黄龙旗和法国的蓝、白、红三色国旗迎风飘扬。站台外人头攒动，摩肩接踵，人声鼎沸，热闹异常。随着汽笛长鸣，插着两国国旗的火车缓缓驶入车站，军乐队奏响了《马赛曲》，礼炮齐鸣。云南府城万人空巷，百姓扶老携幼前来一睹这历史奇观。在这个区别于中国传统的又吹又打的西式庆典上，清朝在云南的最高长官云贵总督李经羲、法国滇越铁路公司经理格登（M. Getten）发表了讲话，李经羲还颇有兴致地赋诗纪念。

　　站台外，云南陆军讲武堂学员身穿便衣到场观看。当天早上，讲武堂总办李根源在集

滇越铁路通车典礼

合讲话中大声疾呼："滇越铁路
通车，云南已沦为法国的殖民
地。亡省之祸，迫在眉睫。"想
到"汽笛一声，金碧变色，大
好河山谁是主？"不禁声泪俱
下，放声痛哭，学员们也为之
痛哭。他们在车站看到清廷的
封疆大吏懦弱恭顺，法国人则
趾高气扬，国旗飘扬，礼炮轰
鸣，高呼万岁，"俨然一副新殖
民地主人的面孔"，不禁悲愤
交集。

滇越铁路开车

滇越铁路通车，就法国方
面来说，确实值得"自豪"，也
值得隆重庆祝。他们认为："盖
此路成，则云南已为法国之云
南故也。"

滇越铁路昆明南站

铁路是西方资本主义列强
向海外输出资本的最主要表现
之一，它既"是一通商的工具，
也是一个征服的工具"。英、法
两国势力进入云南，不约而同
地将修筑从西部或南部进入云
南的铁路作为首要目标。清光
绪十一年（1885）中法战争结
束，签订了《中法会订越南条
约》，其第七款规定："彼此
言明，日后若中国酌拟创造铁路

滇越铁路通车时的阿迷（今开远）站

时，中国自向法国业此之人商办。"光绪二十一年（1895），法国借口在俄、德、法三国干涉日本归还辽东半岛中有功，强迫清政府签订了《中法续议商务专条附章》，其第五款规定："至越南之铁路，或已成者，或日后拟添者，彼此议定，可由两国酌商，妥订办法，接至中国界内。"1897 年（光绪二十三年）2 月，英国以清政府违背了 1894 年《滇缅条约》为借口，强迫清政府签订了《滇缅条约附款》，攫取了滇缅铁路的特权。法国大为不满，乘机提出修筑越南到昆明的铁路。清政府复照同意，但强调应由中国自办。光绪二十四年（1898），法国驻华公使吕班照会清政府，提出修筑越南至昆明的铁路："中国国家允准法国国家或所指法国公司，自越南边界至云南省城修造铁路一道，中国国家所应备者，惟有该路所经之地与路旁应用地段而已。该路现正察勘，以后另由两国合计，再行会同订立章程。"并闯进总理各国事务衙门，声称"不准更动一字，限明日复"。清廷被迫照复"可允照办"。这样，法国正式攫得了滇越铁路的筑造权，该项换文就是修筑滇越铁路的条约依据。

此后，法国议院批准驻越南总督杜梅筹借法银二万万法郎，把修建滇越铁路的权利交给杜梅，杜梅随即派出玖巴、杜富等人详细勘察路线。1901 年（光绪二十七年）6 月 15 日，杜梅约请东方汇理银行、巴黎伊士公特银行、法国工商推广银行，在巴黎会商，订立《海防云南府铁路合同》十六款及《海防云南府铁路承揽簿》五十九条。将滇越铁路老街至云南府的铁路敷设权让与上述几家银行，并订明越南殖民政府与铁路承揽人双方应有的一切权利与义务。9 月，滇越铁路法国公司在巴黎正式成立。1903 年（光绪二十九年）6 月，法国外交大臣与滇越铁路公司董事续订合同，与原合同一起经法国上下两议院议决通过，7 月法国政府批准颁行。10 月，中、法签订《中法会订滇越铁路章程》三十四条，由清廷外务部奏准施行。其主要内容是：铁路全部投资，全部由法国滇越铁路公司筹集；铁路各级管理人员完全由外国人担任，公司执事人员、工匠、人夫等的管理，中国方面不得过问；铁路公司可以组织武装力量在铁路沿线"择要驻扎"，弹压工匠、人夫；修筑铁路所需的一切机器物料，完全免税进口；铁路的客货运价，全部由公司自行核定；铁路建成后，可以在干路上接修支线；中国如果要收回滇越铁路北段的路权，必须在八十年以后。中国方面基本上只能尽义务，没有什么实际上的

滇越铁路上著名的人字桥

权利。

　　滇越铁路从越南海防到老街，称"越段"，从云南河口到昆明，称"滇段"。滇段的路线，法国人勘定了经河口、新街、新现（今属屏边）、鸡街（今属蒙自）、建水、馆驿（今属建水曲溪）、通海、玉溪、晋宁、晋城（今属晋宁）、呈贡而达昆明的西线，将繁荣的城镇与人口密集的农村连成一线。但因沿线人民的强烈反对，同时工程技术上发生严重的困难，于是放弃平坝地区而走山路，改为由河口经碧色寨至开远（下段），由开远沿南盘江北上，经华宁县盘溪至宜良（中段），由宜良经呈贡抵昆明（上段），称为东线。1903年（光绪二十九年）12月，法国政府批准滇越铁路改采东线，次年正式开工，1909年（宣统元年）4月15日通车至碧色寨，次年4月1日全线通车。

滇越铁路轨距为1米，全长854公里，其中越段长389公里，滇段长465公里，共建桥梁178座，隧道153个。全线建筑费用近1.59亿法郎，工程浩大，沿线占用民田和拆毁民房不可计数。在铁路修筑过程中，铁路公司中上级职员全是法国人，工程师多是意大利人，清政府派会办1人和职员多人，专门办理招工和征购木石材料等事。10年中，云南段内共用劳工达二三十万人（一说10余万人，或6万余人），除云南本地人外，先后从河南、山东、江西、四川、贵州等地招募民工。筑路工人受到了野蛮的奴役和压迫，因疾病、工伤等原因客死他乡的不下七八万人（铁路公司的数据为1.2万人，包括外国技术人员800余人）。时人慨叹说："血染南溪河，尸铺滇越路。千山遍尸骨，万谷血泪流。""呜呼，此路实吾国人血肉所造成矣！"有"一颗道钉一滴血，一根枕木一条命"之说。

滇越铁路通车后，云南与法属越南的米轨铁路自成一个系统，法国等西方资本主义强国的势力进一步深入云南，从政治、经济等领域展开了对云南的控制和掠夺。法国直接控制了云南的交通命脉，逐步操纵了云南的金融，任意提高滇越铁路的货运价格和过境税收。云南被卷入了西方资本主义市场，外国商品在云南广为倾销，形成了以昆明为中心的洋货市场。

法国取得滇越铁路的筑造权后，英国也不甘落后，要求"利益均沾"，"垂涎滇缅一线，且欲扩展至粤、蜀，俾扬子江之势力范围益加巩固"。早在1831年，斯普莱上尉提出了修筑从缅甸港口马达班到云南江洪（今景洪）的铁路计划，后为英国派遣的勘察队所否定。1868年，斯莱登上校提出了修筑从缅甸八莫经腾越到大理的铁路计划。1897年签订的《中英续议缅甸条约附款》中规定："中国答允，将来审量在云南修建铁路与贸易有无裨益，如果修建，即允与缅甸铁路相接。"滇越铁路动工修筑后，英国加快了修筑滇缅铁路的计划，曾选定由腾越抵达缅甸古董大寨、或由云南顺宁府所属孟容土司地方抵达缅甸麻栗坝等线路。提出由中国地方官与英国派员承办，仿照《滇越铁路章程》拟订路章。腾越开关后，派人进行了路线勘测。光绪三十二年（1906），英国驻云南领事提出修筑从缅甸经腾越到昆明的铁路，定名称为"滇缅铁路"。由于云南社会各界的强烈反对和一致抗议，加以工程技术困难，滇缅铁路建设工作一直未能展开，"悬议未修"。

总的来说，通过开关通商和修筑铁路，英、法等闯入中国西南大门的"陌生人"已经登堂入室，"得窥堂奥"，西南边疆的云南门户洞开，"危机日蹙"。

五、七府矿权

清光绪三十二年（1906），云南社会各界及远在日本东京的滇籍留日学生，掀起了一场声势浩大的罢免卖国贪官兴禄的事件。兴禄，生于道光十五年（1835），镶蓝旗满洲恩林佐领（一说"德勋佐领"）下人，由翻译生员（清代八旗和宗室有单独的科举考试，称为"翻译科"，翻译生员相当于秀才）考中内阁清字（满文）中书，曾任国史馆协修官、本裕仓监督、富新仓监督、大通桥监督。光绪七年（1881）八月任云南武定直隶州知州，后任个旧厂同知、广南府知府。因贿结云贵总督崧蕃，得任云南府知府、迤东道、按察使，兼任洋务局总办、机器局及电报局总办，营务处、善后处会办，升任贵州布政使、贵州巡抚。兴禄在云南任职十余年，屡握重权，刻酷贪暴，"凡文官放一州、县缺，或委一差事，武官至副、参、游缺，或委管事、营弁，皆由其门所出"。有"坐着的崧总督，站着的兴总督"之谣。留日学生和云南社会各界要求严办兴禄，在北京的云南籍官员也起而响应，昆明学生赴京请愿。当时任贵州提学使的滇中名士陈荣昌，上《特参司道大员奸邪柔媚贻误疆臣折》，历数云贵总督丁振铎及兴禄罪状十余条，指出"兴禄误疆臣，速滇祸，失滇地，奸邪柔媚之罪，无可逭也"。"滇人是以谓兴禄实助法以速滇亡也"。清廷不得不派湖南巡抚岑春蓂查办，打算调丁振铎为闽浙总督，遭到福建绅商的拒绝，他们致电丁振铎，要他"自裁"以谢国人。清廷无奈，只好将丁振铎、兴禄等人革职。

时人要求罢免兴禄，还因为他为虎作伥，卖国失地。兴禄与法国驻云南总领事方苏雅结为姻亲，与英国驻云南总领事烈敦通谱结为金兰之交，互相称兄道弟。"英、法人求滇省之权利，亦惟其门是由。"在任洋务局总办期间，出卖了云南七府矿权和滇越铁路路权，滇缅划界时失地千里。

兴禄等人是如何出卖云南七府矿权的呢？

云南矿产资源丰富，英、法等国在攫取开埠通商、修建铁路等权利的同时，始终将贪婪的目光投向云南矿产的开采。中法战争后，法国多次在中法越南交涉中提出在云南、广西和广东境内开矿，为清政府所拒绝。光绪二十六年（1900），法国驻云南总领事方苏雅偷运大批军火进入昆明，引起了昆明人民的强烈不满和愤怒，发生了"昆明教案"。法国乘机要挟清政府赔款，提出在云南开采矿产的要求。英国以"利益均沾"为由，要求共享在云南开矿的权利。当时八国联军侵略中国，清政府不敢拒绝，妥协答应。光绪二十七年（1901），英、法合作组织隆兴公司，由前法国驻云南总领事弥乐石任总办。七月，弥乐石从北京来到昆明，与云贵总督魏光焘、云南巡抚李经羲、云南矿务大臣唐炯、洋务局总办兴禄等就开矿的有关细节进行协商。弥乐石"外则以甘言柔论以诱其成，内则狡谋曲意以餍其欲"，时而闪烁尝试，时而吓诈以求，甚至反复纠缠于中、法文文义，"多所遁饰，得寸进尺"，七个月后完成了矿务章程草稿，允许隆兴公司在全省开矿。光绪二十八年（1902）春，弥乐石赶回北京，催促清廷外务部订立合同。外务部担心其他国家以此为借口，要求"利益均沾"，坚持要有所限制。弥乐石提出在云南府、澂江府、临安府、开化府、楚雄府、元江直隶州、永北厅等七处开矿，如果这七处境内无矿可办，可以由隆兴公司指定其他府厅相互抵换。同年6月，清政府批准了《云南隆兴公司承办七属矿务章程》二十四款，规定隆兴公司办矿年限为六十年，并可以延长期限二十五年，照会英、法两国公使，宣告成立。接着，隆兴公司在英国伦敦纽白络街成立办事处，筹集资本，派出查矿人员和勘路队伍，到云南全省勘察矿产。

《云南隆兴公司承办七属矿务章程》犹如一张卖身契，将云南全省矿产出卖给了英、法帝国主义。由于兴禄等人卖国退让，"凡法人之所欲图谋云南者，兴禄无不力为援引。……诚不知其居心何在也"。他还蒙蔽继任云贵总督丁振铎，"凡与英、法交涉，无不崇外而自抑……致云南有亡于英、法之现象"。云南革命党人杨振鸿大声呼吁："欲御外寇，先杀内奸。"兴禄等人也就成为清王朝在云南腐朽统治的代表，成为晚清在云南边疆丧权失地的象征。

隆兴公司在全省各地勘察矿产，引起了云南人民的愤怒和反抗。在全国人民收回利权运动的推动下，云南各族各界人民掀起了规模宏大的废约斗争。云南留日学生通电清廷，云南绅商电请北京政府，要求废除《云南隆兴公司承办七属矿务章程》。青年学生们组成了"云南死绝会"，云南民众设立了"保存云南矿产会"，举行各种集会。绅商们组织了"矿务研究会"、"矿务调查会"，主张"开矿救滇"，组织成立了个旧锡矿公司和宝兴公司。云贵总督李经羲等也主张成立矿务公司，和英法隆兴公司相对抗。云南社会各界推举了代表，前往北京请愿。面对如此形势，清廷也只好同意废约主张。英、法两国也担心招致云南人民更大的反抗，隆兴公司代表高林士向云贵总督提出了借路款、废矿约、另加销约补偿的主张。宣统三年（1911）八月，云南交涉使高而谦秉承清廷外务部和度支部拟定的办法，与英、法使臣交涉磋商，决定由清政府赔款白银150万两与隆兴公司，取消原定合同。其赔款分六期交付，先由度支部垫出，云南省分十年陆续归还。

六、昆明教案

近若干年来，随着一批晚清时期的昆明老照片惊现春城，在昆明市民中掀起了一股怀旧热情。人们扶老携幼，前往参观，街谈巷议，感慨历史沧桑，人间巨变，称赞这批照片揭秘了一百年前的云南社会风情。随着一次又一次的图片展览，各种出版物相继出现，甚至亮相中国嘉德拍卖会，这批照片的拍摄者方苏雅声名鹊起，轰动昆明甚至全国。有热情的市民称赞方苏雅为"出色的旅行家、摄影家"，有的人甚至想当然认为方苏雅是一位中国人民的友好人士。

实际上，方苏雅轰动昆明，成为著名的"新闻人物"已经不是第一次。方苏雅，法国名奥古斯特·费朗索瓦（Auguste Francois），1857年8月生于法国洛林，15岁成为孤儿。早年学习法律，后进入法国内务部、外交部，并任外交部私人秘书。1895年起任法国驻广西龙州领事，1899年（光绪二十五年）12月起任法国驻云南府名誉总领事，兼任法国驻云南铁路委员会代表。1903年任法国驻云南总领事。1899年10月，42岁的方苏雅带着7部相机和大量玻璃干片抵达昆明，开始了他对这个城市巨细无遗的注视。

方苏雅在昆明期间，双手沾满了云南人民的鲜血，是法国殖民外交政策的积极推行者。他勾结云南的地方官员，支持、干预卖国贪官兴禄的职位升迁，纵容法国侨民和地方恶棍，欺男霸女，强取豪夺，引起了云南人民的忌恨与不满。他"出入乘八人绿轿，鸣放铁炮三响，以示威风"。1899年，方苏雅与法国驻越南总督杜梅，密谋扩大对云南的侵略，杜美发给他军械40驮，由100余名士兵押送，企图运送到昆明。光绪二十六年（1900），方苏雅率领十余名士兵，押送十余驮军火闯入云南。途经蒙自海关，拒不申报。五月十日，方苏雅一行抵达昆明，在昆明城南关厘金局被拦截，查出枪支弹药70余箱。方苏雅率人持枪闯入厘金局办公场所，"连发火枪数响，并将枪拟向局员"，将枪械劫持而去。云贵总督向法国驻云南领事馆提出严重抗议，并上报总理衙门，照会法国驻中国公使，要求履行公约，交出偷运的武器，将方苏雅驱逐出境。但法国驻中国公使不但不加以制止，反而颠倒是非，倒打一耙。面对方苏雅等人的倒行逆施，骄横跋扈，昆明市内各族人民群众义愤填膺，强烈反对。在云南地方政府的策划下，地方士绅昆明团总陈荣昌发出"滚单"（通知），要求昆明四十八堡乡团，每团各派十人前来，敦促方苏雅交出枪械，和平解决事态。但方苏雅拒不交枪，反而将在昆明的法国人集中领事馆，发给枪支，力图武装抗拒。五月十三日，昆明各族人民群众包围了领事馆，举行示威。方苏雅等人竟然"先放洋枪，伤及数人"，愤怒的民众立即捣毁了领事馆旁边的法国工程师住宅。当天晚上，方苏雅等人偷偷将军械搬移到城内平政街天主教堂。消息传出后，十四日，昆明民众将愤怒转移到昆明各教堂，放火烧毁了马市口圣书公会、东郊金马寺附近狗饭田若瑟修道院等教堂，这就是著名的"昆明教案"。

"昆明教案"发生后，方苏雅等32名法国人在云贵总督丁振铎的保护下撤离云南。法国乘机扬言将派大兵攻入云南，要挟清政府赔款，并提出在云南开采矿产。经过谈判，清政府以赔款息事，赔偿法国白银15万两，同意英、法合组矿业公司开采云南矿产。

英、法势力闯入云南以来，在各民族地区进行传教也是他们苦心追求的目标。1730 年，法国巴黎外方传教会的传教士就由四川潜入云南的盐津县活动。中法战争后，天主教势力全面进入云南，1901 年《辛丑条约》签订后，逐渐遍及云南的滇东、滇西和滇南的不少地方。1877 年，基督教的英国内地会传教士首先进入云南传教，接着，英国圣道公会、圣节公会、青年会等纷纷进入云南，以昆明、昭通、曲靖、大理等地为据点，逐渐向全省扩张。

法国传教士及其信徒

天主教和基督教在云南的传教过程中，除正常的传教活动外，不少传教士也从事间谍和侵略活动，扩张势力。他们干预词讼，敲诈勒索，引起了云南各族人民的仇恨和反抗，先后发生大小教案十余起，产生了较为严重的影响。主要教案有：昭通教案（一）、浪穹（今洱源）教案、永平教案、永北（今永胜）旧衙坪教案、阿墩子（今德钦）教案、昭通教案（二）、路南（今石林）教案、昆明教案、永善教案、维西教案、白汉罗教案、魏雅丰教案、蒙化（今巍山）教案、宾川教案等。具体情况见下表。

晚清云南主要教案简表

名称	时间	地点	原因及经过	结果	性质
昭通教案（一）	1863 年	昭通	昭通府总兵福陞之子率官兵数十人，闯入法国传教士田希嘉家中，捣毁家具无算	昭通知府及相关人员遭到查办	官教（地方官与教会）冲突
永北旧衙坪教案	1875 年	永北县（今永胜县）旧衙坪	传教士艾若瑟号召教民准备接应法军进攻中国，遭到部分教徒和村民的反对。艾若瑟自焚教堂并开枪打死几个教徒后逃至会理	反复交涉，教会索赔层层加码，清廷无法接受，数年未决	民教（地方民众与教会）政治冲突
浪穹教案	1883 年	浪穹县（今洱源县）长营教堂	法国司铎张若望及教徒吊打村民，奸淫妇女，村民到教堂索妻讲理，张等向村民开枪，引起村民愤怒，捣毁教堂，处决张等14人	判决称张若望咎由自取，但同时也处罚了相关村民，与永平教案一起赔偿白银5万两	民教冲突
永平教案	1883 年	永平县上街教堂	长时间受教堂欺压的村民获悉张若望在浪穹教案中被处死，涌入教堂杀死守堂教徒王二夫妇	与浪穹教案一同处理，判决相同	民教冲突
阿墩子教案	1887 年	阿墩子（今德钦县）	藏区发生"伤驱洋教"事件，阿墩子传教士闻讯逃离，德钦林喇嘛寺官僧乘机捣毁教堂	几经交涉，至1895 年才有结果。但清廷拒绝赔偿，只将教堂修好，案件不了了之	教教（地方宗教与基督教）冲突

续 表

名称	时间	地点	原因及经过	结果	性质
昭通教案（二）	1892年	昭通县城	昭通县城传言，教堂残害中国婴幼儿，民众涌向教堂，要求查明事实，惩办凶犯。当地政府规定教堂上报收养婴幼儿名单，孩童去世报衙门验尸	遭法国驻华公使李梅拒绝，他要求云南官员恭敬天主教，不干涉育婴堂事务	民教冲突
路南教案	1895年	路南州（今石林县）路美邑	教徒乘修建教堂之机侵占土地被缉拿，传教士邓明德听信教徒不实之词，大闹路南州署。因围观群众太多，官员担心引起事变，将邓明德拉到客厅躲避	法国驻蒙自领事、驻华公使向清廷交涉，说传教士被无故拘禁，要求赔偿并革除相关官员。清廷搪塞了事	民教资源冲突
昆明教案	1900年	昆明县	法驻滇领事方苏雅自越南偷运武器进云南，在昆明城南税关被查获扣留，方苏雅强抢而去。民众在官府支持下，包围法领事馆，方向民众开枪，民众愤怒地捣毁了领事馆旁的法国工程师住宅，焚烧了马市口圣书公会、东郊狗饭田若瑟修道院等教堂	1903年议结，云南赔偿法方15万两白银	官教、民教冲突
永善教案	1904年	永善县	四川义和团成员到永善联络红灯教起事，口号是"打灭洋教，重兴拳会"	被官府镇压	教教冲突

续 表

名称	时间	地点	原因及经过	结果	性质
维西教案	1905年	维西厅（包括今维西、德钦和贡山等县）	两位驻西藏盐井的法国传教士被藏族民众追杀，逃到阿墩子。当地官府对其给予保护，与藏族民众发生冲突，并焚烧了当地佛教寺院德钦林。巴塘、盐井僧俗闻讯，立即组织起来抗官灭洋，在澜沧江、怒江沿岸破坏教堂十余座，杀死法国传教士两名，围困维西厅官兵三月有余	清廷派兵镇压。1906年7月23日议决，清廷赔偿白银十五万九千两，为被杀教士修坟立碑，重建教堂，处理反教群众	教教冲突引发官民冲突
白汉罗教案	1905年	今贡山县丙中洛乡白汉罗村	当地普化寺喇嘛召集当地各族群众，焚烧了白汉罗天主教堂	与维西教案一并于1906年得到处理	教教冲突
魏雅丰教案	1905年	阿墩子纳姑村	举事僧众被镇压后，维西教案中被追杀的传教士魏雅丰在阿墩子杀人报复	清廷将魏雅丰交法国驻蒙自领事处理，被判无罪并护送回国	教教冲突
蒙化教案	1906年	蒙化县（今巍山县）	教会与劝学所打官司，败诉后焚烧教堂，企图嫁祸他人。没想到火势凶猛，殃及四邻	缉拿纵火者归案，并令教堂赔偿损失	民教资源冲突
宾川教案	1908年	宾川县	法国传教士田得能吸收当地地痞入教，与官府勾结，鱼肉乡民。乡民忍无可忍，奋起驱田	田得能逃离宾川	民教冲突

资料来源：杨学政主编《云南宗教史》，云南人民出版社，1999年，第363～377页。

七、片马事件

1911年（宣统三年）1月4日，英国驻缅甸密支那区府官（副专员）赫滋上校率领一支两千余人的远征队，有驮马两千余匹，随行修路工人和赶马工人四百余人，侵入高黎贡山西麓的片马，设营驻兵，焚烧汉学堂，赶走学堂教师姜光耀。同时进行调查，向当地头人颁发委任书，这就是震惊全国、轰动一时的"片马事件"。

片马人民抗英胜利纪念碑

片马位于今云南省怒江傈僳族自治州泸水县境内的，地处高黎贡山西坡，恩梅开江支流小江上游偏东，西与缅甸接壤，东与称戛、鲁掌两乡相连，与

片马抗英胜利纪念馆

古浪、岗房二村组成片古岗乡。南北最长24公里，东西最宽8公里，平面呈长方形，总面积约为153平方公里，是我国西南国防的重要前哨。历史上片马地区的范围更为广阔，包括了整个小江流域。根据文献记载，中国至迟在元代就开始设置云龙甸军民府，对小江流域地区进行管辖。明代片马属永昌军民府茶山长官司管辖，明末，中央王朝的控制松弛，茶山长官司等机构废止。清朝时期没有再任命，但在乾隆十八年（1753），云贵总督硕色将原茶山长官司辖境的大部分属地，包括片马、鱼洞、派赖等寨，划归腾越州、保山县、云龙州和丽江府，片马地区由保山县属登埂土司管辖。

1875年的"马嘉理事件"，为英国打开中国的西南后门提供了机会。此后中英双方先后签订了《中英缅甸条款》、《中英续议滇缅界务商务条款》、《中英缅甸条约附款》等条约。其中1894年清朝驻英国公使薛福成与英国外相签订的《中英续议滇缅界务商务条款》对中缅界务作出了全面的规定，其第四条关于中缅北段界务，规定如下："今议定北纬25°35′之北一段边界，俟将来查明该处情形稍详，两国再定界线。"这里所说北纬25°35′，是指北纬 25°35′、东经 98°14′之尖高山（在腾冲之北）。这是中缅北段未定界第一次见诸条约规定。但是这个规定笼统且含糊，埋下了中缅北段界务发生纷争的隐患。

1901 年初，清王朝开始了涉及政治、军事、经济和文化教育等方面的"新政"建设。在民族政策方面，放弃"满洲根本"，采取措施化除满汉畛域，改革管理边疆民族事务的中央行政机构理藩院。在边疆民族地区，严厉镇压各民族人民的反抗，推行内地与边疆的一体化政策，建立行省，实行移民实边和"改土归流"等新政。如在西藏和川边藏区实行各项改革，发展生产，加强中央政府的直接统治。云南地方政府在边防界务方面也采取了相应的补救措施，不断派员对边界争议地区进行巡视，收集情报，加强边疆土司的管辖。如阿墩子（今德钦）弹压委员夏瑚，上任后即亲往俅江（独龙江）查勘边隘情形。

清朝中央政府和地方当局为加强西南边疆地区统治进行的"新政"建设，取得了一定成效，引起了英国殖民主义者的嫉恨和仇视，他们将清政府加强边疆管辖的行为说成是"前进政策"，决定采取措施进行抵制。1910 年 10 月，英属印度总督明托提出建立"战略边界"的设想。即沿东北方向伸展至北纬 23°，东经 94°，再向东南伸至察隅，并尽可能向东到达片马，由此越过察隅河进至察隅河与伊洛瓦底江分水岭，再沿这一分水岭伸展至伊洛瓦底江、萨尔温江分水岭。哈定继任总督后，采纳了明托的提议，组成远征队，着手实施"战略边界"计划，而片马正处于中国云南、西藏及英属印度的缅甸、阿萨姆之间，为滇西门户，是由缅甸、阿萨姆进入西藏、川边藏区的要冲。于是英国决定对片马采取军事占领，将片马置于其"战略边界"之内。

实际上，英国人早已经发现了片马的战略地位，认为进入西藏最容易、最可行的路线是经云南、登埂、片马、坎底，再到里麻，片马被视为"西藏的大门"。于是希望通过军事压力，迫使清政府承认以恩梅开江—萨尔温江分水岭为边界的既成事实，一举解决多年未定的中缅北段界务问题。

1900 年 1 月，英军数百人和缅军一千余人，从密支那向东北进入中国管辖的拖角等地，对沿途村寨进行招抚。2 月，进入腾越厅所属的滚马、茨竹、派赖等村寨，激起腾越厅所属明光宣抚司土守备左孝臣及景颇、傈僳和汉族人民的强烈反抗。战斗中，左孝臣身中八弹，为国捐躯。腾越镇总兵和腾越厅同知派兵救援，英军退出界外。此后，中英双方就中缅北段未定界进行了多次交涉，文牍纷争不绝，均未能取得什么效果。英方采用威胁、恫吓等手段，并将英军侵入滚马、茨竹、派赖等地及左孝臣等的反抗称为发生在"缅甸界内"，力图逼迫清政府就范。他们坚持将中缅北段边界以高黎贡山为界，将片马、岗房、渔洞、茨竹、派赖等村寨划入缅甸境内。清政府方面虽然羸弱、颟顸，但一直把片马的得失与西藏、川边藏区的安危联系在一起，认为片马"一为英据，得寸进尺，唇亡齿寒。不独滇难自存，即川藏亦将入彼掌握，由此据长江上游，建瓴东下，后患何可胜言"，坚持未作让步。

1910 年，登梗土司与所辖片马地方的汉商徐麟祥、伍嘉源等发生冲突，成为"片马事件"的导火线。徐麟祥是今腾冲县明光乡徐家寨人，伍嘉源是今腾冲县城关镇人，他们长年在片马一带贩卖杉板。早年登梗土司奉令在片马整理团务，委任徐麟祥为片马团首，代表土司在片马收杉板税，后因事被土司革职，徐麟祥因此怀恨在心。1910 年，徐麟祥与土司又因杉板税发生纷争，于是木刻"禀词"，派人投往密支那。"禀词"中说：现有洋官划界，栽下石桩为凭，不幸遭踏烧平，还要投伏银两。土民无方，恳恩救援。英国政府以"禀词"为把柄，向中国政府提出交涉。同时派出远征队，准备武力侵占片马。11 月下旬，郝滋上校率兵一千余人，驮运弹药骡马两千余匹，由弗罗上校指挥，到昔董待命。英国驻腾越领事娄斯也赶到昔董，共同会商侵略事宜。12 月 26 日，英军先遣部队百余人，驮马五十多匹，驮载弹药、锄、锤等物，沿恩梅开江进抵拖角，并在拖角建筑储粮仓，抢修道路后，向片马进发。3 天以后，英军大部队相继来到拖角，于 1911 年 1 月 4 日抵达片马，设营驻兵实施军事占领，并分兵驻扎鱼洞、岗房等地。

"片马事件"发生后，全国舆论沸腾，报刊上纷纷登载文章，人民纷纷集会游行，要求清政府出兵，收复失地。云南省城昆明各界组织"保界会"，作为政府的后援。云南省谘议局推举周钟嶽、李曰垓为代表前往北京，向外务部请愿，要求向英国政府提出严重抗议。云贵总督和清政府都向英国当局提出了严重交涉，李经羲还派出李根源化装前往片马地区进行调查，但清政府始终没有向片马派出军队。此时英军对片马的侵占，激起了当地各族人民的反抗，傈僳族头人勒墨夺扒率领各族边民，与英军展开了"誓死不屈"的斗争。此后，由于气候原因和补给的困难，英国方面承认中国对片马、古浪、岗房等村寨享有的权利，但条件是中国政府同意把这一地区租借给英国，清政府因内部的压力，没有做出让步。不久辛亥革命爆发，清王朝的统治被推翻，以片马问题为核心的滇缅北段未定界终未获解决。

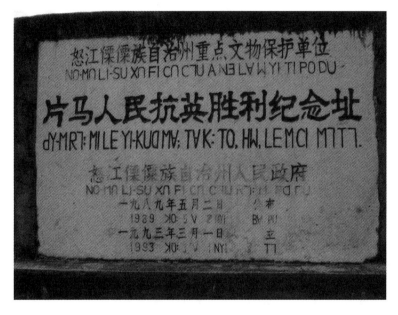

片马人民抗英胜利纪念址碑

第二章 现代化的曙光

Xiandai hua de shuguang

一、"新政"建设

　　面对西方资本主义国家的侵略和国内各民族人民的反抗，19 世纪 60 年代开始，清王朝被迫推行了以"自强"、"求富"为目的的洋务运动。洋务运动在云南的起步较晚，同治年间，为镇压回民起义，云南巡抚岑毓英在法国人的帮助下，于玉溪创设制造雷管的兵工厂。1874 年（同治十三年），云贵总督刘长佑和岑毓英在昆明三圣宫创设军火局，制造明火枪炮。1884 年（光绪十年）云贵总督岑毓英创办云南机器局，这是云南的第一个近代企业。此后建立火药局、电报局。1886 年（光绪十二年）11 月开始安设电线，先自蒙自动工，接至省城。1896 年（光绪二十二年）自行试办邮政局，设总局于蒙自。1883 年（光绪九年）设立官督商办的云南矿物招商局，后来筹组招商矿务公司，购买外国机器，主要经营东川铜、个旧锡、会泽铅锌等较大的厂矿，创云南冶金工业机器生产的开端。云南的洋务运动虽然规模小、范围窄，但它冲决了封建罗网，在腐朽的封建社会内部出现了先进的资本主义生产方式和生产关系，一定程度上为民族资本的产生扫除了障碍。同时，开创了学习西方先进科学技术的新风气，为民族资本的产生提供了生产技术条件。

　　戊戌变法时期，云南也进行了一定程度的改革，主要表现在裁巡抚、办团练、废除科举、创办学堂等方面。同时，云南军队改练"洋操"，并于承华圃东侧开办武备学堂。

　　1901 年初，为挽救统治，清王朝开始了涉及政治、军事、经济和文化教育等方面的"新政"建设，最后一次试图从封建国家向近代民族国家过渡，云南的早期现代化（又称作"近代化"）也正式启动，并获得了较大的发展。首先是政治机构的改革，在布政使司衙门附设财政公所，裁撤善后局，特设清理财政局；设提学使司提学使，统辖会典、学务；以原提刑按察使司改设提法司提法使，管理司法上之行政事务，监督审判厅，并调度检察事务；增设高等审判厅丞、高等检察厅长，分设地方初级审判厅和各级检察厅；在省城创办罪犯习艺所，各府、县修建监狱；设云南交涉使司衙门，主持一切外交事务；增设巡警道，专管全省巡警、消防、户籍、营缮、卫生事务；增设劝业道，专管全省农、工、商业及各项交通事务。其次是编练新军，自光绪三十一年（1905）开始，云南陆续添设新军步队、炮队、辎重队等，编成陆军第十九镇，隶属省督练公所。同时，将绿营、团练一律改为警察，创办新式军事学堂，培训军官，派遣留学生赴国外学习军事。其三，光绪三十一年（1905）正式废除科举制度，创办新学。云南陆续办了一系列高等学堂、师范、中等学校、小学、专业学堂及女子学堂，出现了自费出国留学的热潮。各县设立劝学所，成立云南教育总会。其四，成立了谘议局、自治传习所等所谓自治团体。

工业方面，光绪三十二年（1906）云贵总督丁振铎开办造币厂，次年归度支部办理，称为度支部云南造币分厂，有职工一百余人。1908 年创办云南陆军制革厂，由陆军督练处粮饷局经营，分制革、皮包、铜器、靴鞋四科，有工人 200 余人，聘请日本人为经理、技师。宣统二年（1910）劝业道将省城各处的印刷机合并，设立官印局，分铅印、石印两种，工人百人左右。光绪三十一年（1905），为反对英

云南造币厂造银币

法隆兴公司开办云南矿产，官商集资成立个旧厂官商有限公司，1909 年改为个旧锡务有限公司，向德国西门子所属礼和洋行购买各种机械，聘请德国人为工程师，次年兴工建厂，正式揭开了云南冶金工业机器生产的序幕。宣统元年（1909）士绅陈荣昌、顾视高等发起创办宝华锑矿有限公司，资本总额 35.5 万元，主要经营开远、文山、广南等地的锑矿，购买了德国的机器设备，机械化程度仅次于个旧锡务公司。宣统二年（1910）正月，云南省商会总理王鸿图等发起集股成立商办耀龙电灯公司，资本总额 25 万余元，向德国

礼和洋行购买设备，修建了我国第一个水力发电站——石龙坝水电站，为昆明人民首创了近代照明设备，成为云南电气事业的开端。据统计，云南民营企业约有20余家，其中采矿业1家，玻璃业1家，火柴业8家，帽鞋业1家，制革业1家，纺织业1家，卷烟业2家，食品业3家，公用业1家，制茶业1家，机具业1家，资本大多在一两万元以下。

就在这一时期，蒙自、河口、思茅、腾越被迫开为商埠。光绪三十一年（1905），为保护本地商业，昆明自辟为商埠，英、法等资本主义强国纷纷在上述五个

石龙坝水电站纪念碑碑文

中国第一座水电站——石龙坝水电站

1911 年生产的德国西门子发电机组

通商口岸派驻领事。1910 年（清宣统二年）4 月 1 日，滇越铁路建成通车，随着蒸汽机车轰轰隆隆地奔驰在云南的崇山峻岭中，云南感受到了近代工业与商业文明的新鲜气息，西方资本主义沿铁路线深入到云南的腹心地带。各通商口岸洋行林立，扩大了商品输出和原料掠夺。自然经济有了分解，资本主义商业逐步发展，云南经济卷入了资本主义的世界市场。

随着省内、省际、国际商业贸易的扩大，光绪三十二年（1906），云南全省商务总会成立。通商口岸及下关等地出现了资本主义性质的股份商号或公司，商业资本有了相当的积累。如光绪初年王炽在昆明创办的"同庆丰"，在省内及国内设立了十余处分号，人称"同庆丰富过半个云南"。在滇西，鹤庆帮中的"兴盛和"成立于光绪元年（1875），由商人舒金和等人合股开设，有资本三四十万两。"福春恒"成立于光绪三年（1877），由腾越镇总兵蒋宗汉等人合股开设，在省外开设商号 40

"钱王"王炽

余处，资本积累高达 300 余万元大洋。"恒盛公"成立于光绪初年，由张相诚等兄弟 3 人开设，是进出口贸易的大户之一。腾冲帮的"洪兴福"主要经营滇缅间的进出口贸易，光绪末年改为"洪盛祥"，在国内外设立分号，1910 年左右开始经营石磺。喜洲帮大约形成于光绪末年，1903 年由严子珍等人合伙创办"永昌祥"，从经营国内贸易向经营国际贸易发展，先后在国内外设立分号几十处。在滇南，蒙自帮中的"顺成号"成立于光绪二十三年（1897），由商人周柏斋等人开设，早年经营香港贸易，后来控制了整个滇南的经济。

在这些商号或公司中，有的兼营票号业务，开展民间存钱、放款及汇兑。光绪末年，随着票号的衰落，钱庄发展起来，成为云南近代早期金融业的代表。宣统元年（1909），大清银行在昆明建立云南分行，营运资金 100 余万元，发行银两纸币和银元纸币，银行业在云南逐步兴起。

随着全省商务总会、云南教育总会及学会等新的公共领域的出现，其力量开始扩展到社会教育和社会文化等方面，并向立法和司法领域延伸，逐渐成为一个相对独立的、有相当权力和影响的重要的社会组成，极大地动摇了传统的社会秩序和根基。

二、留日学生

1905 年（光绪三十一年）7 月 17 日，日本三菱公司平伏利轮船从上海起航，开往日本长崎。海上烟波浩渺，"连日风浪大作，舟中颇震荡"。船舱中坐着云南督抚派往日本考察学务的陈荣昌，与他同舱的是四川武备学堂监督王鸿年。陈荣昌（1860～1935），字小圃或筱圃，号虚斋，晚号困叟、桐村，云南府昆明县人。光绪八年（1882）中壬午科云南乡试解元（举人第一名），第二年中进

陈荣昌

士，授翰林院编修，后历任国史馆协修、贵州学政、云南经正书院山长（院长）、云南高等学堂总教习（教务长）、云南劝学所所长、云南教育总会会长等职。称为云南"硕望"，是云南近代史上产生过重要影响的地方士绅。

云南督抚为什么要于此时派员赴日本考察学务？年已45岁、从未乘过火车、任经正书院山长时"但恶新学，诸生文中偶有涉及，辄遭屏斥"的陈荣昌，为什么会不辞舟车劳顿前往日本？这与当时云南学生的留学日本运动有着直接的关系。

"新政"建设开始后，废科举、办学堂成为切实推行的政策，全国陆续办

陈荣昌赴日本考察的日记——
《乙巳东游日记》点校本

了一系列高等学堂、师范、中等学校、小学、专业学堂及女子学堂。但新学人才的缺乏成为制约近代教育发展的主要因素，为积累和培养人才，清廷诏令各省选派学生留洋，学成后根据具体情况赏赐进士、举人出身，并令选派八旗子弟出洋游学。以此为开端，出洋留学的学生逐年增加，逐渐汇聚成浩浩荡荡的洪流。

光绪二十八年（1902），云南派出首批留日学生钱良骏等10名，云南巡抚林绍年等上奏《选派学生出洋片》，强调云南开办学堂，中西并授，"教习颇难其选，教法、程度亦未尽合宜"，因此筹款派遣员生赴日本学习速成师范，"以期作育人材"。选派在北京任翰林院编修的袁嘉毅为日本留学生监督，兼任汉教习，同时考究外洋政学。林绍年（1845～1916），字赞虞，号健斋，福建闽县人。由监生中试同治丁卯科（1867年）举人，同治十三年甲戌科（1874年）进士，选翰林院庶吉士，授翰林院编修，历任庚辰科会试及顺天乡试同考官，补任浙江道及山西道监察御史，"以风鲠，不容于执政"。光绪十九年（1893）任云南昭通府知府，之后任云南府知府、贵州按察使、

云南布政使、云南巡抚、云贵总督等职，谥"文直"。任职云南时"念政治本源，教养为重"，先后创设算学馆、高等蚕桑和东文各学堂，积极派遣学生留学东洋。袁嘉穀（1872～1937），字树五，又字澍圃，晚年自号屏山居士，云南石屏县人。以经正书院高材生，考取光绪二十年（1894）甲午科举人，光绪二十九年（1903）癸卯科进士，同年清廷开"经济（经世济民）特科"，复试列一等第一名，大魁天下，称为"经济特元"，民间习惯称为"袁状元"。曾任翰林院编修、浙江省学正、浙江布政使等职。辛亥革命后回到云南，任云南省政府高等顾问、云南图书馆馆长等职，担任东陆大学教授。

袁嘉穀

光绪二十九年（1903），云南派出第二批留日学生郭有濬等10名，林绍年等上奏《续遣二批学生并选员出洋游学折》，人员从"省举、贡、生、监及武备、方言、机器各堂局肄业诸生内"选取，并派出留日学生的中文教习及护送人员。经费方面，每人筹给旅费及行装费银200两，每年每人筹给旅费、学费银洋400元。光绪三十年（1904），林绍年等上奏《选派速成师范学生并续遣三批学生出洋游学片》，认为"若不亟图培植师范，究无以宏造就而裨学业"，于是从全省"绅、衿、生、监及本年会试举人内"，选取进士刘盛堂等41名，自费生2人，定为出洋速成师范学生，刘盛堂等6人兼任考察学务。费用方面，刘盛堂等23人由云南起程，每人筹给学费、路费银600两。周钟嶽等18人由湖北汉口起程，每人筹给学费、路费银550两。普洱等府、州、县自行筹款选送学生李彝伦等24人，云南省高等学堂挑选学生颜兴贤等20人，共44人定为第三批出洋学生。每人筹给路费银150两，每年每人旅费、学费日钞400元。另有自费生2人，随同前往。

光绪三十一年（1905）以后，自费赴日本留学者增多，云南地方政府为此订立章程，规定凡自费生考入日本各官立专门大学的，准许改为官费。于是自费生越来越多，考入专门大学补为官费生的也日渐增多。到宣统末年，云南留日学生约达数百人。

清末云南留日学生表

吴锡忠昆明	李培元晋宁	钱良骏昆明	李萼芬昆明	由宗龙姚安
何鸿翼四川	邵光年牟定	陈诒恭昆明	李燮元牟定	郭有濬昆明
刘昌明昭通	袁丕镛昆明	殷承陆良	李厚本大理	杨振鸿昆明
谌范模大理	董恩禄贵州	朱学曾贵州	郝嘉福昆明	熊朝鼎贵州
王廷治昆明	谢汝翼玉溪	孙永安昆明	保廷樑昆明	刘法坤易门
叶成林昆明	胡正芳禄劝	欧阳沂建水	刘祖武文山	张开儒巧家
李鸿祥玉溪	李文清昆明	谢光宗玉溪	庾恩锡墨江	李根源腾冲
赵鳌洱源	李沛昆明	李伯庚大理	周维桢昆明	黄毓成镇沅
潘燿珠江川	叶荃顺宁	周永锦峨山	杨文彬昆明	杨发源玉溪
郑开文通海	李钟本大理	鲁睿昆明	刘盛堂会泽	李文治大理
杨琼邓川	秦光玉呈贡	蒋谷昆明	钱用中昆明	周霞大理
萧瑞麟昭通	赵镜潜嵩明	王肇奎昆明	周冠南丽江	李藻大理
吴琛昆明	潘炳章邓川	李文源大理	张鸿范昆明	陈文政大理
严天骏新兴	周世昌昆明	钟庭樾昆明	李春酦河西	李藩昆明
牛星辉陆良	周钟嶽剑川	陈文翰大理	赵甲南大理	束用中蒙化
杨自新大理	杨振家洱源	窦维藩曲靖	张璞会泽	张儒澜石屏
吴琨昆明	陈邕和大理	吕占严思茅	寸辅清腾冲	李鼎抡鹤庆
杨觐东保山	刘钟华思茅	严慕清昆明	林春华保山	商延年姚安
张景栻昆明	李彝伦普洱	由人龙姚安	张文选华宁	孙光祖曲靖
胡祥樾昭通	赵家珍普洱	佴鸥建水	唐继尧会泽	王继贞玉溪
张朝甲保山	赵伸嵩明	周友蒸昆明	周光煦	杨集祥牟定
王承濬昆明	李崧路南	顾品珍昆明	李文蔚玉溪	陈凤鸣思茅
赵钟奇凤仪	邓绍湘大关	华封祝呈贡	杨崇基昆明	张含英晋宁
李守先泸西	周汝为昆明	陈怡曾昆明	李敏呈贡	饶重庆蒙化
陈显禹盐津	言道一巧家	姜恩敏昭通	李长春弥勒	姜梅龄弥勒
张本钊昭通	李植生晋宁	赵舒衡大理	冯家聪玉溪	赵复祥顺宁

续 表

丁兆冠 石屏	苏 澄 普洱	邓泰中 会泽	张子贞 大理	钱良驷 昆明
徐为邦 嶍峨	王毓嵩 大理	倪 鹗 会泽	马 标 洱源	蔡仲可 昆明
周德容 峨山	解永嘉 昆明	周声汉 贵州	沈汪度 湖南	李 伟 普洱
韩开泰 昆明	董 泽 云龙	张培兰 弥勒	王 灿 昆明	覃宝林
刘青藜 永昌	王 武 永昌	李 实 鹤庆	曹观仁 曲通	李嘉瑗 昭通
李燮羲 大理	张佩芬 大理	孙清如 曲靖	杨鸿春 大理	李全本 大理
杨 若 凤仪	李恩阳 昭通	金在镕 墨江	陇高显 昭通	余从周
李 雄 昭通	杨名遂 大理	刘九畴	钱世禄 姚安	李 德 永昌
张大义 大理	何 汉 普洱	段 宽 思茅	李光鼎	刘德榜 镇南
杨大铸 大理	彭肇纪 缅宁	张乃良	周 渡 河西	禄 俊
杨鸿章	康允义 大理	刘震东 会泽	李巽如 大理	李毅如 大理
曾鲁光 镇雄	罗维垣 顺宁	邹世俊 永善	黄元鼎	曹 嘉
符绍阳	丁怀瑾 宾川	王 纬 昆明	郑 斌 陆良	赵光观 陆良
李 璞	何朝元	李瀛春	赵 琳 昭通	李廉方
张耀曾 大理	席聘臣 昆明	李 琪 会泽	李曰琪 腾冲	余 茂 文山
邓绍先 盐津	陈显隅 盐津	杨思源 昭通	马 骧 大理	李根沄 腾冲
周友焘 昆明	孙 时 呈贡	张国士 弥勒	赵之硕 大理	李晖阳 鲁甸
钟 琦 会泽	李俊英	段 雄	李贞伯 保山	段文海 腾冲
周景曹 昆明	魏尔晟 华宁	黄源静	曹观斗 昭通	尹锡霖 弥渡
何 璞	何 畏 永昌	张肇兴 大理	张 鼎 昆明	

资料来源：《新纂云南通志》卷十六《历代贡举征辟表·国内外留学生表》。

以上统计共有229人，这是官方的数据。又据学者新的研究，1902年至1911年10年间，云南至少派遣了360名留日学生。数据的增加主要是官方难以统计的自费留学生，如刀安仁从干崖宣抚司带去的刀安文、刀宇安、刀厚英、刀白英、线小银等傣族男女青年。又有部分从国内其他学校转赴日本留学的，如罗佩金、由云龙、杨杰等。

云南留日学生的选派，遍布全省各府厅州县，而以滇池地区最多，洱海地区及滇东北、滇南也有较多分布。以光绪三十年（1904）的留日学生为例，云南府有29人，占27.1%，其中昆明县19人。大理府有15人，占14%。昭通府有13人，占12.1%。澂江府有9人，占8.4%，其中新兴州7人。普洱府有7人，占6.5%。楚雄府、曲靖府、东川府各有5人，分别占4.7%。永昌府、广西直隶州各有

随刀安仁东渡日本留学的五个傣族姑娘

4人，分别占3.7%。临安府、丽江府各有3人，分别占2.8%。顺宁府有2人，占1.9%。开化府、镇沅直隶州、蒙化直隶厅各有1人，分别占0.9%。

云南留日学生出国前大多受过正规的儒学教育，代表了当时云南学生的较高学术水平。以1904年为例，有进士2人，占已知学历人数的1.8%。举人29人，占26.1%。附生34人，占30.6%。廪生21人，占18.9%。生员2人，占1.8%。增生8人，占7.2%。贡生3人，占2.7%。副榜1人，占0.9%。童生11人，占9.9%。举人和附生之和，已经超过了已知学历总人数的一半。

由于云南成为中国西南的国防重镇，英、法环伺，严重的亡国、亡省忧患意识促使云南留日学生"多以救国自任"。他们认为农学、工学等学科需时多，收效慢，缓不济急，因而许多改学陆军，"异日庶可为国家效用"。以光绪三十年（1904）的云南留日学生为例，有43人次选学军事，占39.8%。32人次选学师范，占29.6%。13人次选学法政，占12.4%。9人次选学实业，占8.3%。4人次选学测量，占3.7%。4人次选学警察，占3.7%。1人次选学医学，占0.9%。1人次选学音乐，占0.9%。

光绪三十一年（1905）开始，云南留日学生陆续学成回国，进入云南教育、军事和政治领域，担任要职。他们将自己学到的先进知识和观念带回云南，逐渐撕破了厚幕重重、落后保守的封建罗网，在思想领域尝试为云南人

民打开一道大门,产生了重要的影响。

有意思的是,连陈荣昌考察学务回来后也发生了较大变化,"迨出洋归,博览科学译籍,则极明通,不似前此之执也"。

三、昆明开埠

光绪三十一年(1905),为履行条约被迫开放的蒙自已开关 17 年,思茅已开关 8 年,腾越已开关 3 年,滇越铁路开工建设也进入第 3 年,将来通车已成定局。云南的对外贸易发生了"划时代之转变",国内贸易日趋发达,国际贸易日渐繁荣,省会昆明逐渐成为商货辐辏之地,商务繁盛之区。"货物骈集,市廛栉比",成为官商往来的孔道。同时,法国驻云南总领事方苏雅在昆明"暂住"了 6 年,英国驻腾冲总领事烈敦在昆明"暂住"了 3 年。

面对如此形势,云南士绅在籍翰林院编修陈荣昌与罗瑞图、王鸿图、解秉和等向云南地方政府提出报告,认为由于省城要地商贸繁荣,要求仿照直隶秦王岛、福建三都澳、湖南岳州、山东济南等省成案章程,将昆明南门外与车(车站)栈(栈房)邻近的德胜桥一带,开辟为商埠。由地方官府派人与士绅一起,"勘购地段、修筑埠头、马路,起建房屋,设局经理"。以扩利权,以保主权。云贵总督丁振铎根据陈荣昌等人的报告,奏请清廷,认为"今昔形势既有不同,亟应援案设立埠头,自开口岸"。同时也向政务处、外务部等提交了报告。1905 年(光绪三十一年)3 月 21 日,批准照办。

昆明开埠的关键人物除陈荣昌外,云贵总督丁振铎起了重要的作用。丁振铎(1824~1914),字巡卿,河南省罗山县人。同治十年(1871)进士,早年因其弟丁振德任福建邵武县知县,亏空革职,丁振铎请求用自己的养廉银代为赔抵,留下了"友爱可风"的名誉。光绪二十四年(1898)任云南巡抚。光绪二十八年(1902)任云贵总督。光绪三十年(1904)与云南巡抚林绍年联合致电清廷,呼吁实行宪政。丁振铎是晚清政府中少有的"清刚"之臣,为官"清简",光绪皇帝的老师翁同龢评价他"笃实廉洁"。其夫人在简署，仅穿粗布衣服，被人视为"仆妇"。除奏请昆明自开商埠外，他还奏请自办滇蜀腾越铁路，提出了建设规划和资金来源等方案，有人称他为云南历史上最具开放和改革意识的"传奇"总督。但在他任职云南期间，滇越铁路开始修筑，英法攫取了云南七府矿权，受到卖国贪官兴禄等的牵连，丁振铎受到了社会各界、留日学生及革命党人的攻击，最后以"对外屈服于洋人，对内也乏善政"等理由被革职。

昆明被批准自开商埠后，丁振铎等人设立了商埠清查局，办理租赁房屋和土地等事宜。一面派人在德胜桥一带勘定界址，划定东西长三里六分，南北宽三里五分，周围约十二里有奇的范围作为商埠。一面派人赴湖南、山东等自开商埠的地区调查章程，并派人出洋学习。由于经费限制，加以人事变动，昆

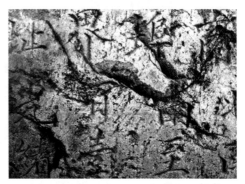

昆明商埠界址碑

明商埠的筹设工作进展缓慢，甚至一度停滞。宣统元年（1909）李经羲任云贵总督，继续筹备开埠事务。次年，滇越铁路火车开通，火车站就建在商埠附近，出席滇越铁路公司通车典礼的李经羲赋诗云："耳畔才闻汽笛鸣，列车已出千里路。"感于时代和形势发生的较大变化，李经羲将商埠清查局以"规模较狭"为由裁撤，改为建立商埠总局，委派司道大员办理，"综理本埠一切"事务。总局下设工程局、巡警局、发审局、会计科、捐务科等机构，制订《云南商埠总局办事权限专章》16条，规定各科局的职能。如工程局"专管筑路建廨及一切修造之事"，巡警局"专司巡查街道并稽查偷漏等事"，发审局"专理中外一切词讼之事"。经费方面，奏请清廷拨款资助。度支部也因滇越铁路通车在即，昆明商埠"为大局所关"，奏请由云南蒙自、思茅、腾越各关税项下解税银5万两，由山东胶海关项下借拨银15万两，作为昆明开埠的经费。而商埠总局及巡警等的开支，由云南自行筹办。经过与度支部、山东地方政府多次联系交涉，1911年，胶海关所拨银15万两由大清银行云南分行兑收。

同时，由云南布政使沈秉堃、云南交涉使世增等，会同拟定《云南省城南关外商埠总章》、《商埠租赁房屋专章》、《云南商埠规条》等章程，上奏朝廷，并报外务部等立案。《云南省城南关外商埠总章》共 8 条，强调昆明商埠是自行开放，与因条约所开各商埠不同。埠内一切事权，均由中国并由本埠自行设立的商埠总局管理。商埠界址，东起重关，西抵三级桥，南起双龙桥，北抵东门外桃园街，由官方绘图为据，允许订有条约的各国商人租地居住。商埠内包括外国人在内，必须遵守本埠的一切章程和规则。商埠总局总理本埠界内的一切行政事务，在商埠审判厅没有成立以前，词讼事件由商埠总局经管。外国人的诉讼，依照条约规定办理。商埠内的邮政、电报及交通、卫生、行政事宜，由中国国家或公共团体举办，外国人不能享受上述权利。商埠内应该征收的通常或者是临时捐税，中国人和外国人都有负担的义务。该《云南省城南关外商埠总章》由外务部照知各国驻北京公使后，英、法两国公使认为限制过严，"碍难承认"。因此英、法人等并在城外自设行栈，自由居住，不受约束。

蒙自县城哥胪士洋行旧址

昆明开埠通商后，由于受条约限制，不便更名，称为云南府分关，直辖于蒙自关。1910 年，法国在昆明正式设立"法国外交部驻云南府交涉员公署"，执行领事馆任务，受法国驻蒙自领事馆管辖。英国也不理会清廷的抗议，设立英国驻滇总领事馆，并于 1910 年在昆明北门外莲花池商山寺购买土地，拟建领事馆，称为"英国花园"。

这一时期，昆明商埠内完成了一系列的基础设施建设，埠头、马路、货栈、旅店、路灯等，使德胜桥一带成为昆明商贾云集、商贸繁荣的黄金地带。环城铁路线内城市中心的面积与道光年间的昆明县城相比，内外街区扩大了三分之一。光绪三十二年（1906），云南全省商务总会成立，有行帮 24 个，铺帮 22 个，客帮 13 个，共 59 个，其中百户以上的行帮有 30 个左右。到宣统二年（1910），昆明的商业店铺城内有 6127 户，城外有 3624 户。除此之外，外国洋商也来昆明开设洋行，如宣统二年（1910）英国商人在羊市街开设的旗昌洋行，经营各种机器。同年英国商人在得胜桥开设英美烟公司，经营各种纸烟，有资本 5000 元。宣统元年（1909）日本商人在广聚街开设保田洋行，经营进口杂货，有资本 5 万元。同时，外国商人在蒙自开设的洋行有的迁到昆明，有的在昆明、蒙自两处设立洋行。

昆明开关自立口岸，顺应了时代发展的潮流，进一步促进了云南近代工业、商业及金融业的发展，加快了昆明城市的现代化历程，人们的思想观念和生活方式发生了较大的变化，"标志着云南第一次主动向外界打开自己的大门"，云南成为晚清时期中国对外开放的前沿。

四、编练新军

"新政"建设开始后，清王朝"筹饷练兵"，进行军制改革，仿照西方的方法（主要是德国军制）编练新军，建立警察，重建海军，力图建立一支新式武装来维护自己的统治。清王朝编练新军，以袁世凯在天津小站训练的"新建陆军"最为有名，后来发展成为北洋常备军一至六镇，袁世凯也因此成为北洋军的鼻祖。

云南新军的编练，与时任云贵总督的锡良有较大关系。锡良（1852～1916），字清弼，姓巴岳特氏，镶蓝旗蒙古麟昌佐领下人。同治十三年（1874）甲戌科进士，光绪三十三年（1907）从四川总督调任云贵总督。他在云南创练陆军，设立云南陆军讲武堂，添购枪支大炮，历行禁种鸦片，成功处理了沿边少数民族土司的承袭问题。宣统元年（1909）授钦差大臣，调任东三省总督，后任热河都统。宣统皇帝退位后，他称病请求退休。后卧病六年，坚拒任何医药，年66岁去世。锡

云贵总督锡良

良"性清刚"，"疾恶严"，"非义之财，一介不取；于权贵尤一无所遗"。晚清重臣张之洞称他为"循吏（奉公守法的官吏）第一"。

1904 年（光绪三十年）9 月，清廷颁布以北洋常备军营制饷章为基础的全国统一的营制饷章，下令全国普练新军，各省只要练有一协新军的都应在省会设立督练公所，下设兵务、参谋、教练三处。

云南陆军制革厂

光绪三十一年（1905），云贵总督丁振铎奉令成立云南新军督练处，创设绥靖新军步队三营，每营分置四队。炮队一营，营下分置三队。这是清朝云南

驻军第一次使用"新军"的名号。光绪三十二年（1906），丁振铎又添设新军步队二营，设立参谋处、教练处和执法处，分别掌管军令、军政等事宜。同时设协统一员，统辖云南新军六营。这一时期的云南新军，多为改练旧军而来，虽然采用西式编队、西式操典、西式战术进行训练，但军纪散漫，素质较低，装备较差。

光绪三十二年（1906）八月，清廷制订了全国建立三十六镇（师）的计划和具体分配方案。云南"控制西南边徼，亟宜厚集兵势，以资防守"，计划五年之内编

云南陆军兵工厂

云南陆军营房内的讲堂

云南陆军营房内的士兵寝室

云南陆军营房内的食堂

云南陆军营房内的医药室

练两镇。其时锡良继任总督，致力于对已经练就的新军进行整顿，同时扩大编练。他带来出身北洋武备学堂的湖北安陆人陈宦，将陈宦所率湘军一营分编至云南新军各营，大力整顿军纪。对新军士兵的年龄、身高、品行、文化程度等，都按照清政府的新订营制饷章，"汰弱留强"。另订购军械，加强训练。同时，锡良奏准添编步队一营、辎重队一营，将云南新军改称陆军混成协，任命陈宦为协统。协下设二标，任命标统二员统辖。他请求陆军部派一批军官充实云南新军，又致电陆军部，以经费不敷使用，请求"先练一镇，俾得支持危局"。

光绪三十四年（1908），陆军部派陆军统制崔祥奎来云南，命令于当年内先练成一镇，并催促从速开练。锡良把"督练处"改为"督练公所"，将云南陆军混成协扩编为镇。宣统元年（1909）二月，云南陆军一镇编练完成。按全国陆军编制序列，排列名号，称为"陆军第十九镇"，隶属于督练公所，以崔祥奎为统制。镇下设步队第三十七协、第三十八协。第三十七协统辖第七十三标、第七十四标，第三十八协统辖第七十五标、第七十六标。每标辖步队三营，共计十二营。步队之外，又有炮队三营，马队二营，工程队一营，辎重队一营。又设有机关枪营、警察队、军乐队，直隶于督练公所。每营官兵 536 人，全镇官兵共 10977 人。第七十五标驻扎临安（今建水），第七十六标驻扎大理，其余驻防省城，兼顾东部防务。新军采用募兵制，全省各地男丁年龄在 20～25 岁的，招募入伍，作为陆军长备军。三年服役期满，退为续备军。宣统元年（1909），锡良调走，沈秉堃护理云贵总督，购买德国克虏伯最新式步枪 8000 枝、山炮 54 门、重机枪 50 挺，全部用来装备陆军第十九镇。至此，云南新军士兵素质有所提高，训练也得到加强，装备堪称精良，在南方及西南各省中练成时间较早，人数较多，成为当时清王朝新军中最为精锐的部队之一。

除新军之外，光绪三十年（1904），丁振铎将此前云南的防军、土勇一律改为巡防队，编成南防十营、西防十营、开广边防五营、普防五营、江防五营、铁路五营。光绪三十三年（1907），清廷批准陆军部拟定的《巡防营暂行章程》，将各省编练新军后剩下的绿营、团练改编为巡防营（队），作为地方警备部队。宣统元年（1909）十月，沈秉堃改编巡防队营制，编为南防十营、西防十一营、普防三营、江防五营、铁路巡防十四营、开广边防二十营。到宣统三年（1911），云南巡防队共有六十九营，18807 人。此外，原来云南有厅、州、县调练的团哨和团营，于光绪三十三年（1907）奉令改为巡警。光绪三十四年（1908）将全省团营改为保卫队，经过多次裁改，共有保卫队十二营，3823 人。这样，全省巡防营、保卫队及其他零队，共有24442 人。加上新军陆军第十九镇，全省共有军队 35849 人。

五、陆军讲武堂

在编练新军的同时，为了培养新式军事人才，清王朝在全国各地建立了各种级别的军事学堂，驰名中外的云南陆军讲武堂应运而生。

在云南陆军讲武堂的历史上，早期总办（校长）李根源是一个关键人物，起过十分重要的作用。

李根源（1879～1965），字印泉，又字养谿、雪生，别署高黎贡山人，永昌府腾越厅九保（今属梁河县）人。1898年永昌府试考中秀才，1903年考入昆明高等学堂，1904年考取云南第三批日本留学生，入东京振武学校，四年后又进入日陆军士官学校第六期步兵科，1909年阴历八月毕业。应护理云贵总督沈秉堃的电调，回云南任陆军讲武堂监督兼步兵科教官，参与讲武堂的创办工作。

早在编练新军的同时，云南就创办了一些军事学堂，如1899年创办的武备学堂、1901年创办的新操学堂、1906年创办的陆军速成学堂和陆军小学堂、1909年创办的军医学堂等。1907年，云贵总督锡良创办了云南陆军讲武堂，由陆军小学堂总办胡景伊兼管，开学之初有学员86人。后因学堂设施及教学质量均不理想，7个月后停办。一年后，经锡良及沈秉堃的筹备，云南陆军讲武堂复办。当时正好日本陆军士官学校第6期中国留日学生毕业回国，一批留日学生担任了讲武堂教官。

讲武堂总办李根源

李根源回云南后，沈秉堃对他极为信任和尊重，称他为"李学生"，要他尽速筹备，争取在中秋节时开学。筹办工作开始后，一切

云南陆军讲武堂

由李根源主办，沈秉堃并不牵制，还要求粮饷局负责人："以后李学生如要

用钱，须尽力支持。"

护理云贵总督沈秉堃

宣统元年阴历八月十五日，中秋节（1909年9月28日），云南陆军讲武堂正式开学，校址选在昆明翠湖西岸的承华圃。学校设督办1人，由护理云贵总督沈秉堃兼任；总办1人，先是胡景伊，后由高尔登兼任；监督1人，李根源担任；提调1人，张开儒担任。1910年4月高尔登辞职后，李根源继任总办，沈汪度接任监督。学生分为甲、乙、丙3班，共400余人。甲班调选新军第十九镇的管带（营长）、督队官（副营长）、队官（连长）、排长120人组成，学制一年；乙班调选巡防营管带、帮带（副营长）、哨官（连长）、哨长（排长）100人组成，学制一年；丙班招收16～22岁具有中等文化以上的青年200人组成，学制三年。次年，新军第十九镇随营学堂并入讲武堂，该校学生200人并入丙班。此后，又将丙班学生中年龄稍长、学识较优的100人，编为特别班，提前半年毕业。

讲武堂师资力量雄厚。1908年毕业回国的留日学生大部分在讲武堂充任教官，如唐继尧、顾品珍、李烈钧、罗佩金、庾恩旸、谢汝翼、李鸿祥、张子贞、叶成林、刘祖武等。他们均

讲武堂部分学生（前排左一为朱德）

接受过正规的军事教育与训练，掌握了近代军事理论知识。从学历上看，受过新式教育的占绝对优势。在已知担任教官的40人中，日本各学堂毕业的28人，京师大学堂毕业的4人，越南巴维学校毕业的2人，情况不明的6人。

其中担任军事教学的23人中，2人毕业于日本陆军测量学校，21人毕业于日本陆军士官学校。

讲武堂制度健全，管理严格。早在讲武堂创办前夕，就制订了《云南陆军讲武堂试办章程》。李根源接任总办后，以此为基础，制订了《改订云南陆军讲武堂章程》，其内容深受日本陆军士官学校的影响。根据章程，学校在管教一致的原则下，建立起与教学相配套的组织机构，在总办之下，分设监督处、提调处、编修处、财务处和军医处。每处各司其职，监督处负责教育，提调处负责人事调动和内外事宜，编修处负责对内对外文牍，财务处负责会计财务，军医处负责医疗和卫生。人事聘任方面，科长、教练官由总办遴选，助理教官、军士等从品学兼优的新军中下级军官中选充。教职员官阶按陆军部的有关规定执行。军服方面，学生一律是宽边圆盖帽，帽顶白色镶红边。帽箍部分罩一圈一寸宽的红呢。皮遮阳，帽徽是三角形金星。这种红箍帽后来被滇军采用，外地人因此称滇军为"红头军"。领章分科设色，步科红色，骑科黄色，炮科蓝色，工科白色。此外，对于学生学科、术科成绩的考核与奖惩也有明确规定，学生的日常行为规范也严格限制。

讲武堂课程设置合理。学校仿效日本陆军士官学校制定建制和科目，军事训练基本搬用了日本的教育内容，以军事学为主，普通学（文化知识）为辅，军事教材大量采用日本士官学校的教材。其军事分科和课程设置如下：

步兵科

学科：步兵操法、野外勤务、步兵射击教范、野外筑城教范、体操教范。

术科：制式教练、体操、马术、枪剑术、教练射击、战斗射击、工作实施、野外演习。

骑兵科

学科：骑兵操法、野外勤务、马术教范、剑术教范、骑兵野外作业教范、骑兵射击教范、体操教范、爆破教范。

术科：制式教练、马术、军刀术、射击教练、战术教练、体操、野外作业、马匹刷洗喂养法、游泳术、拳枪射击法、野外演习。

炮兵科

学科：炮兵操法、野外教范、马术教范、工作教范、炮兵射击教范。

云南陆军讲武堂旧址

云南陆军讲武堂旧址

云南陆军讲武堂旧址

术科：制式教练、驭法教练、马术、军刀术、拳枪射击法、教练射击、战斗射击、体操、马匹刷洗喂养法、大工术、野外演习。

工兵科

学科：工兵操法、野外勤务、坑道教范、枪剑教范、步兵射击教范摘要、体操教范、架桥教范、筑城教范、交通教范、爆破教范、捆包积载教范。

术科：制式教练、筑城术、军路术、对壕术、架桥术、枪剑术、教练射击、战斗射击、捆包积载法、游泳操艇术、马术、野外演习。

辎重兵科

学科：辎重兵操法、野外勤务、捆包积载教范、驮包调教教范、驮马调教教范、马术教范、剑术教范、步兵射击教范摘要、体操教范、马学。

术科：制式教练、马术、体操、射击教练、捆包术、积载术、军刀术、马匹洗刷喂养术、野外演习。

讲武堂培养学生的吃苦耐劳精神和坚忍顽强意志。对此，李根源总结为"坚忍刻苦"四字校训，认为"夫坚忍刻苦者，为学之要，立身之本"。可以说，"坚忍刻苦"四字实际上就是云南陆军讲武堂的精神。

除严格的管理和完善的制度外，讲武堂在日常教学和学籍管理方面有时也较为灵活，具有人性化的一面。如四川仪陇县人朱德冒籍云南临安府蒙自县人，考入讲武堂丙班，后为人发现。学校当局发生争执，有的说应严格执行学校规定，开除学籍；有的认为朱德不远千里而来，一心想学军事，主张变通处理。李根源为朱德的精神所动，说："籍贯错了改回来就可以。不要为了这个问题，把一个跋涉千里来投考讲武堂的有志青年拒于门外。"这一决定，使朱德有机会接受了讲武堂正规的军事教育，朱德回忆说："我一心一意投入到讲武堂的工作和生活，从来没有这样拼命干过。我知道我终于踏上了可以拯救中国于水火的道路。"讲武堂也因此培养了一个"创造历史"的学生。

Disanzhang

第三章　孙中山的选择

Sunzhongshan de xuanze

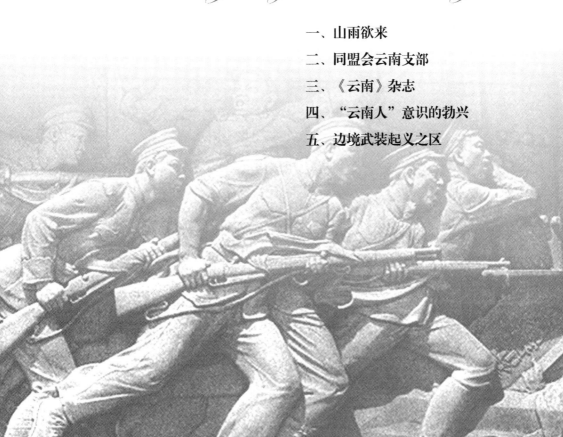

一、山雨欲来

　　清光绪三十二年（1906）发生的罢免兴禄事件，陈荣昌弹劾兴禄的罪名，主要是"派夫修路，划界失地"。一时之间，丁振铎、兴禄等人成为清王朝在云南腐朽统治的象征，云南人民对清廷统治的失望与愤怒终于喷涌而出，发展成为一次不小的风潮。而颇具讽刺意味的是，云贵总督丁振铎却是晚清官场中少有的"清刚"之臣，为官"清简"，连翁同龢都称他"笃实廉洁"，后来的云贵总督锡良也"性清刚"，"疾恶严"，"非义之财，一介不取；于权贵尤一无所遗"。张之洞称他为"循吏第一"。清末两位著名的"清官"、"好官"治理云南，却未能缓和云南社会日趋激化的内在矛盾，丁振铎反因"误国"、"误省"、"贪污"等罪名去职。这对清王朝在云南的统治来说，已经是"一叶落而知秋"了。

　　各族人民对清朝统治的愤怒，主要在于清廷中央和云南地方政府面对英、法咄咄逼人的侵略行径，往往应对失误，处理不当。如中英滇缅划界失地千里，滇越铁路和七府矿产出卖路权、矿权等。特别是越南、缅甸亡国后的惨痛教训，加上英、法侵略势力步步紧逼，登堂窥奥，强化了各族人民的危机意识，产生了亡国亡省的焦虑与恐惧。

　　面对外患日亟、国势衰微的局面，各阶层人民纷纷展开了爱国救亡运动。知识分子、商人、士绅及主张改革的清廷官员积极推动资本主义建设，以改造王朝、推行君主立宪为己任。如康有为等人发动"公车上书"时，云南就有十多名举人参加。保国会成立后，北京还出现了"保滇会"。1900年的"昆明教案"，地方团总陈荣昌在官府的策划下，发出"滚单"（通知），要求昆明四十八堡乡团派人敦促方苏雅交出枪械。事后陈荣昌挺身承担责任，说："上不敢牵引一官，中不敢牵引一绅，下不敢牵引一民。……勿连累吾滇痛恨洋人之绅民，杀荣昌一身以谢洋人足矣。"1910年的收回矿权运动，青年学生们组成了"云南死绝会"，云南民众设立了"保存云南矿产会"，举行各种集会。绅商们电请北京政府，要求废除矿约。他们组织了"矿务研究会"、"矿务调查会"，主张"开矿救滇"，组织成立了个旧锡矿公司和宝兴公司。云贵总督李经羲等也主张成立矿务公司，和英法隆兴公司相对抗。云南社会各界推举了代表，前往北京请愿。"新政"建设时期，云贵总督丁振铎与云南巡抚林绍年联合致电清廷，呼吁实行宪政。

下层群众则以风起云涌的民变发泄对腐败王朝的怨愤和不满，这是晚清社会内在矛盾激化的产物，是人民群众对现存社会的不满和反抗。《辛丑条约》签订后，巨额的战争赔款加重了全国人民的负担，云南自光绪二十七年（1901）起，每年认解赔款白银 30 万两，分 12 次，按月汇往上海。光绪二十二年（1896）起，蒙自关每年奉派汇解俄、法、英、德借款白银 4 万两，后来加派 1 万两，每年共解 5 万两。光绪二十六年（1900）起，承担清廷向英国克萨（渣打）银行借款"克萨镑款"的还款任务，每年解送白银 4 万两；承担清廷向英国汇丰银行借款"汇丰洋款"的还款任务，每年解送白银 6.7 万两（实际解送 2.7 万两）。以上各项每年承担战争赔款及归还借款共白银 41.7 万两。1905 年清廷废除科举，准备"仿行立宪"，结果破坏了传统社会的根基，带来了社会的动荡。据统计，从 1902 年到 1911 年，各地民变达 1300 余起，平均每两天半发生一次。其中 1905 年有 103 次，1906 年有 199 次，1907 年有 188 次，1908 年有 112 次，1909 年有 149 次，1910 年则有 266 次。这种群众性的反抗斗争主要表现为抗租抗粮、抗捐抗税、抢米风潮、秘密会社起事、工人罢工、反洋教斗争、少数民族起事等，还有为求食盐而导致的城乡骚乱、兵变、学潮、反对"新政"及其他反对压迫的斗争。

由于资料的限制，有关云南地区民变的记载零星而散乱。大体上，由于地理位置及对外关系的影响，云南的民变多与反洋教及反抗西方的侵略有关。云南人民发动的反洋教斗争，前面已有介绍，并将较为重大的十余起列表说明。各族人民的反抗，则有 1903 年 2 月广西农民起义军以滇桂交界的剥隘为根据地，5 月个旧周云祥领导的矿工起义。1904 年 7 月滇越铁路筑路工人聚会。1908 年川、滇边区彝民暴动。1910 年 5 月思茅厅猛遮叭目召康亮聚众起事；7 月广西派驻滇边南溪的军队三哨哗变；10 月永宁县防军 500 余人哗变，联合喇嘛占据中甸；11 月云南全省课堂罢课，抗议出卖矿产；同月大姚县农民暴动，攻占县城，华坪县农民围困县城；12月巧家监犯越狱，在川边木城地方起事。1911年3月宣威州农民聚众抗拒铲除烟苗，同月东川府（今会泽）米林南坝地方哥老会起事等。其中杨自元火烧洋关及周云祥起义影响较大。

1898年，法国人开始在滇南蒙自城外及其周边勘测铁路线路，搭棚、打桩，引起了人民的惊惶。1899年末，锡矿工人杨自元聚众万余人，攻打蒙自县衙门及法国洋行，放火烧毁了蒙自税务司的房屋。

1903年5月，锡矿工人周云祥（建水人）焚香结盟，聚会矿工数千人，提出"抗官仇洋"、"拒修洋路、阻洋占厂"的口号，发动武装起义，占领了个旧矿山。各地民众纷纷响应，队伍发展到近万人，乘胜占领个旧，攻克临安府城建水及石屏县城，势力发展到开远、峨山、河西、江川、华宁、弥勒、泸西、元江等地。周云祥起义震动了清廷中央及云南地方政府，"省城大震，各属鼎沸"，匆忙调集省内及湖南、湖北、四川、贵州、广东、广西等省军队，辅以地方民团，围剿起义队伍。法国方面也以保护勘测人员及传教士为名，调动军队至越南老街，声言"助剿"。在清军优势兵力的攻击下，周云祥的队伍多次失利，退守建水孤城，城破被害，坚持两个多月的起义最后失败。

总的来说，"民变以动乱的形式为革命创造了社会环境"，革命既在民变之外，又与民变并存。民变还阻碍了清王朝的自我挽救，从而取消了统治阶级谋求让步改革的最后机会，促成了清廷统治秩序的瓦解。

山雨欲来风满楼，清王朝在云南的统治已经处于风雨飘摇之中。

二、同盟会云南支部

直挂云帆赋远游，东瀛奇景豁双目。

山苍有骨横秋老，海碧无情亘古流。

怒浪掀天驰万马，阴霾匝地斗群虬。

太平洋上风潮急，好挽狂澜莫九州。

这首气壮山河的诗作，是同盟会云南支部长吕志伊1904年东渡日本留学时，在波涛滚滚的太平洋上所作。青年学生们怀抱为国家建功立业的志向，立志探寻救国救民的真理，决心学成回国，使中国走上独立富强的道路。一年之后，陈荣昌赴日本考察学务，云南留日学生百余人在东京浅草区德川花园举行欢迎会。陈荣昌转述时任云南巡抚丁振铎的寄谕："云南留学生百余人，闻尚发愤刻苦，甚为可喜。……国家所以培植学生者，望学生学成后为国家效用耳，学生增一分学力，即国家增一分自强。"云南布政使陈灿寄语："为语师范诸君，滇中各属学

孙中山先生

堂正待料理，卒业当速归。若数十人中，有愿学完全师范者，即再留学数年，亦期望所属也。……望各学生念本省时局之艰，鼓当前向学之力，为后来设施之具，是所至祷。"已转任贵州巡抚的林绍年寄语："求学海外亦苦矣，当勉力各有所得，归授乡人，于学界方有起色，勿入宝山而空回也。"应该说，云南官员的拳拳话语，反映出地方当局对留日学生学成归国效力寄予了厚望，同时也表现出对学生们努力学习的殷切希望，这也是清廷派遣留学生的初衷与目的。

但是，事与愿违，云南留日学生大多没有按照清廷中央及地方当局的期望发展，他们纷纷走上了资产阶级民主革命的道路，主张武装推翻清王朝的腐朽统治，这是清王朝各级官员甚至留日学生个人也始料未及的。

1905年，经历了革命思想的广泛传播和革命团体的相继建立后，中国资产阶级作为一支独立的政治力量登上了历史舞台。7月下旬，孙中山与黄兴在日本东京会晤，商讨各革命团体的联合问题。30日，中国同盟会筹备会议在东京赤坂区召开。8月13日，留日学生1300余人在东京曲町区举行了欢迎孙中山大会，确立了孙中山在革命派中的领导地位。8月20日，中国同盟会在东京召开了正式成立大会，建立了近代中国第一个全国性的资产阶级政

党，资产阶级革命派有了统一的指挥中心，为民主革命事业打开了一个新局面。大会通过了《中国同盟会章程》，以"驱除鞑虏、恢复中华、创立民国、平均地权"十六字纲领为宗旨。推举孙中山为总理，黄兴为庶务，下设执行、评议、司法三部。规定在国内设立东部、西部、南部、北部、中部五个支部，云南划入设于香港的南部支部（实际南部支部没有领导过云南的同盟会组织）。规定各省推定一个主盟人，一面吸收本省留日学生入会，一面回国建立本省同盟会分会。云南主盟人是吕志伊。吕志伊（1881～1940），字天民，原名占东，笔名金马、侠少，云南普洱府思茅厅人。早年毕业于普洱宏远书院，后入昆明经正书院，光绪二十六年（1900）庚子科举人，光绪三十年（1904）官派赴日留学，毕业于宏文学院速成师范，后入早稻田大学政治经济科。

云南留日学生积极参加同盟会的筹备和建立工作。1905年5月，李根源等人在东京会见了黄兴。7月，孙中山从欧洲来到日本横滨，云南留日学生杨振鸿、吕志伊、李根源等前往晋见。孙中山勉励他们说："革命是艰苦事，要卖命。"7月30日召开的同盟会筹备会议，杨振鸿、吕志伊、李根源、赵伸、张华澜5人作为云南代表出席，并宣誓入盟，与所有参会者一起，成为

同盟会云南支部长
吕志伊（天民）

罗佩金

同盟会的发起人。同盟会成立后，吕志伊当选为评议部评议。

经过杨振鸿、吕志伊等人的积极工作，1906 年初，同盟会云南支部宣告成立，推举吕志伊为支部长（李根源说是推举罗佩金，但罗佩金不愿担任，于是共同推举吕志伊），先后参加同盟会的云南留日学生如下：

杨振鸿	吕志伊	李根源	赵　伸	张华澜
罗佩金	殷承瓛	唐继尧	叶　荃	赵复祥
黄毓英	黄毓成	张开儒	庾恩旸	刀安仁
周德容	李鸿祥	刘祖武	顾品珍	张子贞
刘法坤	李伯庚	林春华	姜梅龄	赵钟琦
沈　钟	黄嘉梁	杜钟琦	言道一	李燮羲
张含英	李曰琪	李植生	张乃良	何　汉
何　畏	丁怀瑾	杨名遂	杨鸿章	刘九畴
唐允义	黄毓嵩	邓绍湘	张邦翰	张大义
何伟伯	刘光鼎	杨　若	段　宽	李贞伯
禄国藩	王九龄	邓泰中	杨大铸	李　敏
王　武	张朝甲	马　标	苏之杰	郗　衍
黄去病	张耀曾	曾鲁光	李纯禧	陈凤鸣
罗为恒	苏　澄	胡　源	谢汝翼	

资源来源：云南省历史学会、云南省中国近代史研究会编《云南辛亥革命史》，云南大学出版社，1991 年 10 月，第 38 页。

以上 69 人并不是加入同盟会的云南留日学生全部名单。据吕志伊回忆，经他介绍和主盟加入的，前后有百余人。再加上其他人介绍加入的，其总数远不止此，有的研究认为有二三百人。

同盟会云南支部成立后，陆续派人回到云南，发展同盟会组织，宣传民主革命思想。杨振鸿等人先后在昆明组织了"公学会"、"滇学会"，李伯东等成立了"兴汉会"、"敢死会"、"誓死会"等公开或秘密的团体，开展革命运动。大理组织了"同学会"，腾越张文光组织了"自治同志会"，缅甸张成清组织了"死绝会"等。杨振鸿还撰写了《敬告滇中父老兄弟书》，列举安南、缅甸亡国的惨状，揭露英、法帝国主义对云南的侵略，强调云南在中国命运中的地位，呼吁云南人民起而救亡图存。革命党人将其译为白话文，多次翻印，散发到全省各地，产生了积极的影响。同盟会员徐濂（留越学生）回到昆明，倡议设立了"省城演说会"，上街设台演讲，宣扬云南之危及亡国之惨，讲述民主革命与救亡之策。

三、《云南》杂志

实行革命有同盟，荡荡风云萃众英。

《民报》挺生谁拱卫，《云南》杂志是尖兵。

斗争不懈历有年，此中艰苦只自怜。

哪得卿云重九现？留将文彩照南滇。

这两首诗，是李根源为纪念《云南》杂志而作，充分肯定了《云南》杂志宣传资产阶级民主革命的功绩。

中国同盟会成立后，为了加强思想宣传工作，创办了机关报《民报》，并与改良派的《新民丛报》展开了声势浩大、意义深远的大论战，逐渐使资产阶级民主革命思想深入人心。为了进一步扩大宣传和影响，孙中山和黄兴号召各省留学生筹办地方刊物。1906 年正月的某一天，同盟会开会，会议结束后，湖南人刘揆一、湖北人匡一，邀约云南革命党人杨振鸿、赵伸、罗佩金、吕志伊、李根源 5 人留下，说孙中山和黄兴有事情商谈。见面后，孙中山和黄兴说："云南最近有两个导致革命之因素：一件是官吏贪污，如丁振铎、兴禄之贪污行为，已引起全省人民之愤慨；另一件是外侮日亟，英占缅甸，法占安南，皆以云南为其侵略之目标。滇省人民，在官吏压榨与外侮侵凌之下，易于鼓动奋起，故筹办云南地方刊物，为刻不容缓之任务。"杨振鸿、李根源等人完全接受孙中山和黄兴的意见，当即表示立即进行组织和筹款工作。孙中山和黄兴又指着在场的陶焕卿、宋钝初（教仁）、宁太一三人说："可随时为之帮助，有事共同商量。"

经过积极的筹备工作，四月，《云南》杂志社成立，以东京神田区三崎町一丁目云南同乡会房屋的一部分为社址。因为李根源是云南同乡会会长，与赵伸一起被推举为干事，负责杂志社的全部工作。推举吴锟、周钟嶽为总编辑，后来因为吴锟回北京，周钟嶽回云南，改推张

《云南》杂志封面

镕西（耀曾）为总编辑，席上珍、孙志曾为副编辑。讨论通过了《云南》杂志的办刊宗旨与简章，以"开通风气，鼓舞国民精神为本旨"，强调"启人智识，惊醒国魂。激起爱国思想，提倡尚武精神，唤国人之睡梦，提国运之进步，推倒专制政体，鼓吹民族主义。大声疾呼，警醒睡魔。挽狂澜于既倒，扬国旗于将来"。经费方面，经《云南》杂志社发函与国内同乡及缅甸华侨劝募，缅甸华侨张成清、李瑞伯、刘玉海等劝募获得五千余元，四川布政使赵藩、四川提督夏毓秀及京外同乡人士捐款共获得五六千元。10 月 15 日，《云南》杂志创刊号正式出版，内容涉及政治、军事、经济、文化、中外史地、风土民情等方面。此后直到 1911 年武昌起义爆发停刊，除因日本警察查禁《民报》、赵伸等学习制造炸弹遭到搜捕而两次中断，5 年间共发行了 23 期及纪念特刊《滇粹》1 册，成为各省同盟会举办的刊物中坚持时间最长、发行期数最多的刊物。

《云南》杂志出版发行后，受到云南全省人民的热烈欢迎，产生了重大的影响，"开留学界杂志之花"。1908 年出版到第 13 期时，发行量由 3000 册增加到 5000 册。杂志社的办事人由 3 人增加到十余人，撰写稿件的也由 12 人增加到近 50 人。还在昆明、北京、贵阳、缅甸瓦城等地设立分社，在四川、上海、浙江、辽宁、广西、广东、陕西、湖北等十余个省、云南省内各重要的府、厅、州、县及新加坡、缅甸、越南、香港等地设立了代办所。

《云南》杂志宣传资产阶级民主主义，反对英、法等国对云南的侵略，"痛呈清廷不纲及列强谋滇政策"，立场鲜明，锋芒毕露，充满了朝气和战斗精神。

其一，《云南》杂志以较多篇幅，宣传资产阶级民主主义思想，介绍西方资产阶级的国家观、国民观和地方自治思想。

《云南》杂志载文指出"国家者国民全体之国家，非少数贵族之国家，更非君主一人之国家"。"国民者，于法律上皆平等且自由者也"。要求"兴民权"，强调国民的选举权与被选举权，主张地方拥有自治权。在宣传资产阶级民主革命思想方面，《云南》杂志的影响大大

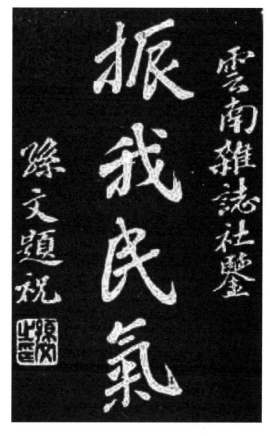

1906 年孙中山在日本为《云南》杂志社题词

超过了省界，成为中国资产阶级革命派的一个重要舆论阵地。

其二，《云南》杂志以大量篇幅揭露英、法帝国主义对云南的侵略与掠夺，号召云南各族人民起来斗争，收回铁路和矿产利权。

《云南》杂志载文指出"云南者，云南人全体之云南也"，大声疾呼"头可断，身可灭，家可毁，而地不可失，种不可奴，国不可亡"。对于法国在云南境内兴建滇越铁路，认为是"强索铁路，云南之腹心溃；攘夺矿权，云南之命脉绝"。"滇越铁路乃吾云南之深患，杀吾云南人之毒剂，戕吾云南人之利刃"。因此，"足以致死云南人之生命，召中国之瓜分者，即此铁路矿产两大宗"。基于这样的认识，《云南》杂志号召全省民众起而赎回滇越铁路，废除七府矿产条约。如此"则云南安全，中国无恙"。在全省人民掀起声势

《云南》杂志发刊纪念摄影

浩大的收回利权运动中，《云南》杂志起到巨大的宣传鼓动作用。

其三，《云南》杂志以犀利的语言猛烈抨击清王朝的腐朽统治，揭露清廷中央及云南地方当局出卖国家主权、出卖铁路修筑权及七府矿产等罪行，将反侵略与反对清王朝的封建统治紧密结合起来。

《云南》杂志批评"政府之视云南，久已置诸不足轻重之列。因而官吏盗卖云南，不之罪；外人侵略云南，不之问"。认为"我滇吏及政府，饮鸩如饴，滥用国家之公产，以作馈赠之礼仪。置人民死活于不问，未知其居心何等也"。号召人民起来"兴师罪政府"，"鸣鼓攻官吏"。在云南社会各界驱逐丁振铎和兴禄事件中，《云南》杂志起到了推波助澜的作用，因而招致清政府的嫉恨，云南地方当局下令逮捕《云南》杂志在云南的销售员李贞白、李光鼎、杨若、何汉等人，禁止学生阅读《云南》杂志。后在陈荣昌的帮助下，李贞白等20余人得免于危险，先后逃到日本。

其四，《云南》杂志以无比自豪的语言赞美云南的富饶、美丽，把爱家乡与爱祖国联系起来。在《发刊词》中，《云南》杂志以充满感情的语言描绘云南说："言风景，则苍山昆海，天然之优美素著；语气候，则寒暑雨旸，小民之咨怨弗闻。山林原野，半是丰饶之区；玉石药材，久负中原之誉。且矿脉蜿蜒，矿山崔巍，五金石炭，遍地皆是；而铜铁之富，尤为世所惊羡。"抒发了留日学生对家乡的热爱，从而增强全国人民对云南的认识，激发全省人民的爱乡爱国之情。

《云南》杂志是清末革命者利用大众媒介进行民众动员的典型代表，报刊宣传成为辛亥革命运动的"加速器"。

四、"云南人"意识的勃兴

1907年，《云南》杂志出版至三、四期以后，英、法等国有关机构图谋封禁不成，于是组织人力，逐期翻译，以至伦敦、巴黎的报纸，竞相鼓吹说："云南人醒矣！云南人醒矣！"所谓"云南人醒矣"，实际上表明在《云南》杂志的广泛影响下，近代"云南人"意识的蓬勃兴起。

什么是"云南人"？"云南人"的概念是什么时候出现的？"云南人"具有怎样的含义和意义？

据有关专家研究，在历史上，云南居民最早被称为"西南夷"，后来被称为"爨蛮"。唐代以后又称为"南蛮"，所以记录唐代云南的志书被命名为《蛮书》。总之，云南一直是"蛮夷"为主的区域。到了明代，汉族移民大量进入云南，虽然目前对移民的具体数字存在争议，但可以肯定的是到明代后期，汉族移民的总数已达300万左右。可以说，汉族移民的数量已完全超过了原住的"蛮夷"人户，云南"夷多汉少"的状况有了根本改变。原来原住的"夷人"与汉族移民相互依存、相互交流、相互帮助、相互融合，形成"云南人"。"云南人"称谓的出现，标志着"云南人"的形成，这在云南民族历史上具

《云南》杂志纪念特刊《滇粹》

有极为重要的意义。"云南人"不仅仅是云南汉族移民的称谓，而且是云南省范围内所有居民的称谓，包括汉族和其他少数民族。"云南人"不仅是中原居民对云南居民的认同，也是云南居民对华夏的认同。

但"云南人"意识的勃兴，却是近代以来严重的边疆危机冲击下西方民族主义思想影响的结果。1905年，留学日本的云南昆明人杨振鸿以"留日学生"的名义，写印《敬告滇中父老兄弟书》，寄回云南，散发各府厅州县。书中"列举缅越事以为滇人镜"，揭露帝国主义侵略云南的野心，激发云南人民的革命热情。昆明教育界有关人士广为翻印，译为白话文印刷散布，人们争相传诵，"全省人民始如梦初醒"。在书中，杨振鸿还以在日本学到的国民对国家应承担的责任为出发点，强调指出："必先使全体之人知云南非外人所得觊觎之云南，乃云南之云南。云南之利，云南人享之。云南之害，云南人被之。有一云南人，即有一负担云南之责任，不得独诿之君上，不得独诿之官长，并不得委之士绅，方不负为云南人，方不负为负担云南责任之云南人。今云南之利，尚不及言；云南之害，已临眉睫。其害维何？铁道是也。……往事已矣！今滇蜀铁路，讵非我抵制滇越路而奏准自办者乎？奈何放弃责任，认股寥寥，坐待他人安南我，缅甸我，而不恤乎？若竟以是为不足恤也，是真忘其云南为云南人之云南矣！"这是近代时期较早阐述"云南人"概念的文告。

《云南》杂志"以开通风气，鼓舞国民精神为本旨"。其宣扬的"云南人"意识，把爱家乡与爱祖国联系起来。迤南少年生在《爱滇篇》中说："自古豪杰之士，未有不知爱国者，又未有不知爱乡而能爱国者。夫国者乡之积也。"文章从天气之可爱、地理之可爱、历史上不无可爱者、人才之不无可爱者、特产之可爱等五个方面阐述了云南的特点，并总结说："夫今日有滇存与存、滇亡与亡之心思，他日乃有吾亡滇亡、吾存滇存之关系。"侠少（吕志伊）在《云南之将来》中说："吾人生为云南人，死亦必为云南鬼。……云南者一千数百万汉族之云南也。……云南之主权，必不许他族他国之侵夺；云南之领土，必不许他族他国之占领。……呜呼，金沙浩荡，滇海汪洋，碧鸡灵秀，金马辉煌。云南云南，其勿蹈安南覆辙、缅甸后尘；……撞自由钟于华岭，树独立旗于点苍。"介于石在《余之云南观》中强调清政府视云南为不足轻重，揭露英、法对云南的侵略，认为云南的危亡惨状，"如在眉睫"，希望"我们云南人有了独立的资格，有了独立的价值，可以对得住政府，可以对得住各省同胞，可以对得住祖宗，可以对得住儿孙"，"我们云南人，常常保有云南土地"。崇实在《论云南人之责任》中，列举"滇中可危之事"八项，提出振作精神、固结团体，倡公私立之学校、增社会之智识，倡勇敢、习武事，士人尽分内之义务，倡立农工商业之学校，修筑铁路、开采矿山、禁吸鸦片、增进精神之文明等云南人应该承担的责任。并总结说："我为滇人，当以滇事为己任。其亡耶，滇人受其祸；其存耶，滇人蒙其福。存亡之会，间不容发。则请大声而疾呼之曰，滇之存亡当以滇人责任心之有无为断。"他还写了《云南之民气》、《论云南积弱之源》、《云南少年之前途》等文，批评云南人民气不振，高呼"云南与少年共存亡，云南存则少年存，云南亡则少年亡。少年同心协力，有保卫云南之诚心实力则云南存，否则亡。"

留日学生也思考了云南在国家中的地位问题。无己写有《论云南对于中国之地位》一文，从云南今日之危机、云南与中国之关系、保存云南宜联合各省、论云南存立之责在于云南人等方面，认为"非保守云南不足以存中国"，"云南虽边远，然东界黔粤，北邻川蜀，西接卫藏。一旦有事，则祸势蔓延，而全国必受其影响。……以狭义言之，则云南为云南人之云南，其存也云南人受其庇，其亡也云南人罹其殃。以广义言之，则云南为中国之云南，其存也可为中国之屏蔽，其亡也即可为中国瓜分之动机。去一部而全体伤，牵一发而全身动。此有机体之共通原则，亦社会所不能逃之公例也。"湖南人唐璆在《救云南以救中国》中说："今日救国当自云南始。夫云南者中国之云南也，非仅政府之云南，亦非仅云南人之云南也。使政府能保云南也，则云南人之幸福，中国无西南之患。今政府不能保云南，云南人既先当其难，一国人当共任其责。"

怎么团结云南人呢？怎么培养云南人的群体意识呢？留日学生接受了"合群"的主张，认为"吾云南居英法之交冲，值竞争之焦点，此天之使我以不能不群也。若以散沙之众，而当此潮流，则其不能生存而归于淘汰也，亦势所必至，理有固然。故今日非合大群不可，群一万七千余方英里之土地为一家，则去府厅州县之界；群一千三百三十余万之户口为一人，则去年谊谱牒之界。有同守之约束，有同薪之境界，宁牺牲一己以利同侪，无取便私人以破团体；此合群之说也。"

1908 年 1 月 1 日，云南留日学生一百余人在日本东京麦町区富士见轩举行《云南》杂志周年纪念庆祝会，会中留学生们不断高呼"云南万岁"，李根源宣读祝词，高呼："中国万岁。云南万岁。云南杂志万岁。"会议从上午八时半至下午二时，"会场肃穆端静，人无倦意，精神萃聚，亦见一斑"，集中体现了"云南人"意识的觉醒。与此同时，受国粹主义思潮的影响，吕志伊和李根源受命编辑《云南》杂志纪念特刊《滇粹》。8 月，《滇粹》出版，内容以弘扬云南民族精神为主，宣扬与云南有关的明代至清初"英雄人物"，收录了永历帝、沐英、傅友德、邓子龙、杨畏知、杨一清、郑和、傅宗龙、李定国等人的传记及相关资料，保存云南人的历史记忆，以激起云南人的自豪感，鼓舞云南人的革命士气。

云南留越学生

云南留越学生刊印的
《云南警告》一书

除《云南》杂志外，云南留学越南学生也于 1906 年刊印了《云南警告》

一书，揭露法帝国主义对云南的侵略，号召云南人民起来进行反抗斗争。鉴于文言文难以普及，云南留日学生又于1908年秋在日本东京创办了《滇话》月刊，主编刘钟华，以"普及教育，统一语言，提倡女学，改良社会"为宗旨，共出版了8期，以天、地、元、黄、宇、宙等名称排序，用浅显、通俗的语言介绍云南社会状况，宣扬民主革命的道理。这些，均对近代"云南人"意识勃兴产生了一定的影响，尤其是《滇话》在民间的普及和宣传作用，值得进一步肯定。

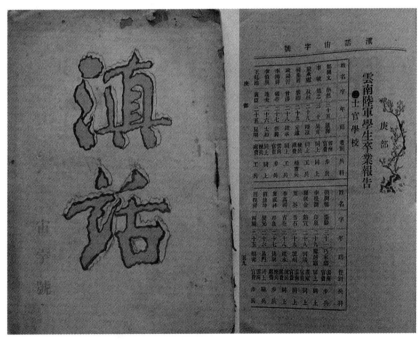

《滇话》月刊

五、边境武装起义之区

中国同盟会成立后，革命党人转入实际的反清斗争。其斗争方式有两种，一是暗杀，二是武装起义。1906年，杨振鸿计划刺杀云贵总督丁振铎，后因丁振铎加强戒备而流产。孙中山本人对暗杀行为既不提倡，也不反对，他和黄兴都将主要精力集中在筹备武装起义上。孙中山和黄兴发动武装起义，心营目注的地方是两广地区。这一方面因为两广地区革命基础较好，是兴中会的革命活动中心。同时，两广地区远离中国的政治中心，即使起义失败，也可以退守南洋。因此，同盟会从 1907 年 5 月起至 1908 年 3 月止，先后发动多次规模较大的起义，如 1907 年 5 月 22 日爆发的广东潮州黄冈起义，1907

黄　兴

年 6 月 2 日爆发的广东惠州七女湖起义，1907 年 9 月 1 日爆发的广东钦州、廉州防城起义，1907 年 12 月 2 日爆发的广西镇南关起义，1908 年 3 月 27 日爆发的广东钦州、廉州、上思起义等。

在发动以两广地区为中心的南部边境起义的同时，孙中山和黄兴也将目光集中到了同样靠近缅甸、越南的云南，寄希望在这里进行武装起义。他曾说："沿海岸各省区决不能作根据地，否则打起仗来成为背水之战。又中原地带四面受敌，只有云南形势地处边远，高山峻岭，天然屏障。且与安南、暹罗、缅甸接壤，与国际交通并无阻碍。"

孙中山与黄兴发动南部边境起义，主要依靠的是同盟会南洋支部及缅甸支部。

同盟会成立之初，规定在新加坡设

同盟会南洋支部长胡汉民

立南洋支部。1905 年 10 月，孙中山来到越南华侨聚居的西贡、堤岸一带从事革命宣传，发展同盟会会员，成立西贡、堤岸同盟会分会。1906 年春，孙中山来到新加坡，4 月 6 日，在张永福的别墅晚晴园成立同盟会新加坡分会。首次与会加盟的有陈楚楠、张永福等 12 人，以后陆续加盟的有 400 多人。建立了各种名目的书报社，如同德书报社、开明演说书报社、星洲书报社、同

1906 年 2 月，孙中山与同盟会新加坡分会会员合影

文书报社等，后来由胡汉民起草了同盟会新加坡分会的章程 28 条。1906 年 8 月，孙中山等人来到马来西亚的吉隆坡。8 月 7 日，同盟会吉隆坡分会正式成立。1907 年春，孙中山为发动广东、广西、云南三省的武装起义，住在越南河内，在甘必达街 61 号设立起义指挥总机关，将原河内兴中会改组为同盟会，在海防建立同盟会分会。1908 年秋，为了加强联系，统一领导，孙中山代表同盟会总部，发出《设立中国同盟会南洋支部通告》，在新加坡建立了同盟会南洋支部。任命胡汉民为支部长，制定了《中国同盟会分会总章》十六条（即《南洋支部章程》），明确规定支部对分会的领导作用。同盟会南洋支部的建立，有力地影响和促进了中国革命斗争的向前发展，为辛亥革命的

爆发起了催化作用。1908 年冬，孙中山偕胡汉民等人来到曼谷，受到萧佛成等接待，建立同盟会暹罗分会，创办机关报《华暹日报》，建立中华阅书报社。1910 年夏，同盟会南洋支部根据孙中山的建议，由新加坡迁到槟榔屿，从此槟城便成为革命党人在南洋活动的中心。

缅甸方面，华侨受康有为保皇思想的影响较大。1902 年，康有为从印度到达缅甸，开展"保救清光绪帝"的活动。1903 年成立了"缅甸保皇分会"，兴办《仰光新报》，宣传保皇与君主立宪。1905 年，革命党人秦力山从香港

孙中山与秦力山（右二）等人的合影

到达仰光，结识了陈甘泉与《仰光新报》的主办人庄银安，通过艰苦的思想工作，庄银安等人的思想发生了较大变化。于是秦力山撰写了《革命箴言》二十四章共六万余字，产生了较大的影响，"缅侨之知因之大开"。1908 年 4 月，王群从日本带来同盟会本部委任证书，徐赞周、陈仲赫、陈钟灵 3 人率先加盟，又有陈守礼、张源等十余人加入。于是在仰光召开了缅甸华侨同盟会分会第一次成立大会，3 个月后，共有盟员 37 人。不久云南河口起义失败，革命党人黄子和、杜韩甫等转移到缅甸，经与徐赞周等商量，决定创办缅甸同盟会分会的机关报，"以张党势"。8 月底，以"鼓吹孙中山革命主张，唤起华侨"为宗旨的《光华日报》正式出版，"大倡革命排满，尤抨击康、梁，不遗余力"。主笔是孙中山从新加坡派来的杨振鸿和居正，吕志伊也曾担任编辑。经过积极的宣传，不久缅甸同盟会"党势大振"，会员发展到 400 余人。该年秋九月，孙中山派汪精卫、吴应培二人到缅甸，改订了缅甸同盟会分会章程。冬十一月，正式选举庄银安为缅甸同盟会分会会长，同时选举了副会长、主盟员、评议员等。又派人分赴缅甸各地，先后设立了毛淡棉、瓦城等分会 25 个。为了避免缅甸当局及清朝官吏的侦探，各地分会多

以"书报社"的名义出现。如仰光分会称为觉民书报社，瓦城分会称为振汉书报社，吉桃分会称为义民书报社，等等。

同盟会缅甸分会筹款并购买枪械，支持孙中山、黄兴在南部边境发动的武装起义。同时，与同盟会云南支部的革命党人紧密配合，运动云南境内的武装起义。1905年秦力山在缅甸与云南革命党人李瑞伯、张石泉结识，后又到干崖（今盈江县）军国民学堂开展工作，介绍干崖土司刀安仁与孙中山和黄兴认识，"是为革命党人与云南土司发生关系之开始"。秦力山因病去世后，革命党人继续坚持联络云南边境土司的方略，杨振鸿积极筹划滇西起义，奔走于缅甸、滇西和昆明之间，领导发动了永昌（今保山）起义，最后因起义失败而去世。1910年6月，黄兴从香港到缅甸，计划进入云南发动武装起义，后因事未能成行。黄兴认真审察了云南边境的形势，认为云南交通困难，"经营十云南不如一广东"，决定回广东，后来发动著名的黄花岗起义。至此，同盟会高层放弃了在云南边境发动武装起义的计划。但秦力山及同盟会缅甸支部在云南边境的活动，杨振鸿等播下的革命火种，使资产阶级民主革命深入人心。同盟会员刀安仁、张文光等继续坚持革命活动，终于在辛亥武昌起义爆发后，率先在滇西发动了腾越起义，推翻了清王朝在滇西的统治。

第四章　天南电光耀千秋

Disizhang

Tiannan dianguang yao qianqiu

一、风起河口

云南民主革命武装起义之飓风，自滇南河口吹起。

河口位于云南省东南部，东北邻马关县，西隔红河连接金平县，南邻越南，距省会昆明465公里。清初在此设置河口卡，隶属开化府安平厅。中法战争后，中越划界。光绪二十三年（1897），根据中法两国续订的《中越边界会巡章程》，设置河口对汛督办区，下辖四个对汛、一个分汛、四个副汛，隶属临开广道。由河口副督办管理，兼统南防营务处。

20世纪初，由于越南具有独特的地理优势和支持革命的华侨及会党武装，加上法越当局对革命党的包容态度，逐渐发展成为革命党海外活动和策划中国西南边疆武装起义的一个重要据点。光绪三十二年（1906），孙中山先生遭日本政府驱逐，转移越南，以越南为基地，在广东、广西发动了著名的黄冈起义、惠州起义、防城起义和镇南关起义。不幸的是，几次起义都以失败告终。孙中山等革命志士痛定思痛，决定重整旗鼓，在滇南再次发动起义。

在滇南举义，河口"可以四通八达，诚军事上最佳之发动点"。首先，河口地处中越边境，是滇南门户之所，进可攻蒙自、昆明，退可匿于越南，转走他国。河口起义时，云贵总督锡良便深感河口防守之苦，在奏稿中说：自河口"出界一步，匪可逍遥，我难过问。匪之来，防不胜防；匪之过，剿无可剿。"并且，河口往左可通蛮耗、普洱，右可通剥隘、广南到达广西边境，"革命军得之，可以四通八达"。而且，河口地当滇越铁路交通孔道，便利革命党运输军械物资。铁路周边人流比较复杂，利于革命党人潜伏。

河口起义时捐款用的铁箱

河口起义纪念馆（大门左侧写有"海关旧址"）

起义军使用的大炮

河口的战略地位十分重要，但清廷派驻在此的军队仅有三百多人。而且，士兵军饷低下，常遭克扣拖欠，连基本生活都难以保证。他们每人每月只发银四元，光是买米就用掉三元，剩下一元连付盐巴、柴草费都不够。为维持生活，他们不得不外出打柴、做工，对军务毫无责任可言。鉴于这种国防状况，爱国人士担忧地说："悲哉！以河口直接重要边防地，而仅驻兵……三百多人"，"衣食尚且不能保，安能冲锋打仗、替国出力？"河口另外还设有警察，但也是腐败不堪。时人记载他们的丑态说：河口警察"背旧式码子枪一支……其枪皆锈坏不堪，造法亦极粗笨难用，且各警兵亦不知章程规矩，有与人闲谈者，有蹲地吸烟者，有半睡半醒者，有吃饮食者，状态丑恶"。这种状况对中国国防显然是有害的，但对河口起义来说，却是一个极为有利的条件。

光绪三十四年（1908），孙中山令胡汉民组织黄明堂、王和顺、关仁甫等发动河口起义。

胡汉民（1879～1936），中国近代著名的政治家，字展堂，广东番禺人。1902年赴日本留学，1905年加入同盟会。1907～1911年间，与孙中山一起筹划发动了多次反清起义，河口起义就是其中较为重要的一次。李宗仁曾评价说：胡汉民"确为一刚正不阿、有为有守的君子，然器量亦极狭隘，恃才傲物，言语尖刻，绝无物与民胞的政治家风度。当时党内自元老以至普通党员，没有人对展堂先生不表示尊敬的，然也没有人觉得展堂先生足以为全党一致归心的领袖。因胡氏的天赋，为治世的循吏则有余，为乱世旋乾转坤的领袖却不足"。在河口起义中，胡汉民独当要职，坐镇越南，策应为谋，尽心尽力。尤其是在起义失败后，法越当局在越南大力搜捕革命党人，胡汉民坚持留守越南，勇敢地承担起"收束残败之局"的责任，营救被拘捕的同志，资遣无所归附的散卒。前后两月有余，就藏在一家服装店楼上，如蹲监狱。烦闷焦躁之下，只能以纸烟消遣，遂养成了抽烟的习惯。

黄明堂（1870～1938），广西著名会党首领，

黄明堂

壮族民主革命先驱，字德新，广西钦州人。因排行老八，小名又叫黄八。1900 年参加三点会，因作战英勇，讲究义气，统领有方，被推为首领，颇有声名，"在两广边陲一带的'绿林'中，几乎没有人不认识他"，人称"八哥"或"八叔"，外号"大肚黄八"。1907 年接受孙中山先生招抚，加入同盟会，从一个"反清复明"的旧式会党首领，走上了民主革命的道路。同年，孙中山任命黄明堂为中华国民军镇南关都督，领导镇南关起义。1908 年又领导河口起义，称中华国民军南军都督。其妻欧阳丽文，也是一名民主革命者，曾在辛亥革命和讨伐陈炯明的战役中，担任炸弹队副队长、讨贼军南路别动队司令等职，可谓巾帼不让须眉，是黄明堂的得力内助兼部下。夫妻二人相濡以沫，风雨同舟，为中国的革命事业作出了贡献。在河口起义中，黄名堂首先发难，身先士卒，英勇杀敌。攻占河口城后，坐镇河口，筹集粮饷，尽力善后。

王和顺（1868～1934），广西著名会党首领，壮族民主革命先驱，字德馨，号寿山，广西邕宁人。其出生之年又有说是 1869、1871 或 1872 年的。早年曾在县衙做衙役，后被举报通匪，被逮捕入狱。出狱后感于清朝腐败，便以"反清复明"为职志，集聚党徒数千人，"火器精利，出没于泗镇、柳庆、思南一带"，成为广西著名的会党首领，清政府曾悬赏白银 1 万两捉拿他，后逃往越南。1907

王和顺

年受到孙中山先生召见，以国士待之，"解衣推食，礼遇至优"，"始闻民族革命之说而悦之"，加入同盟会。同年广州钦州因苛税发生民变，孙中山任命王和顺为中华国民军南军都督，到钦廉地区发动起义，号召会党旧友"裹粮来会，同心戮力，以完旧日未竟之功，成将来方兴之业"。在王和顺的影响下，立刻便有数百村民前来附义。钦廉起义失败后，又于 1908 年参与领导河口起义，被推举为中华国民军南军副都督，亲率主力沿滇越铁路上攻蒙自，是战斗中的得力干将，起义失败后被越南当局遣送新加坡。

关仁甫（1873～1958），字嘉善，旧名汉臣，加入兴中会后改名仁甫，广西上思人。1893 年加入桂越边境的会党组织，因智勇双全，被推为大哥，

关仁甫

时人称之为"关大哥"。曾设计绑架了河内到镇南关铁路的筑路主事，得到十万元巨额赎款，用来购置枪械，扩充队伍，壮大了实力。后移驻滇南红河沿岸地区，成立"忠义会"，1903年与临安哥老会首领周云祥发动了临安起义。1907年孙中山派人联络关仁甫，吸收他加入同盟会，任命为中华国民军西军都督，负责筹划广西地区的起义。同年，组织参与了上思、防城和镇南关起义。1908年又领导河口起义，失败后逃往新加坡，在晚晴园谒见孙中山。孙中山先生抚着他的肩膀，翘着拇指赞扬他在河口起义中的表现，说："汝外表若儒者，而作战勇敢，不愧为革命先锋，论功应居第一！"之后黄兴将河口起义写成一本小册子，题名就叫《革命先锋》。在该书封面上有一个革命英雄手持青天白日旗，跃马前趋，其原型就是关仁甫。

在谋划河口起义之初，因为经费没有着落，成为亟待解决的问题。关仁甫听说河口半鹅村骆管带家刚解到清军饷银三千两，遂决定于光绪三十四年（1908）三月二十四日夜由老街出发抢夺。事情进展顺利，得到了举义的第一笔经费。关仁甫拿出部分联络河口防军和警察，规定只要投靠革命党，每人给银一元；如果能在起义时杀督办来降，则赏银两千元。因巡防军和警察生活穷困，清廷官员腐败等原因，在利益的驱使下，响应的人颇多，这为起义初期的顺利进军奠定了基础。

革命党竟然敢在清军眼皮底下劫其饷银，河口副督办王镇邦闻讯后怒不可遏。但也无可奈何，革命党已逃到越南境内，他不能派兵过界捉拿，只能向法越当局交涉，请法方代为缉捕。二十六日晚，法军在老街实行戒严，将关仁甫等拘捕归案。因关仁甫旧名汉臣，王镇邦在请法方代为捉拿时，使用的是关仁甫的旧名，法方便以名字不对为由，拒绝将其引渡给清政府，关仁甫因此得以虎口脱险。其实，法越当局对关仁甫等的情况"知之甚审"，二十八日审讯关仁甫时，关仁甫向其说明情况，并发誓"何时得释，则何日起义，事不成余即率部去"。得此承诺，在华侨的联名保释下，关仁甫被法方释放。

关仁甫出狱后，为保守对法国人的承诺，催促黄明堂、王和顺等赶快举事。这时，清军巡防管带黄元桢与革命党联络的消息，被河口副督办王镇邦探悉。为迅速解决黄元桢而不引发动乱，王镇邦心生一计，建议云南当局以工作调动为借口，将黄元桢骗往昆明杀害。黄元桢听说这个消息，也希望能够尽快起义。经商议，定于三月二十九日夜两点准时起义。

当晚两点夜阑人静之际，革命军乘夜色渡河至河口，事先联络好的部分清军前来投诚，两部合并，共有五百余人。先进攻河口城，城中警兵相率反正，至四点即占据全城。巡防营管带岑德贵率残军退往半山炮台，与王镇邦合力死守。四月初一，两军继续开战，战况十分激烈，黄元桢部下二哨倒戈投降。情急之下，王镇邦派人向驻老街法军求救。法国方面回绝说，这次事件是革命党所为，并非盗贼作乱，按国际法约定，法方不能派兵相助。

这时，有法国盐商前来调停，革命军派王镇邦的同乡兼同宗王华廷，随法商到王镇邦营中劝其投降。镇邦听说有同乡来访，便亲自接见，但想不到是来劝降的，极为气愤，未听王华廷说完，就拔刀向其头上劈去。王华廷不及躲避，被砍死当场。法国商人见状，吓得面无人色，慌忙逃出王镇邦军营。革命军闻讯"大愤"，全力发起进攻。此时，清军守备熊通率兵反正，诛杀王镇邦前来投降。岑德贵见大势已去，急忙逃匿农家，革命军遂占领河口炮台，割下王镇邦首级，挂河口桥头示众，半日后才允许其家属领回埋葬。

四月初二日，革命军在河口成立云贵都督府和总司令部，负责善后和筹划进军事宜。黄明堂用中华国民军南军都督的名义布告安民，军队严守纪律，对人民"秋毫无犯，居民悦服，远近归附者络绎不绝，数日内增加至千余人，声势大振"。派兵保护领事税关中的外国人，护送他们前往越南。法国报纸见革命军能按照国际法行事，对此举"颇有赞美"，称"中国在二十世纪之革命战，为法国从前所不及"。同时，云贵都督府向各国政府发布宣言说："本军政府今起国民军，欲推倒现今之清政府，建造社会主义之民主国家，同时对于友邦各国益敦睦谊，以维持世界和平，增进人类之幸福。"

孙中山先生听说河口起义已获得初步成功，善后措施得当，特地从新加坡发来电报，嘉奖革命同志。

占领河口后，投附革命军的人越来越多，很快就达到两三千人。每人每天至少需伙食费三毛，每日仅伙食一项，就需开销近千元。攻克河口后虽开征义捐，募得银元三千五百块，但经奖赏有功者之后，所剩寥寥。河内机关部负责筹粮的同志又被法越警察监禁在老街，革命军后勤补给呈现危机。鉴于此，关仁甫提议分军就食，带领数百人沿红河绕道进攻蒙自。黄明堂负责驻守河口，王和顺则率军沿滇越铁路上攻蒙自。关仁甫部初四攻巴沙，初五克田防，初六至安定，进攻新街，一路势如破竹。新街驻军督带韦高魁拒绝投降，但其部众多叛投革命军。韦高魁无奈，只得率残部投奔湾河督带柯树勋。关仁甫军一路上所需粮草，幸亏红河沿岸洪门旧部解囊相助，才勉强得以维持。王和顺部初五日出发，经黄元桢劝降，沿铁路线的清军李兰廷、黄茂兰部首先投降，随后胡华甫、王玉珠部也相继归顺，顺利占领南溪。

云贵总督锡良急忙派兵堵截革命军。东路令开化镇总兵白金柱带兵，由古林箐横截而出；中路由知府王正雅率兵顺铁路而下，堵截王和顺军；西路由同知贺宗章率兵，堵截关仁甫军；调新军到蒙自防守，招募四营兵丁，由署云南粮道方宏纶统辖，驻扎在开远作后备，同时向清廷请兵增援。初九日，清廷令锡良前往阵前督师，进剿革命军；派刘春霖督办云南军务，在其到任前由白金柱暂代；下令署广西提督龙济光，率南宁防军第七营前往协助，并让两广总督张人骏、两江总督端方、湖广总督陈夔龙接济饷械。

由于清军全面反击，加上粮饷匮乏，革命军军事形势急转直下。王和顺军虽顺利攻占南溪，并分兵攻占古林箐，打败东路白金柱军，但因饷弹不济，只能停军等候补给，失掉了一举攻下蒙自的良机。关仁甫军虽连战连捷，并于初九日向湾河发起进攻，但也因粮饷缺乏等原因，在湾河与柯树勋军形成胶着状态，相持达半月之久。这也是情理中事，正像胡汉民在给孙中山的报告中所说，这时降军已成为革命军主力，这些人"实未受革党主义之陶熔，其变而来归，虽受党人运动，但只因其乏饷与内部之不安而煽动之"。现在粮饷不足，连吃饭都保证不了，势必影响到降军军心。经费问题已成为决定革命党成败得失的关键问题，孙中山甚至将该问题视为"数千年祖国四万万同胞一线生机之所系"。

孙中山认为，这是由于革命军"未得智勇双全之主将调度一切"而导致的。此时正好黄兴从钦州返回越南，孙中山就命其为云南国民军总司令，到河口指挥起义。黄兴接令后，日夜兼程赶到河口，看到革命军停滞不前，贻误战机，催促黄明堂赶快进军。但等候一天，仍不见黄明堂采取行动。黄兴"意极焦灼"，向黄明堂要了一些人马，亲自率领向昆明进发。不想进军还不到一里，士兵纷纷朝天开枪，齐呼疲倦，不愿前行。黄兴再三抚慰，但仅前进半里，便多作鸟兽散。无奈之下，黄兴只得折回河口，令王和顺、关仁甫进军，王、关也以饷弹缺乏为由，拒不奉命。黄兴认为，如果没有基本部队加以挟持，河口降军根本无法调动，决定回河内召集钦州起义剩下的部众，再回河口继续革命。十二日，黄兴返回河内，与胡汉民商议后，拟乘车返回河口。法国警察怀疑他是到越南煽动当地人暴乱的日本人，跟踪他到车站进行盘问。他为隐藏身份，故意用粤语回答，但发音不准，更增加了法警的怀疑，为法警逮捕，遣送新加坡。同时，在清政府的再三交涉下，老街开始实行戒严，胡汉民买好的军械物资，难以输送到云南。

王和顺在泥巴黑附近与清军相持二十余日，苦等援助无果，眼看子弹即将告竭，便于二十三日到河口与黄明堂相商补救之法。双方约定，将军队开往巴沙会师，然后一起袭取思茅作为革命根据地。黄明堂部先到巴沙，但未等王和顺部到达，便私自向思茅开进。在下田房与柯树勋部蒋炳臣大队相遇，经过激烈战斗后败退河口。王和顺闻讯，知进军思茅之议已然失败，也往河口撤退。王和顺提议与清军拼死一战，黄明堂则主张保存实力，移师广西边界。此时，革命军士气不振，黄明堂的意见得到大部分人拥护。于是，黄明堂、王和顺和革命军各部首领先撤到越南，部众则由何护廷、马大等率领往广西进发。军至马白，与清军龙济光部遭遇，其后又有王正雅部追击，只能退入越南山西太原。后被法军缴械，遣送南洋。

这样，轰轰烈烈的河口起义失败了。失败的原因是多方面的，直接原因就是准备不足，补给不良，军力不敌，领导不力。更为根本的原因则是，河口起义毕竟是外部输入的革命，此时民主革命思想尚未在滇南深入传播，使这场革命的成长，缺乏最基本的土壤。这不仅让革命军因得不到广大民众的支持，难以在当地筹措到足够的军粮，而且使降军因未受到革命理念的陶溶，经受不住军粮缺乏的挑战。

河口起义的意义，不仅在于对清王朝在云南的统治形成了较大冲击，还在于"它再次检阅了革命队伍的战斗力，为后续革命积累了经验，培养和锻炼了中坚骨干"，成为"民主主义革命胜利的一块不可忽视的铺路石"；更为重要的是，它促进了民主革命思想在云南的深入传播，为之后的民主革命武装起义培养起深厚的土壤。随后的永昌起义，就是在河口起义的促动下爆发的。

河口起义雕塑《红河魂》

二、云卷永昌

滇南掀起的革命飓风，卷动了滇西民主革命的云流。1908 年在滇西爆发的永昌起义，正是河口起义吸引回国的革命志士发动的。永昌，即今保山市，位于云南省西南部，清代设永昌府，距省会昆明 486 公里，外与缅甸山水相连。河口起义的消息传到日本后，在云南留日学生中引起很大反响，许多学生志愿前往河口支援起义。但刚到香港，就得到了起义失败的消息。部分人决定取道缅甸，进入云南西南部开展革命活动，并最终发动了永昌起义。这些人的领队之一，就是云南民主革命的先驱杨振鸿。

杨振鸿（1874～1909），字秋帆，又字思复，云南昆明人。"貌魁梧，富勇力，性倜傥有大志"，少倔强不羁，"以事系狱，读书不辍，出补县学生"。1903年考取云南省官费日本留学生，入东京陆军振武学校，"感民族之今义，理亡国之旧闻，慷慨愤激，毅然以光复为职志"，堪称云南留学生中之"尤激烈者"。1904年与黄兴、宋教仁、罗佩金、殷承瓛、唐继尧等组织革命同志会，"从事民族革命"。后写成《敬告滇中父老兄弟书》寄回云南，揭露英法帝国主义侵略云南的野心，抨击清政府出卖云南，呼唤云南人民起来保卫家园，在云南进步人士中产生了一定影响。爱国学生读其

云南民主革命第一人——杨振鸿

书，"发指眦裂"。1905年，与李根源、罗佩金一同到横滨拜见孙中山，孙中山先生勉励他们说："革命是艰苦事，要卖命"。杨振鸿听后很受鼓舞，后来对李根源说："我听了孙中山先生的教导，找到了革命前途的道路了"。同年五月，孙中山等人筹建中国同盟会，杨振鸿参加了大会。1906年，响应孙中山的号召，参与创办同盟会云南支部的机关刊物《云南》杂志。

同年毕业后，杨振鸿受云贵总督丁振铎电调回云南。取道越南，看到法国人在越南的种种暴行和在滇越铁路沿线的种种举动，忧患意识油然而生。到了昆明，将所见所想写成万余言的报告书，在云南父老中流传。读其报告书，"全滇人民始如梦初醒，知外交事实之迫切"。在拜见丁振铎的时候，他也直言滇越铁路的危害，"侃侃不稍讳"。丁振铎本想委任他办理陆军小学堂，但听完他的言论后，感觉这个人有些偏激，就改委他为体操学堂监督。杨振鸿并不气馁，他抓住这个机会，向学生宣传革命思想。每上他的课，学

杨振鸿墓

生都"欢欣鼓舞，精神为之一振"。到毕业时，全校学生有百分之八九十接受了革命思想，很多人后来还参加了民主革命工作。

杨振鸿尤其善于演讲，经常借各种机会发表革命和爱国演说。他在演讲时十分投入，慷慨激昂，声与泪俱，非常富有感染力。听完其演讲，人们往往会感到震撼，并暗自敦促自己努力奋斗。在他的倡导和影响下，一些归国留学生也纷纷在街头、学校发表反对帝国主义的爱国演说，1907年还成立了省城演说会，大大促进了云南民智的开启。《云南》杂志报道说："及至今日，虽下至妇孺，亦多知云南之危亡及亡国之惨。其感化力之大，人人可想矣"。同时，杨振鸿还积极推进兴汉会、滇学会、敢死会、公学会等各种进步组织的建立，借以宣传革命，发展势力。

杨振鸿的行为很快便招致丁振铎的怀疑。丁振铎担心他这样在省城活动下去，会引起混乱，就下令将其远调滇西，任腾越巡防营第四营管带。到了腾越，杨振鸿继续开展革命活动，建立了同盟会腾冲支部；与张成清等人成立死绝会，宣布"与北京政府断绝关系，人人爱国、爱乡、爱种，统一精神，实行革命"；介绍张文光加入同盟会等等。这些活动，为之后的永昌起义和腾越起义奠定了基础。

后来，杨振鸿在处理盏达土司承袭事件中，得罪了腾越镇总兵李宝书和迤西道尹关以庸。二人向新任云贵总督锡良构陷杨振鸿，想置他于死地。朋友获悉该消息，赶紧通知他暂避风头，不料他却慷慨地说："吾特恨滇中风气晚辟，同志稀少。若彼辈以革命杀我，不啻以我之血播革命之种于吾滇，我之荣幸也，何避为"。他还赋诗一首以明志：

> 欲起神州文弱病，拼将颈血溅泥沙。
> 头颅断送等闲事，一点泪痕一树花。

后来，在朋友的大力劝解下，才决定外逃。逃到弄璋街时，正愁无处可去，刘辅国派人请他到家中暂避。杨振鸿见刘辅国仗义相助，感慨地说："吾辈当此危急，旧日相交尚避之不遑，况刘君素未谋面之人，乃慨然急人之急，真义士也。"居住数日，杨振鸿听说风声越来越紧，心想待在刘家也不是长久之计，遂决定前往日本，回振武学校继续学习。

1908年河口起义爆发后，同盟会总部令各省会员赴河口支援革命，或回国发动革命响应河口起义军。吕志伊、赵伸等在报纸上看到清政府拟借法兵镇压河口义军的消息，极为愤慨，认为这种做法无异于"将云南一十四万六千六百八十方英里之土地，一千二百数十万之人民，双手捧送法人，以图换取革命党数人之头颅"。他们写信给杨振鸿，让他向学校请假，前来开会协商对策。经商议，决定成立云南独立会，并在日本神田锦辉馆召开独立大会。会上声明："凡云南人有一人未死绝时，则云南人绝对不受清廷支配，亦绝对不受他国干涉"。宣布云南"与清政府断绝关系"，呼吁"各省皇汉同胞辅导我云南人士，使云南独立为中国独立之基础"。杨振鸿在大会上发表演说，"全体闻之，均潸然泣下，相唏嘘于庭"。大会推选杨振鸿为干事，组织队伍到河口支援。

队伍刚到香港，就听到起义失败的消息。大家推举张西林到海防打探消息。张西林回来报告说，革命军确实已经失败，并且越南正实行戒严，从越南进入云南非常困难。杨振鸿召集大家开会，一部分同志决定回东京继续留学，一部分决定到江西、广东、广西等省进行革命活动，还有一部分决定前往新加坡。杨振鸿、居觉生（居正）、李遐章、黄毓英、王尧民、杜钟琦、俞华伟、何畏等人决定取道新加坡，由缅甸进入滇西，开展革命工作。

五月，杨振鸿、何畏一行乘日本邮轮前往新加坡，一路上天气炎热难当，煎熬一星期才到达目的地。过了3天，吃过晚饭后，坐人力车去拜见孙中山。杨振鸿向孙中山先生报告了到滇西发展革命的计划，得到了孙中山先生的赞同。又隔了几天，孙中山先生邀请他们参加宴会，汪精卫、胡汉民陪席。席间讨论起滇西革命事宜，孙中山先生慨然说："此时仅能补助路费，俟发动占据清政府城池后，我们将尽量筹助"。又拿出一本《革命方略》，嘱咐起义"可以遵照办理，决不致错误"。

在新加坡期间，还发生了一件趣事。当时《新加坡日报》经常发表一些鼓吹立宪的文章，主笔是广东人徐勤。居觉生读后甚为愤慨，以"药石"为名，撰文与之论辩。杨振鸿见状，不耐烦地说："有何闲心与之盘桓，牺牲宝贵光阴！"五月二十五日，徐勤等召开宪政讨论会，杨振鸿邀大家同往参加。到达会场后，杨振鸿挑了个靠前的位置坐下，大家都以为他准备与徐勤大加辩驳一番。没想到在徐氏演讲之初，杨振鸿静静地坐着，什么也没说。但当徐勤讲到"我们要向清政府要求立宪"时，他突然拿出一只拖鞋，径直向徐勤脸上打去。徐勤不及躲避，被打了个正着，慌忙奔逃而出。会场秩序顿时大乱，众人不欢而散。此后，在新加坡的保皇派畏于革命党的激烈言行，保皇言论有所收敛。

逗留两月有余后，七月决定分四组出发，乘船经缅甸至八募，转入腾冲。何畏、俞华伟、李遐章分在第二组，乘英国邮轮航行六昼夜才到达仰光。在腾越栈遇到林春华。林春华也是留日学生，就读于东京巢鸭学校，学速成师范，曾加入同盟会。毕业回乡后为云南迤西关道秦树声留用，其时奉秦树声的委派，来缅甸考察实业。林春华得知诸位同志接下来的旅途还没有安顿好，就介绍他们到蛮线，住到管带莫万钟家。何畏等人到达蛮线后，莫管带听说是林春华的好友，便招待他们住下。

一天，酒足饭饱之后，何畏与俞华伟到河边冲凉。李遐章多喝了几杯，酒后言语不慎，与莫管带大谈革命道理。幸亏莫管带当时没有反应过来，第二天早饭后他们便赶紧离开了。走后不久，莫管带突然意识到何畏等可能是革命党，星夜赶往腾越城向同知江蕴琛报告。江急忙把这一情况向关道秦树声汇报。秦树声听说是林春华的朋友，便问江蕴琛可有证据。莫管带将何畏等三人的名片呈上，秦树声见了哈哈大笑，说："此是出洋学生通用之名片，不能认为革命证据。"一场危机本可就此化解，但不数日，腾越小学堂开运动会，请王尧民、李遐章、俞华伟三人为指导员。三人热心异常，均到场指导。当天烈日炎炎，三人戴着假发辫，非常不舒服，一时忘形，就将假发扯掉。江蕴琛见状，更加肯定他们就是革命党，建议秦树声当场拘捕。秦树声以不扰乱会场秩序为由，说等回公署后再处理。幸而有人将此消息告诉王尧民等，三人方连夜逃往保山蒲缥。何畏听说三人已到保山，但由于风声太紧，不敢亲自前去见面，只托人转告他们，保山也很危险，让他们赶快离开。王尧民决定回老家江苏，李遐章回四川，俞华伟与黄毓英、杜钟琦决定到干崖投奔刀安仁。

风声稍有缓和后，何畏开始在乡里组织革命势力。八月二十五日，召集地方进步人士宋棠、杜文礼、白年、王联升等，发动他们推翻清政权。众人均表示愿意效力，保证召集四五百名农民参加。公议请杨振鸿前来领导大家举事。时逢清廷下令禁烟，影响民众生计，保山"民心动摇，大有跃跃欲动之势"。何畏见时机成熟，便写信给杨振鸿，让他迅速赶来永昌领导举义。

杨振鸿、居觉生等人，分在第三、第四组前往滇西。他们到仰光后，决定不再西行，留在仰光发展革命。他们向缅甸华侨筹集资金，创办了革命党的机关报《光华日报》，同时成立同盟会仰光分会。"于是党人在西徼以外之势始立，而滇西南皆有所据矣。"收到何畏的信时，杨振鸿等正忙着创办《光华日报》，所以他回信给何畏，让其继续发动群众，他等手头的事忙完后就赶往永昌。等到十月，光绪皇帝和慈禧太后相继去世，滇西地区民心更加动摇，革命时机愈发成熟。何畏第二次写信给杨振鸿，说："此间接洽已有三千名或四千名之强健农人，可以听用，请速来永昌，以便指挥调遣。"杨振鸿回信说，等吕志伊一到仰光，他便启程前往永昌。

吕志伊到达仰光后，杨振鸿立即赶往永昌。一路宣传运动革命，为云贵总督锡良获悉，悬赏两万金缉捕。但杨振鸿仍继续开展革命活动，到盏达发动土司刀春国，到蛮允发动巡防营管带杨发生等，参加革命。杨发生表面上表示同意，暗地里却派兵堵截杨振鸿。杨振鸿只能取道"人迹罕至之地，昼则伏于草间，夜则间程而进，冒霜露，犯荆榛，步履驰驱于蛮烟瘴雨之域"。一天，行至潞江时天色已晚，江桥门已经关闭。杨振鸿因身材高大，口镶金牙，体态特征明显，易被人识记，不敢找人家借宿，只能住在桥上。冻卧一夜，第二天便中了瘴气，行程更加缓慢。

何畏等人久候杨振鸿不至。冬月初一日，民军首领王联升、白年见风声日紧，便想提前发动起义。所幸为何畏及时阻止，但仍有千余人集中在永昌南、北城门外，引起了永昌当局的警觉。永昌府加强了防备，在各城门和重要街道，烧起号火，搜捕民军首领。民军首领大部分逃往其他地方躲避。

冬月十七日，杨振鸿前往蒲缥，二十八日到达。何畏对杨振鸿说，现在风声太紧，民军首领四处逃散，不易召集人手，建议暂缓起义。但杨振鸿"坚持非做不可"，并提出作战计划，即先占永昌，再攻腾越，然后回师攻取顺宁、蒙化和大理，在大理编三个师，攻占省城昆明。再由昆明编练二十万革命军，十万攻四川，三万进贵州，三万出广西，四万留守云南和策应各军。取得滇、川、黔、桂之后，革命军之基础逐渐稳固，然后可取武汉、南京、长安、北京，以光复全国。杨振鸿的作战计划"说来头头是道"，何畏也跟着"兴奋起来"，同意起义，并承诺召集两百农民攻城。商定后，杨振鸿前往丙辛街的满林寨等消息，何畏回永昌城召集人手。何畏与民军约定，腊月初四夜深人静后，到五里亭附近的豆田内集合，等杨振鸿来汇合，进攻永昌城。

永昌当局听见革命党将要举事的风声，加派了一营巡防军守城。何畏感觉民军人数太少，想与杨振鸿再商议一下起义事宜，于四日下午到满林寨找杨振鸿。但杨振鸿"急于革命发难"，已先入永昌城。何畏到处寻找杨振鸿，至黎明时分尚未找见，见天色将亮，便解散了队伍。于是，因"连络不善之故"，永昌起义宣告失败。

杨振鸿在永昌城内太保山中巡游一周，见起义没有发动，便于黎明时分返回满林寨休息。刚要吃饭，有人来报告说，永昌府派出的追兵快到满林寨了。杨振鸿闻言，急忙往蒲缥撤退。由于起义功败垂成，又在山上紧张地呆了一宿，这时又有追兵追来，杨振鸿疲病交加，急火攻心，才走了半里路，病情突然加重。至蒲缥何家寨，已病入膏肓。经医治无效，于十二月十一日逝世。临终之前，他仍念念不忘革命事业，让何畏转告李根源和缅甸革命同志，他去世以后，革命工作仍要继续推进，他的工作可交给李根源承继。但对家庭事务毫无提及，足见其对革命伟大的献身精神。杨振鸿逝世后，革命同志用白布裹其尸体，连夜抬到杨家祖坟埋葬。

杨振鸿"躯壳虽死，而君之精神已深印于千数百万滇人之脑筋中，故君死未三年，而云南光复，其在事出力者，半皆君之至友或学生"。云南辛亥革命胜利后，李根源等"咸谓南中发难，实首于君"，将其遗体移葬永昌城太保山，谥曰"忠毅"，"以昭来者"。后吕志伊担任南京临时政府司法部次长，联合乡人向孙中山申请，赠杨振鸿"左将军"称号。

河口起义和永昌起义"虽然都失败了，但是革命的影响却在云南日益扩展起来"，为1911年腾越起义的爆发奠定了基础。

三、浪涌腾越

虽然革命尚未成功，先锋杨振鸿便抱憾逝去，但其革命活动已在滇西播下了革命的种子。在他逝世两年后，云南辛亥革命的大浪便首先在滇西腾越涌起。腾越，即今腾冲，是云南西部重镇，古西南丝绸之路的咽喉，西邻缅甸，距省会昆明606公里。清初置腾越州，后改为腾越直隶厅，又改为腾越厅，隶属迤西道。腾越起义的领导者张文光，正是在杨振鸿等人的影响下走上革命道路的。因此，有人精辟地总结说："腾越革命之业，盖肇端于杨振鸿，而成功于张文光。"

张文光（1882～1914），字曜三（又作少三、绍三），云南腾冲人。自小性情豪爽，好打抱不平，喜欢读《精忠传》、《三国志》等彰显忠义精神的书籍。平时仗义疏财，与各界人士都有交往，尤其是哥老会分子。他自己爱好赌博，却不准年轻人参与，要是看到年轻人赌博，他就严厉责骂，甚至大打出手，搞得他一上赌场，年轻人便四散奔逃。由于嗜赌成性，随意挥霍，张文光常常是入不敷出。无奈之下，变卖了五保街的房子，搬到董库村居住。这一原本平常的举动，却改变了张文光的人生轨迹。

张文光搬到董库村后，认识了促使其人生发生转变的关键人物刘辅国。刘辅国，字弼臣，是腾冲对革命"知觉最先、心性最热"的人。早在 1905 年，刘辅国便与在滇西活动的革命党人秦力山结识，后经秦力山介绍，加入同盟会，在滇西开展革命活动。由于滇西革命事业尚属初创，宣传革命还缺乏最基本的环境，他向绅商们传播革命道理，经常遭到冷遇甚至嘲笑。一天，他向新搬来的邻居张文光宣传革命道理，意外地得到了赞同。张文光激愤地说："安得使此鞑虏永制同胞之生命？吾誓与之不共三光而立四海也。"两人志同道合，遂结为心腹之交。

之后，在刘辅国的引荐下，张文光与杨振鸿

张文光

腾越起义领导人（左起：彭蓂、方涵、张文光、陈云龙、李学诗）

等人结识，并于 1907 年由杨振鸿介绍加入同盟会。同年，刀安仁受孙中山之命回干崖开展革命活动。刘辅国与刀安仁是旧友，在与刀安仁久别重逢时，借机向其引荐了张文光。三人相谈甚欢，志同道合，组建了一个同盟会核心小组，刀安仁任组长，张文光任副组长，刘辅国负责联络事宜，相约"共同献身于革命事业"。

腾冲文光亭

此后，张文光手散私财，阴结死士，在腾越、永昌等地发展革命势力，创立"自治会"，有核心成员五十多人。他们在腾越五皇殿召开自治会组建会议，宣布宗旨，喝鸡血酒盟誓，相约"誓死为革命而奋斗"。之后自治会不断壮大，在腾越、保山、龙陵等地会党、学生、教师、农民等群体中，发展会员数千人，成为联系滇西革命力量的重要组织。

很快张文光便与很多同志结下深厚的革命友谊。其中，常为人所称道的，是与黄毓英的坚实友情。张文光为了维持革命经费，变卖了自己的家具什物。黄毓英听说这件事，就在临

彭蓂墓

走的前一天，送了五十两银子到张文光家。正好张文光不在，黄毓英放下银子就离开了。张文光回家得知此事，拿起银子就向外追赶，硬是追到橄榄寨，把钱还给黄毓英。他对黄毓英说："你为革命到处奔走，花钱更多。我为革命用点钱是应当的。我们的目是一样的，只望革命早日成功。"腾越光复后，这件事情还被编演为滇戏，名曰《子和赠金》，传唱了很久。1910 年春，张

文光与黄毓英再次相聚，歃血盟誓说："光在腾举事，君应我于滇垣。君在滇举事，我应君于腾越。"后来张文光在腾越发动起义，黄毓英没有违背誓言，果真在昆明催促蔡锷和李根源起义响应，这是后话了。

宣统三年（1911）三月二十九日，广州黄花岗起义爆发，在全国引起较大轰动。张文光认为这是一个起义的好机会，便联络同志准备举事。不幸消息泄露，被腾越当局搜捕。张文光四处躲避，七月逃至干崖土司刀安仁处。两人志趣相投，常讨论革命事业。"每道及时局，并黄花岗失败情由，相对感愤"。张文光说：听说孙中山先生著有《革命方略》一书，"宗旨正大，秩然不紊，若（革命举义）能照此实行，未必天不祚汉也。"刀安仁听张文光这么说，"甚壮其言"，便把秘藏的孙中山颁给他的革命印信和《革命方略》，拿给张文光看。张文光看罢异常高兴，说：等下次举义的时候，一定要来借《革命方略》一用。

及至八月，腾越关道耿葆奎离开腾越，缉捕风声逐渐松弛，张文光自干崖潜回腾越。此时，四川、湖北等地的保路运动正如火如荼地进行。张文光听到这一消息，对天长叹说："蜀中同胞惨矣！我滇如何？予小子数载经营，困必衡虑，身许国家。今乘时援救同胞，皇天黄祖，鉴此区区。"决定再次起义。他召集同志在永昌宝峰山宝峰寺开会，议决发动驻腾越陆军第七十六标第三营，西防巡防军第四、第五两营，于九月六日起义。

起义日期既定，张文光等人开始为起义进行准备工作。八月二十三日，张文光写信给黄毓英，提醒他遵守当年的盟誓，到时在昆明举兵响应。九月初二日，又写信给刘辅国，让他将起义消息转告刀安仁。

九月初三日，张文光前往刀安仁处，索取印信和《革命方略》。腾越至干崖有两百多里，路途遥远，道路艰险。一路秋雨蒙蒙，增加了行程的艰辛。到达葫芦口时，道路一面临山，山上不时有乱石滚下，一面临江，浊浪滔天，一不小心掉到江里，必死无疑。绕道而行，又会多耗半天时间，可能无法在约定日期前赶回腾越。在这种情况下，张文光只能将性命托付于天。他默默祷告："此役为民生计，天若佑助成功，化险为夷；若为所不当为，愿身随波逝，赍志以终，免贻家族与同志祸。"祷告完毕，冒死前行。他与随从同拉一根绳索，以便失足时互相援救。行进途中，张文光曾跌倒七次，有三次掉进河里，河水都淹过了他的头顶，多亏随从及时相救，才幸免于难。

初四日晚八点，终于抵达干崖，与刀安仁讨论起义事宜。决定先由俞华伟率领陈守礼、陈雨兔、尹兰生等十余人，随张文光到腾越，帮助起义，刀安仁率两批援军，随后赶到。当时的情景，据刀安仁长子刀京版回忆："临行时，我父亲命我取酒，每人敬三杯，预祝起义成功。俞华伟慨然誓曰：'不成功，无颜再回干崖矣！'诸同志皆曰：'不成功，即当成仁，决不空回！'此时大有破釜沉舟之概。"

到约定这天，张文光等人回到腾越。下午两点半，在南城外五皇殿与陈云龙、钱泰丰、彭蓂、李光斗、宋学诗等会面。张文光等发布了誓师文告："嗟乎！我同胞苦满虏专制久矣！今时杯酒盟心，愿作黄龙预兆，非小子光敢行称乱，胡运就尽，汉族见天，当起扶之。即尔众士，协心戮力，罔违命以犯百姓秋毫，罔惊扰外人以从己欲。……刻九钟进城举事。壮哉此役！"

誓毕，派陈云龙前去劝降陆军第三营营长张桐，钱泰丰、李光斗劝降第四巡防营管带曹福祥，彭蓂、方涵等劝降第五巡防营谭管带。张文光则集合敢死义士，整装待发。

是夜，风雨大作。顶着暴风骤雨，革命军展开了军事行动。陈云龙劝降张桐遭到拒绝，遂将之击毙，夺其兵权。然后整军进攻迤西道署，宋道台仓皇逃遁。钱泰丰、李光斗劝降曹福祥，曹醉意正浓，借着酒劲对钱、李破口大骂，李光斗拔枪击杀之。四营士兵随即反正，在钱、李带领下进攻军装局。军装局位于腾越镇署左侧，与镇署形成掎角之势。守军负隅顽抗，双方发生激战，顿时弹如雨下。所幸张文光部及时赶到，进攻镇署，分散守军火力，才将军装局和镇署一齐攻克，腾越镇总兵张嘉钰自尽。彭蓂等到谭管带营时，谭听说四营士兵已经反正，早就越城逃亡。彭蓂等便率其兵马，进攻腾越厅署，厅丞温良彝惊慌逃命。到十二点，各署、局衙门次第攻下。

九月七日，张文光到自治局，与腾越各界商议善后事宜。自治局执事和军商学界人士都到场参加。张文光发表演说，阐明起义宗旨说：本次举义之目的，"以祖宗论，除九世仇愤；以国家论，复汉族河山；以同胞论，脱专制奴籍"。演说结束，寸开泰、陈云龙、钱泰丰、彭蓂、祝宗云等人一起起立，大声宣誓："愿与先生表同情，为桑梓谋治安，凡事敬听先生命，当率各界全体，共认先生为滇西军都督。"言毕众人皆鼓掌称庆，三呼"民国万岁！万万岁！"欢声雷动。于是，按照《革命方略》的指示，在腾越镇署成立滇西军都督府。张文光任都督，总理一切军政事务，开始布置善后和出征事宜，主要开展了以下工作：

第一，发出安民告示，宣告政府宗旨条例。起义当天，滇西军都督府就发布了安民告示，阐述革命政权宗旨和条例，说明革命目的。即"涤二百六十年之膻腥，复四千年之祖国，谋四万万人之福祉"，从中可嗅出腾越起义浓烈的种族革命的味道。难能可贵的是，布告还明确声明本次革命与前代举事的区别，"前代革命，如有明及太平天国，只以驱除光复自任，此外无所转移。我等今日与前代殊，于驱除鞑虏、恢复中华之外，国体民生，尚当与民变革……其一贯之精神，则为自由、平等、博爱三者。"军政府眼下及将来要做的事情，就是驱除鞑虏、恢复中华、建立民国、平均地权这四个目标。为实现目标，军政府计划分为军法之治、约法之治和宪法之治三个时期来实现。此外，值得指出的是，在一张布告中，张文光对时局作出预测说：腾越起义"为我滇反正起点，不日滇垣必响应之，各省尤次第光复之。何也？以革命诸君运动在凤昔，必达目的于今朝"。之后的历史发展，完全证实了张文光的判断。并且，当时他可能还不知道武昌起义的消息，能做出这种具有预见性的判断，充分反映出张文光所具有的远见卓识和卓越才华。

第二，整顿扩充军队，巩固发展革命势力。革命政权建立初期，"以保卫地方为要"。同时，"永昌、顺宁府城尚无响应消息，亟应率队前往，援应反正"。这两项事务都需要整顿并扩编军队。九月七日，张文光任命郎炯、何泽先分别担任国民军第一营管带和帮带，负责集合义军，驻守腾越城；任命李学诗、宋学诗、刘竹云、邵华轩分别任第二、第三营管带和帮带，率领义军出征永昌、顺宁。八日，任命黄鉴锋、薛朗为国民军第四营管带、帮带，汤显柏、周缵堪为第五营管带、帮带，彭蓂、李光斗为第六营管带、帮带，负责招募兵丁，点验成军。第四营和第六营协同进攻永昌，第五营分驻腾越城。又以陈云龙"练达机宜"，堪委前军都指挥。钱泰丰"举义戮力，慎重军事"，堪当前军副指挥，由他们率队向永昌进发。之后，又陆续组建了二十余营国民军和炮队、士林军、保商营、本部卫队军等。这些举措，为革命势力的巩固和发展，提供了军事保障。但由于扩军太快，鱼目混杂，也为日后腾越军队扰民埋下了祸根。

第三，设置各种机构，任命主事官员。因"军政时代，全藉军队以便保卫地方，而财政为军饷攸关"，七日滇西军都督府刚一成立，就设立财政处，以"学有经济、素谙理财"的张鉴安为总办。又因"盐务为军饷大宗，应提前委人办理"，八日即任命戒良汉、毕光祖经营盐务。之后，派张洪纲管理谷米仓储，李治办理团务和警察，李家禄、周维美、李豫生担任本部文、武巡捕，陈鉴明经管电务。十二日，鉴于"民政繁难，治理非易"，任命刘辅国为民政长，总管裁判、警察、学堂、自治、监狱、团练及民政一切事宜。另设裁判局、审判局、国民军银行、厘税局等机构，分别选用干练之人主管其事。

第四，谨慎处理外事，营造良好国际环境。在进攻腾越城时，张文光就写信给在腾越的外国人，声称：此次举义"以排斥满吏，拔救汉族，敦睦邦交为宗旨"，让他们不用担心生命财产安全，"仍旧妥居"。同时，派兵保护领事馆、税务司、教堂和英国医院。攻克腾越城后，又发表对外宣言说："中华国民军奉命驱除异族专制政府，建立民国。同时对于友邦各国，益敦睦谊，以期维持世界之和平，增进人类之福祉。"并向各国政府保证，"所有中国前此与各国缔结之条约，皆继续有效"；承认各国在中国的既得权利和债务；承诺保护在腾越外国人的生命财产安全。之后，又照会并会晤腾越关税务司好威乐，坚留其照旧驻关，办理税务。并致电英国政府说："所有贵国驻腾各人员，保护无虞，关税仍照旧开征。一切照章办理，设有谣言煽惑，祈贵国无听。"这些举措，避免了革命期间国际纠纷的发生，为革命营造了一个比较有利的国际环境。

第五，改良风俗，下令剃发，禁止缠足。首道剃发布告于九月初十日下发，声称："从兹鼎新除旧，勿再俗染腥膻。复我汉族威仪，须将满制除完。剃发最为妥善……如有抗顽，究治以汉奸。"后来由于忙于处理腾越和大理军的冲突事件，放松了剃发令的执行。到十月二十二日，再次发出剃发布告，强制剃发的力度加大："自本日始，限五日止，如再违禁不剃发者，一经查觉，最富者罚银一千两，次富者罚银五百两，贫民重笞示众。庶足以昭公法而复汉制，我同胞等幸勿再犯禁限，致干罚谴不贷。"可见，正如清军入关时的剃发令一样，剃发已经超出了原本的意义，而被赋予了浓厚的民族主义色彩。十一月初九日，又布告禁止缠足，声称："为父母者非尽无爱女之心，为子女者亦非不知缠足徒苦，只以习俗移人，骤难改易……今与我地方父老同胞约，凡有女子十岁以下者，自今以后，限三个月一律不准缠足；嗣后续有生育，皆纯任天足。倘有不遵者，上户罚银百两，中户罚银五十两，下户惩银二十两，以示惩儆。"这是滇西革命政权带来的社会生活新气象之一。

总之，腾越起义在云南打响了辛亥革命的第一枪。"云南辛亥革命首义之功，不在昆明'重九'起义，而在腾越'九·六'起义"。正如曾参与腾越起义的周开勋比较昆明"重九"起义和腾越起义时所说："省会是由蔡锷、李根源为首倡导起义，他们以云南讲武堂为革命基地，而且又是统兵之将，掌握了部分军权，其事易；腾越张文光以一市井之民，纠合之众，异军特起，竟集大勋，其事甚难。"而腾越竟能早于昆明三日起义，实属不易。起义以同盟会纲领为指导，严格按照孙中山的《革命方略》行事，是中国辛亥革命的重要组成部分。起义成功后，以张文光为中心的滇西军都督府，采取较为妥当的善后措施，巩固了滇西革命政权，保证了西南边疆的社会稳定，促进了革命形势的发展。胡绳先生曾评价说，滇西军都督府"是一个以资产阶级革命派为主的政权"。

在起义中，张文光的表现可圈可点，充分显示出其才气和品德。李根源曾不无钦佩地赞扬说：张文光"约束军人，保卫地方，宿怨不报，私亲不用，外交得手，内政有归，清吏之有才者器使之，无才者遣送之，度量豁达，心地光明，忍辱负重，推贤让能，非吾所能及也"。后来的云南第一殖边督办李曰垓也说：张文光"以一商人资格而能号召一切，使陆防部队、地方良莠帖然信服，拥为都督，则其才气开展、心地光明已可想见"。尤其是当昆明重九起义之后，云南同时存在两个军政府，不利于国家的稳定和统一时，张文光深明大义，顾全大局，主动撤销了滇西军政府，这是尤为难能可贵的。正如时人所说："辛亥之秋……豪杰之士，乘时蜂起，提一旅即号将军，略一城即开幕府。……及大势粗定，乃议合并……怙势不下，日寻干戈。……腾越发难最先，而合并最早。……虽还安定辑者，根源之功；而文光激于公义,不怙权势,降心相从,始终无间,亦当世之所难,而不可没者乎。"

然而,似乎正如电影里演绎的那样,多少豪杰的谢幕,都是以悲剧收场。张文光积极配合李根源处理完腾越和大理冲突后,被任命为大理提督。由于在任上事事受到掣肘,遂辞职回乡,措资出游。开始想取道缅甸,直接到上海、北京,但因随身带有小枪,驻腾越的英国领事不发给护照,张文光遂改道昆明。当他行至永平,正碰上杨春魁在大理举事,声称是奉李根源和张文光之命行事。张文光大吃一惊,连忙退回腾越。刚返

腾越起义光复功章

回腾越,一路劳累,便到硫磺塘温泉泡澡解乏。突然有人冲了进来,开枪一阵乱扫,将张文光当场射杀。革命英雄张文光,就这样死于非命。谋害主谋至今未明。李曰垓曾就此事当面问讯唐继尧和谢汝翼,两人互相推脱,无一人承认。

张文光死后,腾越起义的功绩较长一段时间未能得到充分肯定。这首先是由于腾冲"僻在边徼,交通梗塞,海内之人,知者盖鲜"。相比之下,"省会光复,中外传檄,本末俱在,人皆知之"。其次,还由于陈云龙治军不严,在大理等地胡作非为,为腾越起义抹了黑。看到陈云龙部在大理的所作所为,赵藩和曲同丰电告云南军都督府,以偏概全地称腾越军队"戎官掠民"、"糜烂地方"。最后,云南军都督府的一些人,以"正统"自居,嫉恨最早在云南擎起起义大旗的张文光等人,他们随时挖苦、污蔑、掩没张文光和腾越起义的历史功绩。比如,有人曾用嘲讽的口吻说,腾越起义的胜利是张文光"流氓光棍的侥幸"。其实,不管用什么方式排挤打击、污蔑掩没,都无法撼动腾越起义云南辛亥首义的历史地位,都无法否定张文光的擎旗之功。

对张文光的遭遇,李根源曾作诗为其鸣不平说:

> 东侯何苦杀西侯,热海血飞天亦愁。
> 光复元功沉海底,生生世世恨难休。
>
> 球牟间气产人英,武侠能成不朽名。

热海竟成千古恨，坟头杜宇唤冤声。

1923 年 3 月，李根源担任北京国民政府农商总长，向国务会议提交了将杨振鸿和张文光付国史馆列传的提案，得到了内务部的批准，批文称"已故烈士杨振鸿、张文光等，奔走国事，首义滇南，厥功甚伟，亟应表彰"，准付国史馆修传，并追赠为陆军上将。

四、日耀昆明

1911 年 10 月 30 日（宣统三年九月初九日），昆明爆发起义。起义军以摧枯拉朽之势，推翻了清王朝在云南的统治，建立起资产阶级民主革命政权。起义的主要力量是云南新军第三十七协和云南陆军讲武堂学生。这些清王朝培养的卫士，为何反倒成为它的掘墓者了呢？这要从云南留日学生中的同盟会员和倾向革命的人士，在云南陆军讲武堂和新军中的革命活动说起。

云南省城北校场机关枪兵营房

前面说到，为积累和培养人才，清王朝下令各省选派学生留学。云南派出了不少留学生，其中以留学日本者居多，至少派遣了360名。他们大多没有按照清王朝的期望发展，纷纷走上了资产阶级民主革命的道路。鉴于当时中国面临的严重危机，很大一部分出国留学人员选学陆军，以备异日为国家效力。1905年后，这些留学生陆续毕业归国。此时，云南正在编练新军和创办云南陆军讲武堂，急需人才。很多学生便应时进入讲武堂和新军任职，成为其中的领导或骨干。

尤其是云南陆军讲武堂，据时人回忆，几乎"成了留日学生的集中地"和"回国后谋出路的一个场所"。据朱德元帅回忆："这些人在日本或者加入了同盟会，或者受了同盟会的影响，思想非常激进，政府不敢让他们做别的事情，就只好到这里来教书。"他们进入陆军讲武堂后，逐渐掌握了学校的领导权和教育权。

李根源是最早进入云南陆军讲武堂并掌握实权的留日学生和中国同盟会员。1908年底，他自日本士官学校毕业，受护理云贵总督沈秉堃邀请，回云南参与创办云南陆军讲武堂。讲武堂成立后，被任命为监督，是学校中拥有实权的领导人之一。不过，当时讲武堂的大权还控制在保守派手中。学校的最高权力名誉上归督办掌控，由云贵总督沈秉堃担任。实际权力则由总办控制，先是胡景伊任职，后由高尔登继任，两人的思想都较为保守。只有负责教务的监督和人事调动的提调两个职位，为同盟会员李根源和张开儒担任。

李根源

所幸1910年初，高尔登辞职，李根源继任总办。空下来的监督一职，由另一位留日学生同盟会员沈汪度补任，张开儒则继续担任提调。这样，革命党人便掌控了讲武堂的领导权。他们利用职务之便，大量聘用同盟会员和倾向革命的人到讲武堂任教，如唐继尧、罗佩金、李鸿祥、顾品珍、庾恩旸、谢汝翼、李烈钧（江西籍）、刘存厚（四川籍）、刘祖武、方声涛（福建籍）、赵康时等人。据统计，日本陆军士官学校第六期毕业的云南籍学生共有22人，其中15人被聘入了讲武堂，加上其他非云南籍的留日学生，受聘进入讲武堂的留日学生达29人，占讲武堂教官总数41人的71%。在李根源为首的讲武堂教官中，同盟会员达17人，表示支持革命的反清革命派有10人，在教学与活动中倾向革命的5人，三种政治力量共达32人，占讲武堂教官总数41人的78%，革命党人控制了讲武堂的教育权。

在管理和教学中，同盟会员和倾向革命的领导和教官，"屡以种族、人权之说激发生徒，暗播革命种子"；"以举例、暗示、影射的方式教育学生，使学生对清政府万分憎恨"。如教员夏绍曾和杨友棠，曾留学越南巴维学堂，对越南沦为法国殖民地的惨痛历史有深入了解，对越南人民遭受奴役的悲惨生活有深刻体验。他们在讲课时，经常以越南的例子来教育学生，激发起学生的反帝爱国热情和民主革命思想。

再如1910年（清宣统二年）3月31日，滇越铁路通车，举行通车典礼。李根源抓住这个机会教育学生说："法国今天将滇越铁路修抵昆明，我们国家不惟修不起铁路，甚至将国家主权拱手送给外国人。我辈军人，有守土卫国之责，大家在学应该努力学习，将来誓必雪此耻辱。今天放假一天，作为纪念，希望大家牢牢记住今天，放假后可到火车站去看看。"李根源的讲话慷慨激昂，"讲到痛心处不禁痛哭流涕"。学生深受感染，放假后纷纷到车站参观。当他们看到火车插着清朝龙旗和法国的红、白、蓝三色旗缓缓驶来，法国人一个个耀武扬威的样子，不禁悲愤交集，有人当场流下了眼泪。之后，国文课老师又借机让学生以《看滇越铁路通车后的感想》为题，写观后感。这样，就对学生进行了一次深刻的反清爱国教育。

还有一次，总办李根源和教官李烈钧、顾品珍等人，利用野外军事演习课的机会，带领学生参谒昆明黑龙潭薛尔望墓，告诉他们薛尔望反对清军入关，失败后投潭自尽的事迹，启发他们说："我们为什么参拜薛尔望先生墓呢？可惜他是一个文弱书生，不然我们中国就不会这样！"暗示学生，是清朝的统治使中国变成"这样"的，学生要学好军事技能，才能推翻清朝的腐朽统治。

同时，革命党人还在学生中秘密传阅革命书刊，如《民报》、《天讨》、《汉声》、《汉帜》、《警世钟》、《猛回头》、《云南》、《革命军》等。提调张开儒甚至专门搜寻波兰、埃及、安南、印度等国的亡国史，藏在密室中供学生阅览。另外，同盟会员还在学生中发展会员，建立同盟会组织，共和国元帅朱德就是在这时加入同盟会的。讲武堂中的同盟会组织十分严密，教官们自成一组，学员中间另有一个相应的组织，七八个人组成小组，每个小组只有一个人能和上级发生联系，各个小组之间不能发生联络，以免被任何一个小组出卖，会员们只能知道本小组的人。

如此，陆军讲武堂逐渐养成了民主革命的教育和学习氛围，成为云南民主革命的重要策源地。无论在校学生，还是毕业生，大都具有浓烈的资产阶级民主革命和反帝爱国思想。平时讲武堂学生"经常谈论的和思考的，就是怎样发动革命起义"。所以，到昆明"重九"起义时，讲武堂在校学生和毕业生，成为革命军的重要组成部分，在起义中"起了很大作用"。

尤其是分配到新军和巡防军中任职的讲武堂毕业生，在军队中开展革命活动，将清王朝维护统治的军队，变成了"重九"起义中反清的主力军。据朱德元帅回忆，1911年他和几位同学自陆军讲武堂毕业，被派遣到新军第七十四标当排长。他们见新军士兵大部分是从乡村征调来的农民，对旧军官克扣军饷和打骂行为存在着强烈的不满情绪，就乘机通过攀附乡土关系、帮忙写家信、生活上"打成一片"等方式，与这些士兵接近，"在士兵中间散播着革命种子，（使）他们的反抗情绪一天天高涨起来"。就是通过类似方式，讲武堂学生将民主革命思想带到了驻滇清军中。

留日学生除到讲武堂任职外，还有一部分人到新军中工作，形成一股新的势力，改变了新军中的派系力量对比。云南新军中之一部，改编自巡防营，其中很多官员是锡良自四川来云南任总督时带来的，称为"川派"或"南派"。新军编成后，以北洋系崔祥奎为统制，崔祥奎也带来北洋系军官百余人，安插在新军中任职。之后一段时间内，新军的领导权由北洋派把持，"各项重要军职，多由北洋军官充任"，是为"北洋系"。留日学生进入新军后，改变了"北洋系"和"川派"控制新军的局面。因大部分留日学生是云南人，便形成了以云南留日学生为主的"滇派"。

进入新军任职的留日学生，几乎都是革命党人或倾向革命的人士，如黄毓英、唐继尧、李鸿祥、殷承瓛、谢汝翼、黄毓成、庾恩旸、韩建铎等。李鸿祥、庾恩旸等还兼任讲武堂的教职，谢汝翼、韩建铎等人则是从讲武堂调到新军中的。他们在新军中开展革命活动，发展革命势力。其中，黄毓英为"运动革命最激进者"。

黄毓英（1885～1912），字子和，云南会泽人。其父任职四川绵竹，将黄毓英带往任上读书。1903年（又说1900年）随兄长黄毓兰东渡日本留学，先入宏文学院，次年进入日本私立东斌陆军学校，1905年加入同盟会。1908年河口起义，与杨振鸿等回云南援助革命。但队伍刚到香港，河口起义已经失败。黄毓英便随杨振鸿等，至中缅边境地区开展革命活动，"为后来的辛亥腾越起义准备了条件"。之后又到昆明发动革命，到新军第七十四标任见习排长，后又任第七十三标三营右队二排排长，"日与同人谋革命益急切，尝深夜演说军中，言之发指"。1911年参加昆明"重九"起义，"冒奇险，建殊勋"，被誉为"光复首功"。

昆明毓英小学内的黄毓英纪念亭

后率军援川入黔，"为民国效死"。1912年率军由贵州返回云南，军至贵州思南，为土匪所害。其灵柩运回昆明时，各界人士出城四五里迎接，"城内铺户均下半旗以表哀悼，观者如堵，充塞街衢"。鉴于其卓著功勋，同人谥其为"武毅"，并为其建立铜像和纪念祠，孙中山先生还亲笔为纪念祠题匾曰："乾坤正气"。

黄毓英自滇西到昆明后，想方设法到新军中宣传革命。那时云南哥老会盛行，"凡是旅社、茶室和酒馆等处，都是他们的市场，参加的人很多，尤其是当兵吃粮的人，没有不参加哥老会的"。黄毓英便先与哥老会头目接触，再通过他们与新军官兵结识，发动他们投身革命。一段时间后，发展了不少同志。每逢假期，他们常会到距昆明城较远的归化寺、昙华寺、铁峰庵等比较安全的地方聚会。后来担任新军排长，更方便开展革命。那时，新军的营房鳞次栉比，营房之间有若干巷子。每晚士兵熄灯休息后，黄毓英派心腹扼守巷子两头，自己手持蜡烛进入巷子中，低声说："君等犹酣卧耶！今时何时？吾属无死所矣！君等犹酣卧耶！满人据我中国，初入关时，洗扬州，屠嘉定……往者无论，今且愈甚，列强林立，彼满政府自知情见势绌，计惟有以汉人之土地、生命、财产作友邦赠物，以博宫中府中须臾之安乐。……诸君！诸君！男儿死耳，与其束缚驰骤如牛马，摇尾乞怜而终不免于死，毋宁于枪林弹雨中，为同胞求幸福而死之为愈也。"黄毓英说话的时候，"气慷慨，词诚恳，貌和蔼，故人信之笃"。兵士听后，摩拳擦掌地说："天赐公醒我等之酣梦也！"当时，蔡锷对革命的态度表现得不明显。黄毓英毫不畏惧，直接去发动他参加革命。蔡锷见他"头角峥嵘，目光四射，大奇之"，说："我接受你的来意，请转告同人，我自会运用时机，时机到了就干。但要特别小心，不要稍有泄露"。黄毓英等革命志士的活动，增强了抗清的力量。

在"重九"起义前夕，云南军政界还发生了一件关键事件，促进了昆明革命形势的发展，这就是蔡锷到云南担任新军第三十七协协统。蔡锷（1882～1916），原名艮寅，字松坡。湖南省宝庆（今邵阳市）人，是我国近代著名的军事家、革命家。1898年考入湖南时务学堂，与梁启超结下师生之谊。1899年赴日本留学，毕业于日本陆军士官学校第三期，回国后到江西、湖南、广西军界任职。1910年广西发生驱蔡风潮，蔡锷难以立足，应云贵总督李经羲的邀请，到云南担任新军第十九镇第三十七协协统。1911年在昆明发动反清起义，被推为总司令，起义成功后又被推为云南军都督府都督。"二次革命"时拥护袁世凯，派兵入川镇压反袁的熊克武部。1913年奉调入京，先后担任陆军部编译处副总裁、参政院参政、全国经界局督办等职，并被封为昭威将军。1915年逃出袁世凯监控，到云

昆明起义临时总指挥蔡锷

南与唐继尧等组织护国军讨袁。1916年，因患喉癌医治无效，在日本逝世。蔡锷其人颇有人格魅力，朱德元帅曾赞誉他"思想敏锐，知识丰富，见解精辟，坚韧无私"，并称其为自己的"北极星"和"在黑暗时代的指路明灯"。

蔡锷在广西遭到驱逐，正踌躇难以立足之际，云贵总督李经羲也受到了北洋系军官、督练公所总参议靳云鹏的牵制。李经羲召罗佩金商量说："靳云鹏眼斜心不正，难依信"。让罗佩金举荐人才，担当要职，以限制靳云鹏。罗佩金曾在广西任随营学校总办，与蔡锷同事，并结下友谊，便建议调蔡锷来云南。李经羲在广西任巡抚时，就很赏识蔡锷，便同意了罗佩金的建议。蔡锷先派雷飙来云南，被委任为云南新军第十九镇第三十七协第七十四标第三营管带。蔡锷到云南后，被任命为云南新军第十九镇第三十七协协统。罗佩金自愿做其下属，申请调任第三十七协第七十四标统带，协助蔡锷带兵。

蔡锷到新军中担任领导，为革命党人进入新军、开展活动打开了方便之门。虽然他为人谨慎稳健，"从来不公开与讲武堂来往，却暗中和同盟会会员们保持密切联系，什么人都不怀疑他。他利用他的地位给予革命运动以很好的掩护"。他与罗佩金等人，敦促李经羲调整第三十七协各级军官的人事任免。在第三十七协第七十四标，任命刘存厚为第一营管带，唐继尧为第二营管带。在第七十三标，虽然标统和第一、二两营管带是北洋派军官，但第三营管带由同盟会员李鸿祥担任，第一、二两营中也已有革命党人担任军官。同时，炮兵、工程营、机枪营等部队中，也有革命分子担任军官。炮标统带韩建铎、第一营管带刘云峰、第二营管带谢汝翼、第三营管带庾恩旸，工程营管带韩凤楼，机枪营管带李凤楼都是革命的支持者。这些人事调整"具有很大的政治意义……后来'九九'反正之所以非常顺利的成功，实和这次人事安排分不开"。

就这样，云南革命党人经过近三年的不懈努力，终于将清王朝维护自己统治的军队，变成了推翻其统治的主力军。到辛亥革命前夕，驻昆明的新军虽然仍有一些职位由北洋派把持，但"革命力量优于反动的靳（云鹏）、钟（麟同）、王（振畿）、曲（同丰）等者多矣"！据统计，新军驻昆明部队共有营长以上军官18人，其中同盟会员和倾向革命人士就有15人，占总人数的83%；反对革命的仅3人，占17%。革命势力已取得优势地位，"给辛亥重九光复打下了稳固的基础"。

辛亥革命前夕革命势力渗入新军第十九镇简表

前任			现任			备注
职位	姓名	政治情况	职位	姓名	政治情况	
统制	崔祥奎	北洋派	统制	钟麟同	北洋派	
参谋处总办	胡文澜		参谋处总办	殷承瓛	同盟会员	
三十七协协统	王振畿	北洋派	三十七协协统	蔡锷	革命派	
三十七协七十三标统带	丁锦	北洋派	三十七协七十三标统带	丁锦	北洋派	
七十三标一营管带	成维铮	北洋派	七十三标一营管带	成维铮	北洋派	下属队官已有革命党人
七十三标二营管带	齐世杰	北洋派	七十三标二营管带	齐世杰	北洋派	下属队官已有革命党人
七十三标三营管带	李鸿祥	同盟会员	七十三标三营管带	李鸿祥	同盟会员	
三十七协七十四标统带	曲同丰	北洋派	三十七协七十四标统带	罗佩金	同盟会员	
七十四标一营管带	张翰卿		七十四标一营管带	唐继尧	同盟会员	
七十四标二营管带	胡忠亮		七十四标二营管带	刘存厚	同盟会员	
七十四标三营管带	刘禹九		七十四标三营管带	雷飙	同盟会员	
			十九炮标统带	韩建铎	倾向革命	
			十九炮标一营管带	刘云峰	革命派	
			十九炮标二营管带	谢汝翼	革命派	
			十九炮标三营管带	庾恩旸	革命派	
			十九马标统带	田书年	倾向革命	
			十九马标教练官	黄毓成	同盟会员	
			十九机枪营管带	李凤楼	革命派	
			十九工程营管带	韩凤楼	革命派	
			十九辎重营管带	范毓灵	倾向革命	

资料来源：云南省历史学会、云南省中国近代史研究会编《云南辛亥革命史》，云南大学出版社，1991年10月，第81、86页。

　　1911年，保路运动和武昌起义相继爆发，推动了云南革命形势的发展。先是，清政府颁布铁路国有上谕，强制收回各省的商办铁路，但随即又将筑路权转卖给外国列强。这种行径，激起了四川、湖北、湖南、广东等省民众的愤怒，他们纷纷组织起来，发起了轰轰烈烈的"保路运动"。其中，四川的"保路运动"尤为激烈，数十万民众参与保路。云南革命党人乘机大肆宣传四川保路运动，在报纸上假称："四川总督赵尔丰已经被起义军诛杀，四川已经取得了独立！"借以鼓动革命氛围，号召民众举义反清。这种宣传收到了较好的效果，昆明"社会上到处都充满了即将发生全国武装起义的革命气氛"。八月，武昌起义爆发，"给云南革命党人送来了发动武装起义的信号。早已怀着满腔反清怒火的革命党人和各界爱国人民，尤其是深受革命影响的新军官兵，秘密奔走相告，欢喜若狂"。刘存厚在《云南光复阵中日志》中描述当时的情景说："武昌首义之消息传遍滇中，人民如痴如醉，一般志士欲舞欲狂"。

　　革命时机已然成熟，革命党人展开了紧锣密鼓的起义谋划活动。为讨论和部署起义，他们召开了五次秘密会议，其过程和内容，刘存厚《云南光复阵中日志》记载甚详。

　　1911年10月16日（宣统三年八月二十五日）下午7时至11时，同盟会员唐继尧、刘存厚、殷承瓛、沈汪度、张子贞、黄毓成等人，在昆明萧家巷刘存厚寓所，召开了准备起义的第一次秘密会议。会上讨论并议决了以下内容："一、刘存厚报告四川争路之近情，可为革命之机会。二、研究革命之进行法。三、联络革命必要之人材。四、同举稳慎周详、可与谋革命之人员如左：甲、本夜列席者勿论；乙、蔡锷、韩凤楼、罗佩金、雷飙、李凤楼、刘云峰、谢汝翼。五、同议可共事革命之人员如左：李根源、庾恩旸、李鸿祥、黄毓英、邓泰中等。"

留学时期的唐继尧

　　1911年10月19日（宣统三年八月二十八日）上午8时至11时，蔡锷、唐继尧、刘存厚、罗佩金、雷飚等人，在昆明萧家巷刘存厚寓所，召开了第二次秘密会议。会上讨论并议决了以下内容："一、联络官兵，期与可靠之长官逐层组织小团体，且与歃血为盟，以坚其信用，而为有把握之举动。二、预备子弹以备急需。三、严守秘密，有泄者，共殛之。"

1911 年 10 月 22 日（宣统三年九月初一日）夜间 8 时至次日凌晨 1 时，蔡锷、唐继尧、刘存厚、沈汪度、谢汝翼、韩凤楼等人，在昆明北门街沈汪度寓所，召开了第三次秘密会议。

刘存厚

会上讨论并议决了以下内容："一、由列会各员报告所部官兵目下对于革命程度如何。甲、刘存厚报告，第就本营而论，以存厚在营日久，与官兵相习，感情甚笃，可有把握；乙、谢汝翼报告，所部炮营亦有把握。丙、韩凤楼报告，所部官长程度太差，却无把握。二、本日到会人员不齐，他营情形不得而知。现步、工程度既以不一，宜反急进主义，锐意经营。"

1911 年 10 月 25 日（宣统三年九月初四日）晚 7 时至 10 时，蔡锷、唐继尧、刘存厚、沈汪度、殷承瓛、张子贞、雷飚等人，冒雨单人步行，不带随从，汇集在昆明萧家巷刘存厚寓所，召开了第四次秘密会议。会上讨论并议决了以下内容："一、歃血为盟。届时存厚屏去妻子、婢役，由殷承瓛于白纸上书'协力同心，恢复汉室，有渝此盟，天人共殛'十六字。书毕，火化调于酒中，分饮之以结同心。二、提议实施革命，同人赞成。惟殷承瓛主张缓办，以对外不足，兵心不一为可虑。"

1911 年 10 月 28 日（宣统三年九月初七日）晚 7 时至次日凌晨 3 时，蔡锷、唐继尧、刘存厚、沈汪度、张子贞、李鸿祥、黄毓英、黄永社等人，在昆明洪化桥唐继尧寓所，召开了第五次秘密会议。会上讨论并议决了以下内容："一、兵力之决定。陆军第三十七协所属之步兵第七十四、三两标，炮兵第十九标。二、攻击之计划。甲、省城大东门至小西门以北地区，归七十三标占领。要点：军械局及五华山。昆明大东门至小西门以北地区，进攻要点是军械局和五华山。乙、省城大东门至小西门以南地区，归七十四标占领。要点：南城外巡防第二营和第四营、南门城楼、督署、藩库、盐库。丙、炮兵阵地在大、小东门及小西门至南门城墙一带放列，向都督署、五华山、军械局射击。丁、省城北门、小东门、小西门、南门之开启，归讲武堂学生专任。三、临时率兵官之决定。甲、推蔡锷为临时革命总司令。乙、步兵七十四标第一营临时管带以唐继尧任之。丙、步兵七十三标第一营临时管带以李根源任之。丁、步兵七十三标第二营临时管带以刘祖武任之。戊、炮兵第十九标，每营出炮六门，按第一、二、三之次序，附于步兵第七十四标之一、二、三营。注意：临时管带系临时去现任之管带，以该员临时承充之谓也。四、革命实施时日之决定。宣统三年九月初十日午前三时（1911 年 10 月 30 日深夜凌晨 3 时）。五、革命军口令标示之规定。甲、口令为‘军’（军械局）、‘总’（总督署）。乙、我军帽上附白袋。”

据此可知，昆明“重九”起义的准备是比较充分的。蔡锷、唐继尧、刘存厚、罗佩金、沈汪度、殷承瓛、李鸿祥、张子贞、雷飙等人经常会议，是起义的主要策划和组织者。细心的人会发现，云南同盟会元老级的人物李根源，并没有参加起义谋划会议，这可能是由于在起义领导者人选上存在分歧导致的。据李鸿祥回忆，在谋划起义的过程中，李根源、罗佩金、殷承瓛等认为，应该由云南人来领导革命；李鸿祥、谢汝翼、刘存厚、唐继尧等则认为，蔡锷是士官学校第三期毕业生，资格老，有才干，在新军中的职务高，由他来领导起义权威性高，成功的可能性大。后来，以蔡锷为领导的意见占了上风，罗佩金、殷承瓛、李根源等人便不再参加策划。

在革命党谋划起义的同时，云贵总督李经羲、新军第十九镇统制钟麟同、督练公所总参议靳云鹏、兵备处总办王振畿等也嗅到了革命的气息，加紧了对革命的防备和压抑。在武昌起义前，以参观北洋军秋操为由，将陆军小学堂总办李烈钧调出云南。接着，又以前往安南接收军火为由，想将罗佩金调离昆明。罗佩金不愿前往，在昆明拖延时日，才得以参加“重九”起义。李经羲等觉得第七十三标第三营革命气氛浓厚，便找借口让管带李鸿祥带下属军官到富民、武定等地去招兵，之后再伺机将其士兵并入第一、二两营。李鸿祥也是拖延时日，才得以参加“重九”起义。中秋节后，钟麟同见革命风声日紧，带着辎重营一营，荷枪实弹地来到巫家坝，召集步兵第七十四标、炮兵第十九标官兵训话，让其不要听信革命党的"谣言"，不准参加革命党的活动。并直接点名骂炮兵第十九标第三营管带谢汝翼说："国家把你送去日本留学，毕业回国后又优予委用，你不思报答国恩，反而到处散布流言，真是个造粪机器，是一副猪大肠，举不上墙去"。同时，李经羲下令在总督衙门和军械局修筑防御工事，增加驻防兵力。

虽然如此，"重九"起义还是不可抵挡地到来了！

10月30日（初九日）晚8时半，夜色苍茫。昆明北校场第七十三标第三营黄毓英、王秉钧、文鸿逵在搬运武器的时候，被值日队官唐元良发现。双方发生争吵，黄毓英等人将唐元良击毙。顿时"枪声隆隆，事遂不可遏止"，昆明起义提前爆发。第七十三标第一、第二营管带成维铮、齐世杰见势不好，仓皇向外逃窜。第二营队官马为麟率全营士兵前来投附，第一营队官胡庚先也率队跟来。第七十三标统带丁锦闻讯，带卫队前来镇压，马上就被义军打败，拔腿逃窜。李鸿祥便整顿起义军，进攻昆明城。军队行至北门外，遇见李根源乘轿赶来会合，两人率军继续前行。来到北城门时，由于还未到约定时间，讲武堂学生还没来开门。李鸿祥便令黄毓英、王秉钧、杨秀林、蒋光亮等人搭成人梯爬上城墙，消灭巡防队，砍断城门大锁，放部队入城，随即分兵攻打军械局和银元局。

起义军攻占的军械局

云南省城巫家坝炮兵营房

李经羲听说第七十三标举事后，急忙召集官兵防守，自己与王振畿率军驻守总督署，令统制钟麟同、总参议靳云鹏率辎重营、巡防营开往五华山防守，令总办唐尔锟率巡防营死守军械局。同时，调兵前来救援。9时，蔡锷在巫家坝接到李经羲的救援命令，确定李鸿祥、李根源等人已先期行动。便于10时半，在巫家坝集合部队，说明起义宗旨，"每发一语，则群呼万岁"。当时"将校中有欲将军官中满人容山、惠森二人处以死刑者，经蔡统领、罗统带力为禁阻，命暂行拘留，俟事后释放（翌日即纵之使去）。正值判决之际，有人从黑暗中向荣、惠二人连放枪二发，幸未中。"于是宣布："此次革命实系为改良政治增进国民之幸福起见，非种族革命也。吾辈同志不独不分省界，即满清官佐亦当保护，俟大局定后同享幸福。众又鼓掌赞成。……即满清官佐亦未损害。"誓师毕，整队于12时陆续出发，到初十日凌晨2时，才到达昆明城大东门外。此时，碰到统带田书年率领马标队伍，奉钟麟同急调赶来。田书年误以为蔡锷也是奉调前来镇压革命军的，而蔡锷则以为田书年是来支援革命军的。这样，两相误会之下，幸免战祸。蔡锷令田书年巡防城外土匪。

李鸿祥、李根源率起义军进攻军械局，是辛亥昆明"重九"起义中比较

昆明起义临时指挥部——云南贡院

激烈的一场战斗。军械局在五华山东北，四周城墙高大坚厚，城墙四角还配置火力强大的格林炮，易守难攻。起初，李根源试图凭借师生关系，说服守军中自己的学生投降，但未得到响应。更为糟糕的是，这时统制钟麟同、总参议靳云鹏、兵备处总办王振畿等已率辎重营、陆军警察队和机关枪队，占领了五华山之武侯祠、劳公祠，开始用机关枪从背面扫射革命军。革命军一时死伤数十人，士气受挫。为激励官兵，李根源大声喊道："今夜战死者，得葬于五华山顶万寿亭"。听李根源这么一说，官兵顿时士气大振，勇猛进攻，死者相继而不稍退。所幸董鸿勋和马为麟部顺利攻占了两级师范学堂，从侧面射击钟麟同军，分散了清军的不少火力，革命军才得以坚持攻击军械局。蔡锷、罗佩金进城后，看到李根源兵力单薄，便派雷飙率军一营前往相助。雷飙打败据守在圆通山的巡防队第二营，集中兵力帮助李根源攻打军械局。此时，东方已泛起鱼肚白，但军械局仍未攻克。蔡锷见状，又派谢汝翼率领炮队前来援助。军械局墙壁坚实，炮兵连发数炮，只将墙壁轰塌几个地方，没有明显效果。直到11时左右，到机器厂抬黑火药数十桶，在军械局墙下挖洞，填药轰炸，才将墙炸出一个切口。谢汝翼率兵一拥而进，砍杀守军三十多人，才将军械局拿下。然后集中精力攻击钟麟同部。钟麟同顽强抵抗，两军互有伤亡。相持不下间，李凤楼率部前来支援，有机关枪六挺，向钟麟同军强劲扫射，终于攻克武侯祠和五华山。钟麟同力战不支，悲愤阗积，拔枪自杀。"人谓麟同有丈夫气概，可敬也"。

钟麟同，字建堂，山东济宁人，卫海武备学堂毕业。在云南任职时，因前往大理，在普朋地方迷路，到一农家求水解渴，认识农家女孩，认为柔婉。从者误会，将女孩接来，"略无姿致"。钟麟同无子，娶女孩后生了一子，僚友称为天缘。钟麟同自杀后，被割下首级，悬挂南城，身体也被屠割，死状惨烈。清廷谕旨优恤，追赠副都统，照副都统阵亡例，从优赐恤，予谥"忠壮"。所娶云南女子带着儿子，回到山东济宁，为钟家人所接纳，"一门雍穆"。其子名钟培英，清廷以主事任用。

王振畿，字化东，山东滕县人，天津武备学堂毕业。被擒获后自愿投降，仍为众兵所杀，清廷谕旨照协都统阵亡例，从优赐恤。

靳云鹏，山东邹城人，早年投入袁世凯的"新建陆军"，后入附设炮队随营武备学堂第一期，毕业后留任教习。他逃出军械局后，化装为轿夫躲入城隍庙中，之后潜往火车站，乘滇越铁路火车逃离云南。后来靳云鹏三次出任北京国民政府国务总理，人称"轿夫总理"。

总督署这边，战斗也非常惨烈。唐继尧、刘存厚、庾恩旸、刘云峰等率兵围攻总督署。因署内有机关枪八挺和卫队五六百人，火力猛烈，一时难以攻克。才战斗了两个多小时，革命军就伤亡三十余人。这时，李经羲在总督署

"轿夫总理"靳云鹏

内坐卧不安，犹如热锅上的蚂蚁。他听说北校场兵变的领导者是李根源，将信将疑地说："李根源我待他不薄，想不致如此。"随即，又听说蔡锷已率军与李根源汇合，正在进攻总督署，还心存侥幸地说："蔡锷我曾以心腹寄之，决不至如此。"听着外面断断续续的枪炮声，李经羲忧心如焚，屡次派人请钟麟同。属下告诉他，钟麟同已不知去向。他听后怅然若失，不知所措，对旁人说："再研究、再研究！"又说："既是李根源、蔡锷、罗佩金等造反，

原云贵总督署所在地（今昆明市人民胜利堂）

必不害我。"至凌晨 3 点，外面枪声愈急，总督署内秩序大乱，李经羲方由后门逃走。十日正午，革命军子弹即将耗尽，所幸军械局终被攻破，得以补充。之后，革命军集中兵力，对总督署发起总攻。到下午 1 点半，终于将总督署拿下，李经羲的卫队投降。巡抚衙门、巡警道署、盐道署、粮饷局、电报局、大清银行等地也先期克服，昆明全城光复。

这是用许多革命志士的鲜血换来的胜利！这次战斗，牺牲的革命烈士共有一百五十余人。起义成功后，李根源践行了他的诺言，将他们葬于五华山万寿亭。"发丧之日，灵榇之多，为世所罕见，延长六七里，送葬者数十万人。祝贺军政府，敬吊战死者之旗帜，辉煌金碧，掩映昆华"。这些勇士，为着伟大的民主革命事业，献出了宝贵生命，他们的英灵，也将如万寿亭所昭显的那样，永垂不朽！

昆明"重九"起义的成功，犹如盼望已久的春雷，霹雳一声，震动天下，光耀千秋。这是因为长期以来，昆明都是云南的政治、经济和文化中心。昆明的光复，在云南辛亥革命中影响重大。得到昆明起义的消息后，云南各地纷纷宣布反正或爆发起义，全省瞬息而定。因此，昆明"重九"起义标志着

纪念昆明"重九"起义的重九牌香烟

清王朝在云南统治的崩溃，宣告了云南专制时代的终结。

昆明"重九"起义胜利后，新成立的云南军都督府向各地传达反正电文。清王朝的末世官僚们闻风而动，竞相向云南军都督府表示他们对革命的拥护。一些人甚至采用传统方式，表露他们的心迹："富民县知县竟以黄笺纸缮写成表文，劝进大位。又有作奏折体者，称大汉军政府陛下。投降表者，形形色色，无奇不有，投效及条陈，三四日间，计收三百余件。"不

昆明"重九"起义纪念章

过，并不是所有地方的光复，都是如此顺风顺水、波澜不惊。在滇西，大理反正后，发生了兵乱；腾越起义军东进后，爆发了腾越和大理的冲突。在滇南，临安起义后，蒙自又发生了兵变。

五、雷动大理

1911 年 11 月 1 日（宣统三年九月十一日），云南军都督府的反正通电到达大理，电译局将电文送给大理知府周安元和太和知县胡唐侯，两人"一片愚忠，不审大势"，决定秘而不宣。他们怀疑曲同丰率领的驻大理新军第三十八协第七十六标大部分是革命党，想将其调虎离山。他们合计出一个幼稚的计策，仿照李经羲的口吻，伪造了一份电文，说省城被土匪围困，命令曲同丰即刻率军前往营救。他们还想继续作假，但电译局负责人见事态严重，拒绝配合。周安元、胡唐侯顿时骑虎难下，连忙向在大理军政界有名的"和事老"、时任驻大理粮饷分局委员的吴绍璘，征询解决之策。吴绍璘见周安元、胡唐侯毫无胜算，纸难包火，建议他们将电文公开，请大理文武官员和地方绅耆一起商量对策。

开会这天，代表满座，但大家都怕承担责任，"你推我让，无一人肯首先发言"。转瞬即到下午 5 点，吴绍璘见天色已晚，代表们仍是互相推让，"毫无结果"，心想，这次会议聚齐了各界人士，尤为难得，若不乘此机会商议出应对之策，"恐发生他变"。但自己又是一个客籍官员，不便发言。无奈之下，只得暗中召集大理士绅由云龙、范莹章、涂杏林、周宗洛等，授意他们以保护地方为由，提议赞同云南军都督府反正。绅耆们开始还有些犹豫，但见没有更好的办法，便同意了这个建议，返回会场说："各位公祖大人俱有保障地方责任，就是省城军政府，自然也是要地方、要人民的，可否回电遵照，以得保地方安宁。"曲同丰首先表示赞成，他说："我们是奉命来保护地方的，当然要尊重父老们的意思"。

曲同丰（1873～1929），字伟卿，山东福山人。早年参加过北洋水师及中日甲午战争，毕业于日本士官学校第三期。曾任北洋陆军速成武备学堂教官，陆军速成学堂提调、监督，保定军官学堂监督等职，时任云南新军第三十八协协统。曲同丰表态后，各文武官员也纷纷表示同意。至此，会议僵局才被打破。随后，吴绍璘草拟电文，发往云南军都督府，赞同反正。大理地区的客籍官员、当地官员、地方士绅等商议是否反正的情形和心态，在当时反正各地中，比较具有代表性，尤其值得玩味。

11月3日（十三日），曲同丰召集众官绅在府署商议反正后各项事宜。众人以为，大理为迤西总汇，又有大量陆军驻扎，"力足号召各属"。决定联合迤西各州县，在大理成立临时总机关，机关部成员拟推举迤西士绅担任。十四日，在考棚开会选举代表，成立自治总机关部。此时，剑川赵藩因事要到昆明，来到大理时听说省城举义，暂留大理。大家便推举他担任总理，由云龙、李福兴任协理，范宗莹为参事长，张肇兴、李文源、周宗麟、王巨卿为参事，分别负责团务、民政、财政和军事。

大理自治总机关部总理
——赵藩

赵藩（1851~1927），字樾村，一字介庵，别号蟠仙，晚年号石禅老人，剑川县向湖村人，著名的学者、诗人和书法家。1875年中光绪乙亥科举人，以易门训导保升四川酉阳直隶州知州，先后任署四川盐茶道、永宁道尹、四川按察使等职。因不满四川总督赵尔巽的所作所为，奏请辞职回里。由云龙（1877~1961），字夔举，号定庵，云南姚安人。1897年中光绪丁酉科举人，后入北京京师大学堂，又赴日本学习教育，1911年任云南教育总会副会长，称为"滇中巨擘"。自治总机关部成立后，以考棚为临时办公场所，开展工作，并将自治总机关部成立的消息电告云南军都督府、大理各属和顺宁、丽江、楚雄三府，并派人专函递送永昌。至十七日，云南军都督府委派赵藩为腾永安抚使，兼迤西道，统领西防国民军。赵藩辞去总机关部总理职务，总机关部公推由云龙继任。

十五日，大理街道上挂起了红旗，组织民众剪掉发辫，庆祝光复。

这时，大理普通民众甚至是同盟会员对革命的认识又是怎样的呢？我们可从时人的回忆中见其一斑。据大理驻军同盟会员刘达五回忆，"在当时，大理同盟会员对孙中山先生的革命学说理解不多，有些人甚至不懂为什么革命和革命后怎么办，因而大理反正除了变换旗帜之外，对社会制度却没有什么大的改变。对于'驱逐鞑虏'，大家是毫不含糊的。至于'建立民国'怎样建法？'平均地权'怎样平法？确实是懵懵懂懂、糊里糊涂的。打来打去，鞑虏没有打死一个，打死的都是士兵和老百姓。老百姓看不到反正后带来什么好处，唯一能安慰自己的就是两百多年的封建统治终于被推翻了。"这种思想状态，在当时的云南可能比较具有代表性。

大理宣布反正后不久，便发生了兵变。当时永昌已被腾越起义军攻克，教练官郭龄昌率部自永昌撤回大理。二十日至大理城南十里塘，被刺客暗杀，杀手逃逸。曲同丰以为是第一营管带蒋辅丞所为，便将蒋辅丞诱捕正法。蒋辅丞有一个得力部下叫钟湘藻，任一营左队二排长，平时带领兵丁与"匪人"勾结，并成立"同志会"，自称"同志会大代表"，势力发展很大，大理第七十六标士兵"袒钟者几过半数"。曲同丰看到这种情况，就派亲信郝景桂混入该组织打探消息，约定如有紧急情况，就鸣枪示警。二十二日，钟湘藻看到曲同丰将蒋辅丞处死，极为不满。其部下纷纷取枪，貌似将有所行动。郝景桂见状，鸣枪提醒曲同丰。曲同丰听到枪响，慌忙夺门而逃，沿途更换行马，不敢稍歇，次日即抵达楚雄。

曲同丰逃走后，军中更加混乱。"枪声四起，弹由城外飞入机关部，击瓦屋甚烈"。很多士兵公然脱掉军装，换上同志会服装，缠青布头巾，留尺幅于脑后。乱党也乘机骚动，穿着这种衣服混在乱兵中。这些人冲入大理城，持械在街头横行游弋。当日正值街期，"一时士兵飞跑，市场惊散，秩序大

北京玉泉山西侧的曲同丰墓

乱"。普通民众为了自保，打扮成同志会会员模样，混迹其间。一些人乘机哄抢存饷，差点与守饷士兵发生枪战。此时，机关部无一人主持，有人催赵藩和李福兴赶快采取应对措施，赵、李二人彷徨不知所措。幸有参事王巨卿，乡绅赵绍周、胡其忻，前往二营劝说士兵。二营士兵多为大理本地民众，有保护家乡不受兵乱蹂躏之心。经王巨卿等人劝说，士兵们都表示"愿共保桑

梓"。赵藩也利用个人声望，召集军中同乡晓以大义。这些活动收到了较好的效果，士兵们被瓦解，分为两派，"各戒备如临战斗"。为保卫家园，城中民团也大加扩充，团兵骤然增至八百余人，分驻城内外守卫。

众人推孙绍骞继任第七十六标标统。孙绍骞派人劝说钟湘藻，许诺免其罪责，并升其为管带，让其约束散兵。钟湘藻提出条件，要求孙绍骞承认他们的组织，允许他们"开山堂、拜香"，得到孙绍骞同意。"于是军队纪律顿失，不着制服，一律青布套头、短衣"。这种状况一直持续到陆军第二师师长、迤西国民军总司令李根源到达大理，才得到整治。二十三日，党人簇拥钟湘藻回营，"兵数重严卫身旁，哮猛不可近"。又到机关部，"置手枪、佩刀案上，大呼噪"。机关部乘机召开军、绅、商会议，承诺向陆军提供军饷，陆军也保证自维秩序。至此，兵乱始平，人心稍安。

大理自治总机关部成立后，迤西偏远地区时有同志会党徒，假借总机关部名誉，擅自设立迤西自治团体或机关分部，欺诈民众。总机关部多次下令禁止，但都无明显成效。腾越和大理冲突解决后，总机关部就致电省政府，申请撤销总机关部，得到批准。1911年12月17日（十月二十七日），李根源率军到达大理，机关部总理由云龙、协理李福兴等就将各项事务交给李根源，宣布总机关部解散。大理总机关部自成立到解散，虽只持续了一个半月，但"联络各属，维持治安，识者多谓机关部之力焉"。

在大理宣布反正之前，张文光的滇西军都督府为光复云南全省，派兵东征。九月初十日，光复龙陵。李槐在光复中功劳较大，被任命为国民军第十营管带，负责保卫龙陵，滇西军都督府又派士绅吴德寿办理龙陵财政和粮饷事务。十二日，攻克永昌，击毙清军管带罗长庚，保山县令毛汝霖自杀。改编永昌反正陆军及巡防军为国民军，扩充军队；任命永昌城士绅赵端、李宝仁负责永昌军需、财政、粮饷和民政等事宜；委任张振河办理审判事务。二十三日，接到孙中山停止扩招士兵的电文，张文光令驻永昌副指挥钱泰丰、统带彭蕽等，停止招兵。

虽然九月初九日昆明爆发起义，十三日大理宣布反正，但因为在永昌的陆军教练官郭龄昌率部退回大理，路过澜沧江时，截断了江桥和通往腾越永昌的电报线，滇西军都督府与昆明和大理失去联系。所以，虽然滇西军都督府十日就听说昆明已经起义，但"因东路电阻，未得省垣真象"，"不敢遽信"，直到十四日才得到确信。大理反正的消息则迟至十九日才得到，但仍觉"情殊可疑"。因此，攻克永昌后，滇西起义军并未停止前进的脚步，分三路出军：一路由顺宁、云州抵蒙化；一路由云龙、丽江出乔井、喇井；陈云龙自率一路下永平，趋合江。

九月二十六日，陈云龙修好澜沧江桥，向大理进发。张文光交代陈云龙，虽大理反正"情殊可疑"，但仍需"与曲同丰君联络一气"，"切勿各怀意见，同种自戕"。二十七日，陈云龙军至曲硐，以刘竹云为先锋，攻下永平县。县令蒋树本投降，陈云龙将他收为参谋。十月一日，驻军黄连铺。张文光再次发函强调："榆城反正否？未得真像。兄令前军宜相机进行，总顾全大局，不失文明宗旨为要。"陈云龙回复说，大理杀害了他派出张贴告示的人，并派兵驻守天生桥，从这两件事来看，应该还没反正，只是"以谣传为缓兵之计耳"。张文光接电后，让陈云龙退到永平县驻防，并派代表到大理"晓以大义"。陈云龙抗命不听，继续前行。至十月初四日，先锋已达合江平坡，大营则驻扎漾濞。由于腾越起义军扩军太快，难免鱼目混杂。在进军过程中，多有扰民事件发生。

大理总机关部及士绅民众，听说腾越军队即将进攻大理，且军纪涣散，异常恐慌。他们积极准备进行抵抗，杀死陈云龙派到大理张贴告示的何大林，派兵驻守天生桥，同时向云南军都督府报告滇西局势，诋毁甚至陷害腾越军队。他们伪造滇西军都督府印信，以滇西军都督府名义致电云南军都督府，企图激怒云南军都督府，说不承认云南军都督府在大理委任的官吏，让大理军政机构听候腾越军队接收点编，陈云龙即将巡视全滇等。同时，致函陈云龙、张文光，让腾越军队撤退。然后，又派刺客到合江平坡行刺腾越军队主将。不料行刺失败，刺客为腾越军队拿获，陈云龙"念在同胞，不加诛戮，转赠伊鞍马银两放回。"

云南军都督府接到大理的报告后，首先于九月底任命赵藩为腾永安抚使，兼摄迤西道，到腾越、永昌安抚腾越军队。之后，又让李根源负责办理滇西事务。十月四日，云南军都督府致电陈云龙、彭蓂等人，说明丽江、维西、大理、楚雄等地已经反正，腾越军队不需要向这些地区进发。在收到大理方面伪造的电文后，云南军都督府相信了一面之词，认为陈云龙不仅不听劝告撤军，还发电报给云南军都督府，"言辞悖逆"；与蒋树本狼狈为奸，分队窜扰蒙化、云龙州一带，"抢掠劫扰，直同草寇"；扣留大理机关部派去的谈判代表；甚至对陈云龙进行人身攻击，说陈"本系无赖，尤易勾结为患"。基于以上罪状，下令大理军对腾越军队"迎头痛剿，务绝根株"，并悬赏六千两捉拿陈云龙和蒋树本。

张文光见大理总机关部和云南军都督府对陈云龙产生了疑心，立即发电报给陈云龙，让其不要轻举妄动，为换取大理方面的信任，可以单骑到大理城与他们协商。同时，决定派代表到大理谈判。然而，这些举措都已失之晚矣！大理派到腾越军队谈判的代表被刘竹云扣留，他们担心会被刘竹云杀害，便诈称投降，让刘竹云放他们回大理城，准备犒师。刘竹云信以为真，十月五日率军前往大理。行至合江四十里桥，遭大理军埋伏攻击。腾越军队猝不及防，仓促应战，不到一个时辰便被击退，腾越方面的代表杨勋、祝宗云、陈定洲等人，被大理军队抓走。

十月初六，张文光得知两军交战的消息，去电向大理总机关部询问情况，请大理"开诚布公，直言见教，无任各起猜疑，自戕同胞"。大理方面回信说"陈云龙、刘竹云假义军之名，心怀叵测，事权不一，民心惶惑，怨声时有所闻"，云南军都督府已经下令对其兴兵痛剿，所以大理军队的行动并不是"自残同胞"，而是执行云南军都督府的命令。

张文光看到大理总机关部为陈云龙网罗的罪名，又听说是云南军都督府下令对腾越军队用兵，感觉事态严重，深知如果处置不当，会直接影响到腾越起义的声誉。首先，他觉察出来，云南军都督府之所以下令大理军队进攻腾越军队，是"被榆人谗言所入"。只要陈云龙返回永昌，"则清浊可分，若陈再固执，则该榆所诬之冤，实难白也"。于是，连下数道命令，让陈云龙撤军。甚至中断对陈云龙的弹药供应，撤掉陈云龙军职，派钱泰丰前去继任。十月初七日，又派永昌总参议任敏良、吴育二人，前往大理协调，开导陈云龙撤军。其次，及时向云南军都督府做解释工作。十月初七日，张文光致函云南军都督府，说由于邮电不通，滇西军都督府不知道大理是否反正，才派兵进攻大理。他一改之前的隐忍态度，直言不讳地说：此时"孰是孰非尚难预定。惟（大理）杀我信夫，捆我代表是实。……榆军擅杀擅捆，衡诸公理，未免野蛮，仍望诸公公断"。最后，十月初八日，张文光致电仰光同盟会机关部，说明事件的前因后果，请他们代为向孙中山报告，希望孙中山能出面协调。张文光说："榆军心怀叵测，妄想邀功，竟将腾中一切要电扣留不发，私捏腾军系属草寇，向滇索兵剿办"。他强硬地表示："光追念前日，手无寸柄尚敢不顾生命，冒死兴师。今日亲统二十营，且畏彼耶？"从这句话我们可以感受得出，在处理与大理的关系问题上，张文光之所以一直采取克制的做法，并不是因为胆怯或是兵力不足，而是因为他真正地为大局着想。

从上我们不难看出，腾越和大理之间的冲突，首先源于郭龄昌从永昌撤军时，将澜沧江江桥及电报线截断，使得腾越和大理之间消息沟通不畅，滇西军都督府没有获得大理反正的准确消息，所以才会派兵进攻大理。其次，进军途中，陈云龙治军不严，多有扰民事件发生，引起大理军民"群情惊惑，有防变之意"。其三，在交涉过程中，腾越军队和大理方面互不信任，使得事态越演越烈。其四，陈云龙接到张文光撤军命令后，迟迟不肯动身。大理军队说他"居心叵测"，可能并非空穴来风。最后，大理在向云南军都督府报告情况时，夸大其词，甚至伪造电文，诬陷腾越军队，使得云南军都督府没能及时了解事情真相，采取适当的协调措施，甚至下令大理军队痛剿腾越军队，助长了事态的恶性发展。

此时，腾越和大理之间更大的冲突，有一触即发之势。"如何处理好这一棘手问题，已关系到云南辛亥革命的前途和命运"！十月十三日，云南军都督府委派李根源为陆军第二师师长，兼迤西国民军总司令，会同腾永安抚使赵藩处理滇西事务。李根源是腾越人，在乡里颇负声望。张文光对其比较敬重，滇西军政府中的彭蓂、李学诗、刘得胜等人，都是他在讲武堂的学生。因此，他是处理滇西事务比较合适的人选。临行前，蔡锷对李根源说："一切处分，公可便宜行之……惟求将腾、永所立之营切实裁汰，缩小范围。……此实为目前最切要之着，不可稍有迁就。"李根源表示，他准备"以寓生于杀为主"的方式，处理滇西事务。所以，李根源"威益震，地方军民闻风而畏，无纷不解"。

十月二十日，"省榆电通，群疑尽释"。张文光派代表到大理与李根源交涉。他解决腾越和大理冲突心切，竟请出李根源的父亲李蔚然老先生作为代表。李根源得知此事，急忙发电报给张文光，表示"实属不便，无待深言"，希望张文光另举林春华等人为代表。这是腾越大理交涉中的一件趣事。

十月二十七日，李根源到大理，任命官吏，改编部队，使之直隶于第二师司令部。大理官兵"悉唯唯听命，无敢言腾榆事曲直者"。为了营造和谐的谈判氛围，李根源派代表到漾濞，迎候滇西军都督府代表，当滇西军都督府代表到大理城附近时，又亲自出城迎接。双方相见，开诚布公，尽释前嫌，一致认为："从前两军交斗，实因邮电未通，以致自相矛盾"。

十一月十一日，开会商议相关事宜。李根源对腾越代表提出八条要求：一是裁汰部队，只留七营，收回被裁士兵枪械；二是停止按照《革命方略》规定征收的捐税；三是设置官吏，军队不准干预地方政治；四是腾越军队所有收支款项，要逐项向云南人民公布；五是停发纸币，已经发行的纸币要限期收回，腾越军队所需经费由云南军都督府承担；六是禁止运输海盐入境销售；七是裁汰掉的军队员弁，应命令他们到昆明听候任用，或随李根源行营差遣；八是腾永人士公推代表到云南军都督府任职。这几条要求，都得到了腾越军队代表的同意。张文光也表示基本赞同，只是觉得第一条立即将二十多营兵裁留七营，"遽难径行，恐生不虞"，请李根源赶快到腾越商酌办理。

十一月十八日，李根源向云南军都督府建议，授予张文光正都尉职，其兄张文运为同协都尉职。之后又觉得不妥，十一月二十一日改任张文光为协都督，统领腾越、永昌等地的国民军；其兄张文运为同副都尉。1912年1月29日（十二月十一日），张文光宣布取消云南第一军都督印信，就任协都督职，并电告孙中山云南第一军都督府取消情形。

1912年2月1日（十二月十四日），李根源到腾越，与张文光商议实行前议八项事宜。其中，裁撤军队是比较关键也比较困难的一项。李根源见腾越驻军最多，永昌次之，决定先裁腾越士兵，再将永昌军队调到腾冲裁撤。裁撤腾越驻军非常顺利，"一日遣数千人，无哗者"。但当要裁撤永昌驻军时，管带黄鉴锋与永昌城中散兵哗变，"大出劫夺"，正规军、府署卫队、警察随即附和。乱军手持枪械，"大街小巷，沿门冲入"，"此去彼来，川流不息"。民众"畏避，任其极索穷搜"。全城"火光冲天，哭声震地。凄惨之状，笔难形容"。兵乱发生后，李根源让张文光出面，将黄鉴锋诱骗到腾越，正法示众，又诛杀叛乱官兵及不法惯盗、劣绅、土棍千余人。其他兵丁发给饷银遣散。之后，又任命滇西军都督府军政要员彭蕙、李学诗等为诸路军统领，张文运、林春华、张鑑安、李治等为府、县知事，滇西事务得以解决。

在处理滇西事务的过程中，李根源利用自己的影响和才智，妥善协调各方势力和意见，使滇西事务得以及时解决，"全省革命政权迅速实现统一，这对于巩固云南辛亥革命的成果和巩固国防，都是有积极意义的"。然而，由于裁撤军队过急，激起永昌兵变，让永昌黎民百姓遭受了惨痛的兵祸。并且，在平息兵变期间，李根源杀人如麻，数年之后，他自己也承认，"其间岂无一冤抑者！"在这一时期，张文光以首义之师，一直保持克制的态度和理智的做法，顾全大局，作出了较大牺牲和贡献，这是值得充分肯定的。

六、光照滇南

得知武昌起义爆发，驻临安的新军第七十五标教练官赵复祥，召集同志开会，密谋响应。但"因势孤力弱，未敢轻动"。赵复祥（1881～1920），字凤喈，更名又新，以"又新"名享誉于世，云南省顺宁县（今凤庆县）人。早年入顺宁凤山书院，师从书院山长张尚志（香亭），15岁应童子试，补博士弟子员。1904年赴昆明应试，考取云南省官费日本留学生，入东京振武学校，后加入同盟会。从振武学校毕业后，赵复祥以陆军士官学校"候补生"身份，到日本西部墩和县步兵十九联队实习，期满后进入陆军士官学校第六期步兵科，与唐继

赵复祥（赵又新）

尧、李烈钧等同学。1908年12月从士官学校毕业，回国后没有参加清廷举行的例行统考和见习。他与叶荃、黄毓成等溯长江而上，考察沿江军事情况，

"遍阅长江各省军队而还"。1909年春,任四川省督练公所提调。后回昆明,任新军第三十七协蔡锷部管带,后调任第三十八协第七十五标教练官,和统带罗鸿逵驻防滇南的临安。他整肃军队风纪,与革命党人密谋反清起义,并把工作重点放在争取地方士绅朱朝瑛支持起义上。

其时朱朝瑛正为广东新军第二十五镇统制龙济光(一说是受两广总督张鸣岐之托)招募士兵,已招到四百余名,分驻在四城楼、观音仓等处,拥有较强的军事实力。朱朝瑛,字渭卿,临安富商,素孚众望。曾中光绪丁酉科(1897年)云南乡试副榜,授广东补用道,受吉林巡抚朱家宝派遣,赴日本考察政治和军事。鉴于朱朝瑛的重要地位,赵复祥认为,"必得朱朝瑛赞同,事乃有济",便写了两封匿名信,送到朱朝瑛家,劝朱朝瑛率军举事。朱朝

朱朝瑛的住宅朱家花园,称为"滇南大观园"

瑛不知道是谁写的信,没有立即回复。其实,经革命党徐维新等人游说,朱朝瑛已打算把招募的部众留下来,等待时机,"光复祖国"。朱朝瑛找来佴致中,商议如何回复匿名信,佴致中给他出了个主意,让他写一张告示贴在街上,表示同情革命。写信人看到告示后,肯定会有所回应。果然,赵复祥看到告示后,立即派李镜明与朱朝瑛联络,新军与民军开始接触。

十日,朱朝瑛接到省城昆明光复的消息,召集徐维新、佴致中、朱朝玟等,商议响应之策。决定派徐维新联络新军中的革命同志,于十一日起义。届时民军可以借保城之名,到府署骗领军械。十一日,徐维新发动革命同志吴传声举义,得到了他的赞同。双方约定十点起义,到时新军率领第一、第

二营发难，进攻临安城。民军则在城内为内应，开城迎接新军入城。因新军第三营管带赵瑞寿是满族，徐维新和吴传声不敢肯定其对革命的态度，决定先不通知他举事，等攻占临安城后，再对其进行招降，若是他胆敢抗拒，则以武力镇压之。

临安府知府、建水县知县和第七十五标标统，听说云南军都督府的反正电文已发到临安，临安新军和民军将有所行动，便相约到朱朝瑛、佴致中处，请他们向赵复祥说情，在起义的时候放他们一条生路。正在商议时，南城外新军营房已提前响起起义的枪声。

原来是八点时，吴传声谎报第二营管带张荣魁，说有人进攻营盘，骗他发枪给士兵，被张荣魁识破。吴传声便将之击毙，第一营管带闻风而逃。何海清和盛荣超分别率领第一、二营士兵，到操场集合，宣布起义宗旨，众呼万岁，赞同起义。第二营在前，第一营在后，奔袭临安城。此时，徐维新已经在城门口等候，闻声即将城锁扭断，大开城门放新军入城。先攻府署，知府吴昌祀越城逃走。再攻第七十五标本部，标统罗鸿逵早于听到府署枪声后，便仓皇出逃了。随即招降第三营管带赵瑞寿。在起义之先，吴传声等就写好一封信，让第三营中的讲武堂学生在城中枪响后，交给赵瑞寿。信中写道："全体反正，从违在君。"赵瑞寿看到这封信，以为是第三营全营士兵都已反正，随即投降。

十二日晨，朱朝瑛、赵复祥等召集军民各界代表和自治议员在自治公所开会，公推朱朝瑛为正都统，赵复祥为副都统，成立南军军政府。以临安第七十五标标本部为军政府所在地，取消第七十五标名称，任命周先和、李镜明、彭任寰、高荫槐为参谋官，李春膏为中军官，李镇邦为执法官，李儒卿为执事官，王海沧、熊鸣均为正、副军需官，何祖荫、赵逢甲为正、副军械官，缪嘉熙、许步云为正、副军医官，任命云南陆军讲武堂特班毕业生中没有派事者为差遣员。南军军政府将临安光复情形电告云南军都督府，派兵驻防各个要隘，防止土匪作乱。函电临安各属和开化、广南、思茅、普洱、元江等地，敦促当局反正。赵复祥率军进攻南防要地蒙自，朱朝瑛坐镇临安。同时扩招新兵，但招兵过急，"盗犯、强盗、痞棍遂得混迹其间"，为后来蒙自发生兵乱埋下了祸根。

九月十日，清朝蒙自关道尹龚心湛听说昆明兵变后，准备进攻昆明之策。龚心湛（1871~1943），字仙洲，安徽合肥人，与李鸿章家族是世交，毕业于金陵同文馆。早年作为薛福成、龚照瑗的随员，在清王朝驻英、法、意、比利时等国使馆供职达八年，参与了震惊世界的密谋诱捕孙中山的事件。回国后任广州知府兼广东省洋务局会办、廉（江）钦（州）兵备道，参与镇压革命党人的起义。李经羲任云贵总督后，奏调其任云南临开广道兼边防督办，后任蒙自关道。民国后任北京政府参议院

龚心湛

议员、安徽省省长，成为皖系骨干成员。后任北京政府财政总长、代理国务总理。他计划电令开化镇总兵夏文炳率军沿铁路北上，电知大理新军率第一、二两营由楚雄东上，命令个旧督带孔繁琴率军取道临安、通海北上，一举攻克昆明。自己则率军驻扎通海，居中策应。这个作战计划，对新成立的云南军都督府，应该说还是比较有威胁性的。所幸临安爆发起义，打乱了龚心湛的计划，他不得不先调兵镇压临安义军。

龚心湛一方面派中学堂监督李曰垓前往临安，假装赞同革命，希望革命军能与蒙自联合，共保地方治安；一方面暗地调个旧督带孔繁琴率防军由个旧偷袭临安，派马文兴率兵自面甸进攻临安，另派兵驻扎沙甸、鸡街等地，防堵革命军。

孔繁琴一路军队，于十三日下午九点到达普雄，住满了那里的旅店。建水赶马人李鸿宾见状，颇为好奇，私下询问士兵，才知道孔军将要进袭临安。他立即雇人将消息送给朱朝瑛，朱朝瑛接到消息后大吃一惊，马上派兵应战，同时向云南军都督府求援。都督府回电说："能战则战，否则固守临城，已派遣罗统领（佩金）即日南征。"得知省军可为后援，临安革命军士气大振。在破梗口与敌军遭遇，个个奋勇当先，英勇作战。酣战数小时后，孔繁琴中弹败退，管带盛荣超率军紧追不放，在普雄将其枪杀，并割下耳朵作为请功证据。听说孔繁琴部已经战败，驻沙甸、鸡街等地的清军见大势已去，相继

投降。收到心腹健将孔繁琴战死的消息，龚心湛伤心欲绝，"心胆俱裂"，于十五日早晨仓皇出逃。

十七日赵复祥部进抵蒙自，云南军都督府任命赵复祥兼任蒙自关道。赵复祥上任后，重新设置了蒙自的政府机关，并大力招募士兵，准备向开化、广南进军，目标是进入粤、湘，援助武汉。遗憾的是，这个宏伟的计划随即便被十月十三日的兵变所打破。

促成兵变有多种原因。一是新军内部不和。新军第三营在临安城光复后才投降，第一、二营士兵经常以此耻笑第三营士兵，使之积羞成怒。在起义胜利后的奖赏上，因第三营没有参加光复临安的战斗，每位士兵只赏银三元，而第一、二营士兵每人赏银五元，这更加重了第三营士兵的不满。二是新招募的士兵成分不纯。临安光复后，南军军政府急于扩充军队，新招募的士兵多是小偷、强盗、痞棍和清廷败兵，这些人毫无革命理念，极易发生叛乱。三是新军军纪不严，赌风兴盛。赌红眼的士兵看见府库和商号中银元丰盈，遂起抢劫之念。四是哥老会党徒与士兵勾结作乱。蒙自的哥老会，"纯以发财为目的"，他们与混入军中的小偷、痞棍联系紧密，相互勾结，怂恿抢掠。五是赵复祥治军不严，用人不善。他平时未能严肃军纪，招募士兵时又让小偷、痞棍混入军中，任用心怀不轨的李镇邦、龚裕如等人任职。虽然事先便知道士兵将要叛乱，但没有及时抑制。

十月十三日，都统部参谋梅志贻在闹市中欺侮第三营管带李学礼，"老兵皆愤，憨直者相约至都统部质问志贻"。李镇邦等人以为有机可乘，便于九点鸣枪作乱。他们先攻击军械局，抢劫枪支弹药，然后进攻蒙自关道道署，抢劫财政局和顺城商号，又焚烧了洋行等地。哥老会徒众也乘机掳掠。法国驻蒙自领事非常惊恐，欲离滇回国。"南防震动，越南法兵调集沿边，势将借口侵入，事机危甚"。赵复祥无力控制这种局面，惊慌逃往河口。之后由河口转往江西，投奔江西督军李烈钧。"二次革命"后返回云南，改名"又新"，一则避免袁世凯注意，一则表示今后决心"再接再厉，日新又新，坚定不渝地献身革命"。

朱朝玟义不容辞地承担起镇压叛乱的重大责任，他发电报给云南军都督府和其兄朱朝瑛，说明情况，请求支援。令军队各归其营，禁止军民迁徙，避免迁徙引起的慌乱。由于担心法国领事回国后，引起外交纠纷，因此对其尽力挽留，承诺保护他的人身安全。

云南军都督府接到滇南传来的警报，派罗佩金、何国钧率军前往镇压乱军，朱朝瑛则亲自率军救援。两路军马于十六日到达蒙自，驻扎各要隘，开导乱军，追缴枪械、银元。罗佩金与朱朝瑛会商善后之策，决定采用调虎离山之计，将驻蒙自新军全部调去北伐。对兵乱祸首李镇邦，则假装委任其为联长，摆出鸿门宴，为其上任饯行，在道署将之捉拿，枭首示众。龚裕如也遭正法，军士皆引以为戒，蒙自兵乱终于得以平定。蒙自兵乱的及时解决，有利于云南革命政权的巩固，保证了辛亥革命时期云南南部边疆的稳定。

随着大理反正、滇西军都督府撤销、临安光复以及蒙自兵乱平定，云南全省基本上完成了革命，辛亥革命在云南获得了全面胜利。

第五章 "有声来自西南"

Diwuzhang

"Yousheng laizi xinan"

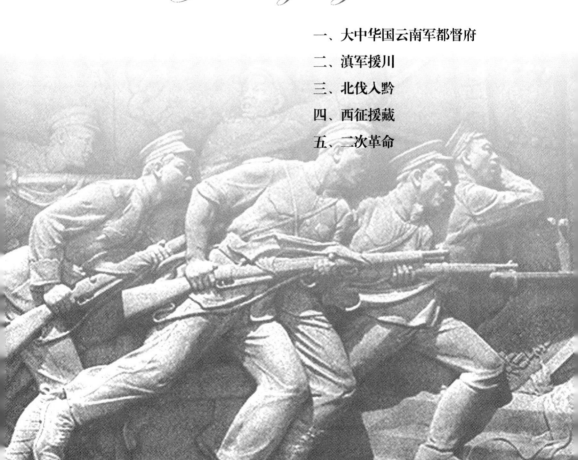

一、大中华国云南军都督府

"重九"起义爆发后，十一日昆明全城克复。蔡锷与李根源从前线下来，经过翠湖，两人又累又渴，便在湖边喝水、洗脸、洗头，"精神为之一爽"，开始考虑组建新的革命政权。十三日，革命军将五华山两级师范学堂改为大中华国云南军都督府（即"大汉云南军政府"），官兵公推总司令蔡锷为军都督，建立云南资产阶级革命政权（清帝退位后，南京临时政府通电各省撤消省军政府，云南军都督府改称"云南都督府"）。云南军都督府建立后，制订组织章程及约法草案，厘定军都督府大纲，规定都督府内设置一院三部。

参议院，直隶军都督，是参议军事、政治的咨询机关。由军政部总长李根源兼院长，参议官没有定额，全由军都督选任。首批选任者为席聘臣、游万昆、吕志伊、何秀桢、蒋谷、陈价、李华、华封祝、陈文翰、刘钧、袁玉锡、孙光廷、郭燮熙、李文治、冯桂、李燮义、郭灿、刘锐恒、吴琨、孙仲瑛、刘显治、耿葆奎、马观政等 23 人。后参议院改名为参议处。

参谋部，是军事作战的核心，主管军事上的一切谋划，以殷承瓛为总长，刘存厚、唐继尧为次长。下设作战、谍查、编制、兵站、辎重弹药、炮兵材料、测地七个分部，由谢汝翼、张子贞、韩凤楼、李凤楼、顾品珍、刘法坤、李钟本为部长。

云南军都督蔡锷

军务部，主管军备上的一切事务，以韩建铎为总长，张毅为次长，下设筹备、粮饷、军医、军械、叙勋五局，被服、制革、兵工三厂，以徐兰芳、黄希尚、周桢、沈汪度等为局长，秦光玉、华封祝为厂长，沈汪度兼任兵工厂厂长。韩建铎率军援川后，任命沈汪度为总长，张含英为兵工厂厂长。

军政部，主管全省行政事务，取管仲的"作内政而寄军令"之意。以李根源为总长，李曰垓为次长，下设民政、财政、外交、学政、实业五司，以杨福璋、陈价、周沆、李华、吴琨为司长，孙光庭、席聘臣、陈度、陈文瀚、华封祝为次长。民政司下设巡警、审判、自治三局。李根源率军前往滇西后，以罗佩金为总长。

都督府内设秘书处、登庸局、法制局、卫戍司令部和甄录处。秘书处负责拟撰机要电文，登庸局下设叙官、赏勋、印铸三科，均由周钟嶽负责。法制局拟订一切暂行法规。滇军出兵援川、援黔后，设置卫戍司令部，以罗佩金兼卫戍司令，负责整饬军纪，保持公安。甄录处负责接待自陈效用及提出意见书者，选用人才。后来社会逐渐稳定，将登庸局、法制局、甄录处裁并，撤消卫戍司令部，其职责分属于宪兵队和巡警局。

立法和司法方面，将原云南省谘议局正名为云南临时省议会，保留原来的议员20余人，再加入参议院的10余名参议官，选举李增为议长，万鸿恩为副议长。司法方面，因清末设立的各级审判厅、检察厅人员散去，云南军都督府以民政厅下设的审判局为司法机关，筹划于昆明设立三级厅。

云南军都督府成立后，发布《布告全省同胞文》，声称"此次各省义军风发云涌，恢复旧土，保卫民生。其宗旨在铲除专制政体，建造良善国家，使汉、回、满、蒙、藏、夷、苗各种族结合一体，维持共和，以期巩固民权，恢张国力。本都督府夙表同情，爰倡义举。……现在滇事初定，政务亟待整理，不得不由本都督府因势利导，力保完善之区。特恐全省同胞未能周悉，爰特声明宗旨，明白宣布。其各咸喻斯意，毋生误会，本都督有厚望焉。今将纲要列举如左：

云南军都督府大楼——光复楼

一、定国名曰中华国。二、定国体为民主共和政体。三、定本军都督府印曰大中华国云南军都督之印。四、军都督府内设参议院、参谋部、军务部、军政部，部各分设部、司、局、厂，各部院同署办公。地方文武各官依事务分配，直接各部秉承办理。五、定国旗为赤帜心用白色中字。六、建设主义，以联合中国各民族，构造统一之国家，改良政治，发达民权，汉、回、蒙、满、藏、夷、苗各族视同一体。七、建设次第，由军政时代进于约法时代，递进而为民主宪政时代。"

云南军都督府大楼——光复楼

外交方面，向英、法等国领事发出照会："一、贵国官吏人民严守中立。二、贵国火车不得代清政府输运军队，并代运军用品物。三、贵国官吏人民生命财产，本都督府承认确实保护。但如违第二条，则此条取消。四、贵国向与清政府所订条约仍有继续效力。五、贵国此后有关于中国旧云南省一切交涉事件，须直接（与）本都督府（交涉）方为有效。六、贵领事应咨回本国承认云南独立。七、本政府对于贵国有未尽事宜，再随时照会办理。"

对清廷及仍在清王朝统治下的各省，发布《滇军政府讨满洲檄》，表现出了较为偏激的"排满"革命和狭隘"民族建国主义"思想。该檄文的内容大体上脱胎于1907年章太炎以"中华国民军政府"名义撰写的《讨满洲檄》。

云南都督府大门

云南都督府民政厅

首先结合云南的历史与现状，仿照章太炎"数虏之罪"十四项，列举清朝建立以来的罪名七项。然后仿照武昌首义初期中华民国军统领黎元洪发布的《中华民国军第十三章檄告天下文》，照录其"人民急起革命的原因"三条。

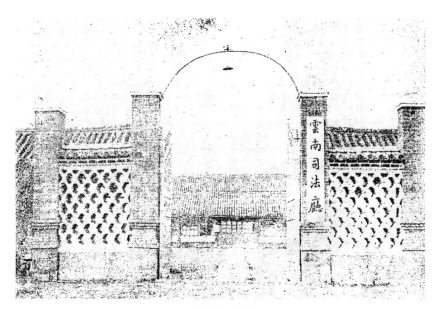

云南司法厅

最后部分与黎元洪所发檄文相同，均以章太炎檄文为底本，略加改动而成。
重申"与四万万人共约曰：自盟之后，当扫除鞑虏，恢复中华，建立民国，

平均地权。有渝此盟，四万万同胞共击之！"告诫人民"毋作妖言，毋仇外人，毋排他教"。"苟无大害于我军事者，一切兼容并包"。

云南交涉署

对省内各地，军都督府于九月初十日发布告示："大局已定，举动文明。保我同胞，鸡犬不惊。其各贸易，其各营生。凡我军队，不准扰民。"同时致电各地官吏和劝学所："本月九日，滇垣宣告独立，举动文明，地方安堵如故。全体欢忭，悬旗庆祝，仍请李帅（指云贵总督李经羲）主持大局。现驻谘议局，司道、提镇以次各官，一律赞助，帮同办理。英、法

两国严守中立，条约已订。该各府、厅、州、县所属，希照常办事，力保公安，勿生意外。电到即复；不通电处，妥速转递军都督府电文。"省谘议局也致电各地官吏及自治公所，约定十条，要求照办："一、各地方凡有外国教堂、教士居处游历，我自治团体应会同地方官绅，力加保护。一、地方官，应由我自治团体请其照常办事，不必惊疑。我自治团体，亦应弹压匪党，不宜与地方官为难。一、各地方巡警稀少，诚恐匪人滋扰，人民财产不无损失。应由我自治团体酌添团勇，以资守卫。一、学界各学生照常上课，勿得解散。一、各州、县地方积谷，应照旧认真存储，除因公用外，不准耗散。一、各府、厅、州、县应解地方钱粮及厘金税等项，照旧上纳，暂解交谘议局转解军政府。一、凡地方官册簿等粮案，关于地方自治之件，应竭力保存勿失。一、地方官及厘金委差，如有不明大局，私有逃匿之处，即由地方自治公所，公举正绅收解。一、自治责任，无论议事会成立及未成立之处，望我同胞、绅民力为办理，勿稍卸责。一、以上各条，均以奉函之日为实行之期。"

对少数民族，云南军都督府于11月初发布了《致永昌各属回族同胞电》，称"永昌清真寺教习张云舒转各属回族同览：滇垣于九月初九日陆军、防营全体反正，克定全省，光复旧业。汉、回各族均受满洲政府压制二百余年，今扫除专制，一概平等。军政府为民请命，大公无私，不分畛域。凡我回族，请勿惊疑。盼切。"军都督府还针对满人发布电令："各府、厅、州、县官绅同鉴：本军府光复汉族，大局已定。顺宁、大理等府官民，均电表同情。自应维持秩序，共保公安。满人琦守璘能识大义，首先赞同。自当以汉籍相待，一体任用。该处同胞，亦不得视为异族，胥泯猜虞。楚雄崇守谦，广南桂守福，若能来归，尤加优待。各属流寓满人，本军府亦必妥筹善法，以相安置，勿自惊扰，此谕。"

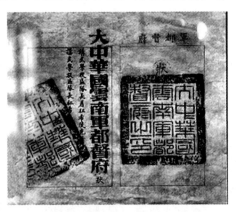

云南军都督府大印

可以说，云南军都督府的各项善后措施，井井有条，全省各地除少数地方外，大多"传檄而定"，蔡锷因此自豪地宣称：云南"秩序上之严整，实为南北各省之冠"。

二、滇军援川

> 忆曾率队到宜宾，高举红旗援弟兄。
>
> 前军达到自流井，已报成都故肃清。

这是 1961 年朱德在纪念辛亥革命五十周年时写下的七言绝句，说的是云南辛亥革命成功后，军都督府派军援助邻省革命的故事。

云南军都督府成立后，妥善处理了滇西腾榆冲突及其与滇西军都督府的关系，平定了滇南兵乱，云南局势基本稳定。军都督蔡锷认为，"光复大业非一隅一方之事，北庭未复，其责未尽"，英勇地领导云南担负起促进全国光复的重任，决定组织军队北伐，支援邻省革命，维护国家统一。此时，局面大致安定的云南"新军倍于前"，尤其是在政治、军事重组过程中"腾出"的兵力，也为分兵北伐和援助邻省革命提供了可能性。如在滇南兵乱平定后，为根除兵乱隐患，云南军都督府将昆明调去的部队驻扎蒙自，而将原驻蒙自的新军调去参加北伐。

这时，云南的近邻四川仍是清兵势力强劲的省份。清四川总督赵尔丰方率兵"驰骋于成都、简阳间"，川汉铁路大臣端方又奉旨领兵入川。他们在四川"寓书远

云南辛亥革命
从军纪念章

近，假'忠'、'爱'名词以煽惑号召"。由于四川处于重要的地理位置之上，这对全国革命形势的发展带来极大威胁。正如蔡锷所分析的一样："若使丑虏得志，挟其兵力财力，北连秦晋，东下武汉，西抚藏卫，则足以制民国死命。"尤其是湖北战场的战局，对全国革命起着关键性的作用。如果赵尔丰、端方沿长江东下，或顽固据守重庆、奉节地区，"既足掣鄂中义军之肘，复

可遏滇省北伐之师"。时人描述当时局势说："大局之危危于鄂，而鄂之危又危于蜀"。所以，想要北伐，"必先保西蜀，则靖蜀乱实为北伐之首事。"并且，四川能否及时安定，对于新成立的云南军都督府来说也极为重要。因为"滇之东面、北面、西北面，皆与川邻壤，言形便则以徐州为吭咽，泸、渝为门户，谋滇者恒重视之。滇居川上流，滇乱则川易于受祸，川乱则滇难保无虞"。

赵尔丰等人在四川残酷迫害保路群众和革命人士，四川会党、匪徒也乘机作乱，人民深受二者之害。首先是1911年农历七月中旬，赵尔丰下令逮捕了保路同志会领袖，并对手无寸铁的请愿群众痛下杀手，酿成了悲惨的成都血案。当时的情景惨不忍睹，据载：在总督署这边，民众纷纷前来请愿，要求将保路领袖释放。赵尔丰突然下令对请愿群众开枪，一时枪声四起，秩序大乱，"督署院坝陈尸累累"。之后，他还下令三日内不准死者家属前来收尸。当时天降暴雨，"众尸被大雨冲后腹胀如鼓"，"其幼尸仅十三岁"。成都血案并没有吓住四川人民保路运动的步伐，反而促使文明争路走向了武装起义。而赵尔丰则继续扮演维护清朝统治的屠夫角色，加强了镇压革命的力度，更多的保路同志和革命同志死于其屠刀之下。其次，在人民成立保路同志会的同时，川中哥老会、捧客、土匪也借机"蜂起"，附和着在各地设立"同志会"，组成各种各样的司令部，劫掠绅富，截收捐税，扩充军力，渝、泸、叙三郡尤甚，人民备受其难。武昌起义爆发后，这些人更借起义之名大肆横行，川中府县地方政权已无力加以抑制。在赵尔丰等人的严酷镇压和土匪乱党的蹂躏下，四川人民如同置身于水深火热之中，亟待救援。

就在此时，湖北首义地区领导人黎元洪，著名革命领袖、已赴武昌出任民军战时总司令的黄兴，湖南领导人谭延闿，原滇军重要将领胡景伊等，纷纷发来电报，"敦嘱援蜀，以解鄂危"。响应武昌起义建立的重庆蜀军军政府都督张培爵、副都督夏之时等又"迭电请援"，云南军都督府参议院参议官四川郭灿等，"以乡里糜烂，奔走号呼，相率涕泣上书，乞师于滇军政府"。

面对如此形势，云南军都督府决定派兵入川。九月二十一日，军都督府召开会议讨论派兵援川问题，确定了援川的目的，即消灭赵尔丰和端方所率清军，解救四川民众于"水深火热之中"，促使四川早日光复，避免湖北革命为川局所牵制。军都督府标出援川的三大宗旨："一、天府之国,为形势所必争。川乱平,则鄂无牵制;一、铁路风潮起,各省次第反正,川为赵、端所钳制,转不能独立,应扶助之,俾五族早定共和;一、赵、端大肆淫威,政、学、商、绅,死亡枕藉,宜披发缨冠往救。"于是组织援川军一师,以韩建铎为师长,刘存厚为参谋。下辖两个梯团,第一梯团由参谋部第一部长谢汝翼担任团长,顾品珍为参谋,黄毓成为骑兵联长,张开儒为步兵联长,取道昭通,向叙府挺进;第二梯团由步兵第一旅旅长李鸿祥任团长,杨发源为参谋,张子贞、黄毓英辅之,由贵州威宁、毕节向泸州进军。

九月二十五日,第一梯团出发,"士气奋发,无复古昔从军苦之叹,而配置尤号整齐"。军队开拔时,省内各界及旅滇川人赶到郊外欢送,"男女学界尤极诚敬,犒赠军士以纪念物品"。同时,派参议院副议长四川人郭灿为援川巡按使、参议四川人陈先沅为巡按副使,负责与四川各方联络,宣示滇军"出师之本意,抚绥沿途被难之人民"。

第一梯团出军后,云南军都督府即向外界发出布告,声明滇军援川宗旨说:"念全国义师之起,良由蜀中之难有以激之,矧吾蜀父老子弟方在水深火热之中,凡我同胞所宜匍匐往救,不遑暇食者也。矧吾滇蜀之人,以势则辅车之相依,以义则脊令之急难,又吾滇人被发缨冠不容自逸者也。且自军兴以后,吾滇养兵之费,历年仰给于蜀,虽以民力艰难,叠议改拨,以次递减,然犹岁解银七万两,则我军食蜀中之饟,赴蜀中之急,亦为义务所在,无可解免者也。兹本军都督府特简协都督谢汝翼率滇军第一梯团赴援……所至之处,吾父老子弟当知本军之出,专在赴蜀

云南军官战马

之难，同心戮力，取彼凶残，以与全蜀之人左提右挈，出于水火，共扫满虏专制之余烈，以张汉族独立之威灵。"都督蔡锷又向援川军发布了援川训条五条，谆谆告诫："曰守纪律；曰爱百姓；曰戒贪幸；曰勤操演；曰敦友爱。"

然而，就在滇军陆续出发之时，四川的革命形势发生了变化。十月六日，泸州宣布独立，成立川南军政府，刘朝望、温翰桢分任正、副都督。十月七日，四川总督赵尔丰被迫交出政权，成都地区成立了大汉四川军政府，蒲殿俊、朱庆澜任正、副都督。同日，端方所率清廷湖北军队在资州起义，端方被义军斩首。至此，四川主要的反革命势力败亡，滇军失去了既定的援川作战目标。

面对四川政局发生的变化，云南军都督府是如何应对的呢？首先，在十月初云南军都督府派出的密探就回报说，叙府、泸州已经独立，但认为这是赵尔丰和端方主导下的阴谋，目的是为了延缓滇军入川。所以，云南军都督府要求谢汝翼："我军所到，务将现任官吏撤换，巩固民政，一面严加防范，勿堕奸计。"可见，由于情报失误，云南军都督府从一开始就对四川新成立的军政府产生不信任之感。从下面滇军的进军情况我们将会看到，这实际上纵容了滇军的冒进倾向，使他们往往不尽力与川中各股势力沟通，便简单地将之指为"假同志会"或土匪而加以消灭。而在占领各州县后，又自行将其原来的官吏全部撤换。这些举措，引起了四川人对滇军入川目的的怀疑。

援川军第一梯
团长谢汝翼

后来，随着滇军第一梯团的挺进，云南军都督府增进了对川中局势的了解。十月二十六日，第一梯团各部抵达叙府。经多方打探后，谢汝翼将川中情况汇报给云南军都督府：在新成立的军政府中，重庆蜀军政府因有鄂军相助，"尚堪自立"。泸州川

援川军第一梯
团参谋顾品珍

南军政府则"除保安一泸城以外，别无能力，故泸属及自流井一带极糜烂"。情况最糟糕的是成都大汉四川军政府，由于同志会势力过于强大，军政府无力驾驭，转而采用笼络政策，吸纳同志会会员到军政府工作。"于是'公口'、'大爷'诸名目，公然见诸文告。匪类继之，揭竿而起，各郡邑亦争言独立，称'大王'、'千岁'者，时出没草泽"。这种混乱局面，终于酿成了十月十九日的成都兵变。蒲殿俊和朱庆澜在兵变中仓皇出逃，尹昌衡、罗纶继任正、副都督。尹昌衡、罗纶上任后，对同志会

援川军第二梯团长李鸿祥

更是笼络有加，"以哥会权力组织而成政府"，"除苟安一城外，不能兼顾各属"。根据以上观察，谢汝翼向云南军都督府建议说："川难不靖，牵及大局。重庆得鄂军之助，尚有兴立基础……可否请转各省，以该军政府为全国所公认。大纲一举，万目乃张，即我军行动方不牵掣。"同时，请中央出面组织联军，从黔、滇、湘、鄂四省进兵，"伐平川难，整理内政，以杜外人觊觎，使不妨害中国全局"。

谢汝翼的汇报显然有过于否定四川同志会和各军政府功劳之嫌。正如蔡锷在1912年1月给贵阳军政府的电文中所坦言，四川"反正之初，藉资会党，亦事势使然，其功正不可殁。援蜀滇军初到叙府，见商民颇受匪徒滋扰，悯商，遂于蜀军政府有深加督过之词，实则未免过激"。

但这份汇报却给云南军都督府的对四川政策造成了决定性影响。基于他的报告，云南军都督府最终确定了"联合渝军，平定川乱，救民水火，以保大局"的政策。这个政策可从十一月六日蔡锷给谢汝翼的电文中得其大概："川事糜烂，仇杀相寻。救民水火，实吾滇军天职。假令赵屠逃遁，川人能为统一机关，内保治安，外平土匪，则我军即可东下援鄂。今川人能力既不及此，不唯内部生民遭其涂炭，且恐北虏乘间袭取秦、陇，潜师东出，赵贼又招集余党与之相联，以厄我军之吭，而掇鄂军之背，后患何堪设想。故我军今日不能因蜀人宣告独立，遽尔歇手。凡其割据扰攘之地，我军必为之扫荡廓清，并择贤有司整理民政，以巩固我军势，恢复蜀土安宁。凡我兵力所

及区域，一切官民均须隶我统治之下。其有顽强抵抗者，即以土匪看待，决不任其□□争雄，窒碍大局。……（滇军）可先收叙、泸一带为根据地，再图进取。此间计划，约略如此"。

所以，虽然四川已基本反正，但滇军并没有停住进军的步伐。

十月二十六日，滇军第一梯团抵达叙府，随后即强令该处同志会解散。先派巡按副使陈先沅与同志会首领协商，约定给钱八千串后，即行解散。不料领过钱后，会党仍啸聚如故，人数反而还有所增加。谢汝翼指称他们是"假同志会"和土匪，决定使用武力强制驱除。十一月八日，谢汝翼亲率滇军士兵，攻了附城一带同志会的营垒，并派张开儒进攻吊黄楼会党巢穴。进军取得了胜利，处斩、驱散会党土匪无数，完全控制了叙府城及邻近地区。

十一月三日，谢汝翼又令黄毓成等率队向自流井、贡井地区进军，称盘踞在自流井、贡井地区的同志会首领周鸿钧为土匪。初七日与周鸿钧部决战，"毙匪百余人，鸿钧授首，夺获快、土枪甚多，余党溃散"。同时，指犍为、五通桥、南溪、屏山等地的武装为"假同志会"或土匪，派张开儒率军将其消灭。二十五日，又派兵清理盘踞在"自流井、贡井盐运必经之地"富顺的"土匪"，疏通运盐道路。占据这些地区后，谢汝翼留下部分士兵驻守，并委派了一些官员进行经营，叙府和川南各州县处于滇军的实际控制之下。

第一梯团在进军中指称这些地区的武装为"假同志会"或土匪，进而采用武力将其消灭，名义上是"为全局保固财产"、"代保公安"，但却掩盖不了滇军的另一真实目的，即攻占这些富庶地区，作为援川和北伐的筹饷地和根据地。黄毓成在之后给云南军都督府的一封电报中就直接说："蜀中财源，大半出于自、贡两井，约计年出款几近千万金。但因匪乱破坏，运输不通，我军虽将盘踞匪党驱除……然不乘势扫荡川东南，则运输仍阻，不惟长江一带有淡食之虞，且以此最大财源，听其漫无经理，将何以平蜀固滇而维大局乎。"

滇军这一行动，也是无奈之举。说北伐也好，援川也好，毕竟行军打仗最重要的先决条件就是粮饷供应。云南向为接受协饷的省份，"重九"起义后邻省协款即行中断，财政紧张。虽派出援川军队，但粮饷供应难保无虞。原本还希望四川各军政府施以援手，但不料第一梯团刚到叙府，成都军都督府就派人前来，"以无饷谢绝我师"。入川滇军的军饷供给，成为一个棘手难题。在后面的滇川交涉中我们将会看到，军饷问题成为谈判中不可或缺的重要内容。在这种情况下，作为带兵主将的谢汝翼，首先必须考虑的就是全军军饷来源问题。于是，派兵占领了自流井、贡井以及周边富庶之区。正如黄毓成所说，滇军此举"实出于万不得已，代川剿匪"，却引起了四川军政府和四川人对滇军入川动机的怀疑。

十一月间，谢汝翼还派陈先沅与重庆蜀军都督府签订了条约七条，主要内容包括：一、蜀军政府请托援蜀，滇军协力维持大局，驱除民贼。蜀军政府有向滇军提供军饷之责，当军饷不济时，滇军可以就地筹借，日后统由蜀军政府归还。二、滇军有赞助蜀军政府，调和统一全川军政府之责。三、滇军的行动以蜀军政府的请求为准。四、滇军接受蜀军政府的请求后，所占领地区的行政机关统由蜀军政府自行设置。五、全川大局统一之后，即为本条约完结之时。后来，蔡锷为"明援蜀本意"，建议将第一点改为："滇军援蜀饷项，本应自筹，财政奇绌，只能暂就蜀筹借，将来滇力稍裕，仍应如数归还"。

援川滇军第二梯团十月二十六日由昆明出发，军旅途中备尝艰辛，沿途剿灭土匪数部。十一月五日抵靖头铺，因地面狭窄，没有合适的宿营地。十一点时风雨大作，山水狂涌，军士立于泥淖之中。后自威宁出发，"连日雨雪，路途淋漓"，十二日终于抵达毕节。十九日在滇、黔入川孔道赤水河平定土匪，擒斩匪首那玉丹。后来，李鸿祥听说永宁已经宣布独立，但了解到"该地公款约数万，已炼成一块。巡防新军不过八九百，不难得手"，便想强行攻占，以裕饷源。二十日，李鸿祥军抵永宁，"擒匪"蓝荣卿等八十余人，又擒老君营"土匪"六七十名，召集官绅及盐局委员共同审讯正法。之后，留两中队士兵驻守永宁，保卫地方，大军继续向泸州进发。

军次泸州时，接到泸州军政府文书，说泸州有粤兵数标驻守，无需滇军保护。而且泸州也没有足够的地方供滇军宿营，滇军可绕道江安，直接前去成都，进援中原。言外之意非常明显，就是不欢迎滇军进入泸州，如果滇军硬闯，则他们有足够兵力进行抗拒。李鸿祥不为所动，"决意入泸，预先准备战斗，倘彼稍有抵抗，则以土匪看待"。云南军都督府接到李鸿祥的汇报后，急令其"不必轻开战端"。如果泸州军政府尚有秩序，促使其取消都督名号，归重庆蜀军都督府节制即可。云南军都督府强调说，军事攻占十分容易，"然蜀方怀疑忌，一起冲突，束手为难，故联络一层，实为最要关键"。现在重要的是北伐，"蜀事如于我无碍，可听其自行勾当，不必多糜吾兵力也"。1912 年 1 月 16 日（阴历十一月二十八日），第二梯团到达泸州。所幸泸州军政府并没有武力抗拒，泸州全城百姓免于战祸。

与泸州毗邻的合江县，城内存盐款三十余万两，被同志会围困。城内官兵坚守待援，派人向李鸿祥求救，李鸿祥让马为麟和黄毓英率军前去解围。1月 18 日，滇军与同志会军激战，大获全胜。但在 21 日，却误杀了川南总司令黄方，加深了川滇之间的矛盾。由于双方各执一词，事情的经过现在已不易搞清。据川南军分府杨家彬等人向孙中山、黎元洪的报告说，"十七日滇军分队下合江，家彬等……深恐客军到彼龃龉，特由司令部长黄方带队同往。于十八日方先到合城，城内开门投降……转请滇军进城驻扎，代办善后事宜。方于二十一日率队回泸，道经蔡坝，滇军伏兵袭击，即迫缴枪械，将黄方及将弁军士百数十人，尽行杀害。"但据李鸿祥向重庆蜀军政府的汇报，却是"黄方、韩傧带兵赴合，既未预先通告，该两员又未能约束部下，以至入境，肆行抢掠。敝军前往婉劝阻止，彼即开枪，轰伤数人。士气难遏，致开战斗，黄、韩二人及军士数人，登时击毙"。无论这件事的真相如何，滇军轻易将黄方杀害，进一步激发了四川军政府和四川人对滇军的不满。

其实，川滇之间的矛盾自滇军出征时便已开始。援川滇军刚一出发，就有"蜀人客滇者飞书密告，滇军援川有他意"，在川中造成一定影响。之后，在第一梯团刚行抵达昭通时，便发生了张开儒鲁莽处理巡按正、副使郭灿、陈先沅的事情。由于两人的四川人身份，郭灿和陈先沅是滇军与四川各方联系的关键人物。但在九月末，第一梯团步兵联长张开儒，竟以郭灿和陈先沅两人偏袒恩安（今昭通市昭阳区）和永善县令为由，私自没收了郭、陈二人的巡按关防，并将郭灿的弟弟郭茂兰拘捕于昭通自治局。郭灿、陈先沅二人闻风避匿，张开儒又派人大肆搜捕。张开儒这一莽撞举动，引起了部分四川人的不满。

接着，在四川全境已基本宣告独立的时候，援川滇军不仅没有撤军，还进占了自流井、贡井等四川税收"命脉"之地，并在这些地方设官经营，坐地抽饷。并且，虽然盘踞在这些地方的部分同志会武装形同土匪，但滇军简单地将其指斥为"假同志会"或土匪，而加以消灭，这种做法也是不恰当的。是否剿办同志会和土匪，剿办后应如何设官治理，这些都应该是四川军政府的事情。滇军种种自行其是、越俎代庖的行为，难免会引起四川各军政府和民众的疑忌。而被滇军击溃的同志会武装的恶意中伤，无疑会使这种疑忌雪上加霜。在第二梯团误杀川南总司令黄方之后，滇川间的疑忌和矛盾已达到了无以复加的地步，"谰言四起，川人群怨"。

援川军第一梯团
步兵联长张开儒

虽然云南军都督蔡锷一再要求援川滇军有所克制，"我军急宜准备北伐，若蜀军开衅，可敛兵不动，与之和平交涉，勿轻启内讧，至碍大局"，同时派刘存厚到成都与四川军政府商谈，但是川滇军队的武装冲突还是不可避免地发生了。2月7日，滇军与四川成都、重庆蜀军政府交涉未定，成都四川军政府突然派兵到自流井北界牌防御处，攻击云南防军，两军发生了零星战斗。同时，调兵从资州、威远、荣县、富顺四路进攻滇军。此时李鸿祥正拟到资州与胡景伊商议北伐事宜，刚到富顺，便接到了战报。他气愤地发电报给尹昌衡，说："目下滇川战事，其动止惟听尊命。滇之兵本所以敌赵屠者，未始不可敌足下"。"一时之间，川滇两军战云密布，大有一触即发之势。"

冲突发生后，云南军都督府致电成都四川大汉军政府，希望能和平解决，说："现陕、皖告急，敌势方张。正宜戮力同心，歼除鞑虏。滇蜀谊系唇齿，宁可反操同室之戈。万望释此嫌疑，共维大局。"李鸿祥又请原四川总督云南人王人文和胡景伊等居中调解，重庆蜀军政府也出面调停，这才暂时缓解了川滇军事冲突。2月20日，四川成都、重庆两军政府联合派胡景伊等人到自流井，与滇军师长韩建铎等谈判，签订了《北伐条约》八条，化解了川滇两军的军事交恶。其内容如下：一、川滇各军组织北伐队，分道前进，俟会师中原，认为必要时，临时由各上级官公推一人为总司令，统辖全军。二、滇军北伐，一个梯团所需军饷，由四川军政府担任，每月以十万为率。除先筹四个月，分于重庆交纳外，后均按月接济。三、北伐团所设兵站机关，由川军政府组织。其所需弹药、被服、器具、材料、马匹等项，统由兵站机关筹备，输送补充。四、滇军出发日期。甲、自贡支队，以旧历正月初五以前出发完讫。乙、五通桥支队，以旧历正月初十前出发完讫。丙、随送刘参谋去之成都、简州各军队，于旧历正月初十出发，到泸州集合。丁、叙府、泸州军队出发之前一日，通告川军。五、滇军援川以后，《北伐条约》未结发前，在各地筹获之款，由滇军报告滇、川两军政府，直接商酌办理。六、滇军援川时，在叙府及自流、贡两井，因一时权宜之计，暂行派员代理之行政事务，此后由川军政府斟酌办理。七、本条约双方调印以后，即作为有效。从前所订《滇渝条约》及各项草纸，一律作废。八、此条约共缮四份，滇、川两军政府各存一份，缔约人各存一份。条约签订后，共同推举张培爵为北伐团总司令，计划四川北伐军出陕西，云南北伐军出湖北荆襄，援川滇军韩建铎师长电请解职。刘存厚、郭灿、陈光沅因为是四川人，留在四川供职。谢汝翼和赵鸿祥分别回到叙府和泸州整顿军队，计划等唐继尧率领的北伐军第三梯团到达后，听候唐继尧指挥。

此后，清帝宣布退位，南北合谈，宣布统一，袁世凯出任中华民国临时大总统，北伐军停止组织，蔡锷致电陆军部商议，派滇军东下，作为中央政府的卫戍部队，没有成功，援川滇军决定分途返回云南。之后西藏发生动乱，蔡锷致电四川都督尹昌衡，希望川滇联军前往西藏，平定叛乱。尹昌衡对蔡锷心怀疑忌，表示"藏事为川中之责，毋劳滇师代庖"，滇军只好作罢，准备回滇。

就在这时，尹昌衡急不可待，致电大总统袁世凯催滇军撤军。他说："滇军藉名援川，又经营藏卫，冀图经过成都乘机夺取，如占领贵阳情事。均经敝省窥破，力为推谢。计无复之，辄开赴重庆，逼索酬三十万两。敝省为顾全大局起见，隐忍付款，现已交银二十万，兵队并未开行，仍欲留军叙泸，为干预内政地步。应请严促滇军，迅即撤回"。袁世凯接电后，立即发电报给云南军都督府，让其赶快从四川撤军，"以释嫌疑而维大局"。至此，云南军都督府已到了不得不公开辩白澄清的地步，同时向北京袁世凯、武昌黎元洪、各省都督和各报馆发出电报，指斥四川都督称滇军想像夺取贵阳一样夺取成都，是"小儿争饼之见，第就常理而论，则四川为中国之领土，滇军亦中国之人民，何所用其夺取？……滇军援蜀，已糜饷百余万，而黔省公私赤立，经营善后，需费尤属不资。若云滇军有占领野心，诚何利而为此？不过川、黔未靖，滇受其殃，故为大局计，为人道计，不能不勉力应援"，再次声明滇军援川的情由和目的。

5月，援川滇军结束了自己的使命，自川南撤兵回滇。6月20日，除第二梯团的部分军队入黔援助外，其余部队均抵达昆明。蔡锷率领军、警、官、绅各界代表，在东城聚奎楼迎接，后全队行至承华圃，蔡锷当场发表演说，对全军加以奖励和慰勉，"军容整肃，万众欢腾"。

援川滇军虽已撤回，但随后很长一段时间内，四川和云南各界为滇军援川的功过争论不休。直到现在，学术界和社会各界，对此问题观点仍莫衷一是。我们认为，这些争论大都因为未能摆脱狭隘的省际意识限制，往往失之偏颇。客观地说，应该站在当时辛亥革命全局和国家统一的高度上，才能得出比较公允的结论。通过上面的梳理我们可以看出，滇军援川的初衷是良好的和值得肯定的，即解救四川民众于水深火热之中，促使四川早日光复，消除湖北革命的后顾之忧。虽然在后来进军的过程中，滇军存在没能妥善处理与四川军政府的关系、错杀四川一些革命人士等失误，但不能因此而将其全盘否定。

二次革命时期，蔡锷想派兵入川攻打讨袁的熊克武部。由于第一次滇军援川的阴影还没有消散，蔡锷的这一想法受到时任四川都督的胡景伊的拒绝。蔡锷在给胡景伊的电文中保证说："前次援川一役，以善因而收恶果，抱歉至今。此次赴援，慎选将领，乱平即行撤回，决不至另生枝节"。从电文可见，在蔡锷看来，滇军第一次援川出发点是好的，只是由于选将不慎，没有及时撤军，所以导致了"恶果"。这应该是一种比较切合历史实际的评价吧！

三、北伐入黔

宣统三年（1911）十月，清军进攻汉阳，革命军失守，形势极为危急。"识者虑北清复振，谓非联合各民军大举北伐，不足以谋统一而巩大局。于是长江以南各省，咸组织北伐军"。民军战时总司令黄兴明确要求南方各省，"当前首要任务是迅速出兵援鄂"。黎元洪则致电各省，要求"星夜兼程来援"。云南军都督府积极响应，组织了北伐军四千人，排序在援川军第一、第二梯团之后，称为第三梯团，以参谋部次长唐继尧为司令。当时蔡锷等的计划，是北伐军取道泸州，与援川军会合，由唐继尧率领，"循江东下，自宜昌登陆，进规襄阳，出潼关、武胜关之后，截击清军，俾不得逞志陕、鄂，然后结沿江之师，直捣燕庭"。但北伐军在行进过程中，改道进入贵州，并在贵州政坛上掀起了轩然大波。

北伐军的改道，与贵州反正后的政局党争和湖南的革命形势有很大关系。1911 年 11 月 3 日，贵州光复，成立大汉贵州军政府。但军政府内部派系林立，贵州自治学社、贵州宪政会、贵州耆老会等势力互相争斗。12 月底，贵州宪政会、贵州耆老会成员任可澄、刘显世、郭重光等人，致电云南军都督蔡锷，说贵州"公口横行"，请求北伐滇军取道贵州，"代平黔乱"。同时，他们又让立宪党人戴戡和旅滇贵州周沆（曾任云南府知府），亲自到云南军都督府，"哭求"蔡锷派兵入黔。此时，蔡锷对贵州局势还没有深入了解，考虑到"滇黔唇齿，黔

出任贵州都督的唐继尧

乱滇难独安，即湘、蜀亦受其影响"，遂听信了戴戡等人的意见。此时，湖南都督也致电云南军政府，请求派兵援湘。于是，蔡锷最终决定让北伐军改道入黔。

1912 年 1 月 27 日，蔡锷致电贵州都督赵德全说：云南北伐军"原拟取道蜀中，督率援军，共出关陕。嗣接湘都督电，朱道盘踞镇箪，颇为湘军牵掣，故滇军拟出湘、黔，顺道促其反正。近闻黔中匪势甚炽，遵义、大定曾抢掠一空。滇军到贵阳时，若贵军约其暂驻一二日，以资震慑，滇军自当尽力。若恐人民惊疑，则滇军即行通过，决不逗留。万望宣示人民，共释疑虑。"电文中对贵州宪政会、贵州耆老会邀请滇军进入贵州一事，并未明确说明，应是有意回避，不启事端。

同日，蔡锷与北伐军司令官唐继尧在昆明承华圃誓师，准备出征。1 月 28 日，支队长庚恩旸带领先遣队出发。29 日，唐继尧率领本部兵马出动，前来欢送的群众达数千人。欢送的旗帜上写有"不平胡虏，请勿生还"八个大字，省临时参议会、女子爱国协会组织人员，以纪念白巾赠送军人。场面壮观，士气高昂。

北伐军出发后，一方面由于清军猛攻潼关，陕西方面电请云南军都督府派兵增援。同时，援川滇军与川军也矛盾重重，急需部队支援。另一方面，社会各界对滇军入黔的不良传言越来越多，蔡锷也加深了对贵州政局党争的了解，决定北伐军不再入黔，令唐继尧改道入川。2 月 7 日，蔡锷致电唐继尧说："近因北虏猛攻潼关，陕势甚危，迭电请援，而蜀中匪势甚张，非速平蜀乱，碍难援陕，大局可危。又接叶荃、张璞等自流井来电，川事糜烂，非厚兵力，难望速平。谢、李来电亦云，韩师长武器为蜀军扣留在资，拟率兵应援，又恐泸、叙为匪所乘，请派三梯团速行入蜀。日内又连接黔电阻兵，且探悉黔省情形，党竞甚烈。吾兵一到，冲突立生。即代为戡平，不过为一党人争势力，而劳师糜饷，于我军妨碍实多。金以审时度势，宜暂置黔事，并力赴川，先图根基，再图进取，既免树黔省之敌，又可增援蜀之兵。蜀事早平，于北伐尤易为力。"

在致电唐继尧的同时，蔡锷又发电报给戴戡等人，明确告诉他们，滇军不再入黔。戴戡等人接到电报后，心急如焚。急忙回电蔡锷，请其收回成命。电文声称："滇军入黔……设中途作罢，则贵阳与诸谋人，必遭残害。……是滇军不发，黔祸或缓须臾；滇军改道，黔害立见糜烂。"同时，他们极力煽惑唐继尧，促使其违令继续前往贵阳。在戴戡等人的煽惑下，唐继尧左右为难，刚开始同意改道，随即又令部队"取道安顺，听候进止"。他发电报给蔡锷叫苦说，北伐军的先遣队已经深入贵州境内，由于之前毫无准备，现在骤然要改道入川，非常困难。在后面的电报中，他索性直接对蔡锷说"碍难改道"。蔡锷见唐继尧抗命不从，戴戡等人又再三请求，况且"军情瞬变，不能执一"，于是下令"可酌拔队伍代定黔事，余军仍须入蜀，以应援蜀之急，并速北伐之师"。得到蔡锷允许后，唐继尧决定由安顺前往重庆，以会合驻川滇军。

2月23日，唐继尧率军到达安顺，听说清帝已经退位，南北对峙局面结束，无需再进行北伐。于是，他向云南军都督府汇报自己接下来的打算：拟"先平黔乱，再由遵义出重庆。北急则联诸军以伐北，北定则并全力以援川。北、川俱定，则经营西藏"。云南军都督府发电报告诉他，川、滇冲突已经和平解决，不用再改道入川了，北伐军现在的首要任务是以"戡定黔乱为要"。

唐继尧（前排穿军服者）与立宪派名流在贵州光复楼前合影

2月27日，唐继尧率军到达贵阳，分驻贵阳近郊的螺丝山、照壁山、东山、观风台、九华宫等处。之后连续几日，贵州耆老会、贵州宪政会及军队的部分代表，都到唐继尧司令部拜访，表示他们不愿承认现任贵州都督赵德全，请求唐继尧担任黔省临时都督，"情词恳切"，得到唐继尧的赞同。3月3日，唐继尧的军队突然向贵阳城发动袭击，随即攻克全城，赵德全等人出逃。

3月4日，在贵州宪政会、贵州耆老会控制下的贵州省议会，推举唐继尧为临时贵州都督。新官上任，唐继尧即向蔡锷汇报说：黔人推为贵州临时都督，"情词恳切，辞之再四。继见黔省人民倒悬待解，滇黔唇齿，关系密切，如再固辞，未免伤黔人感情，只得允许，暂行担任"。贵州耆老会、贵州宪政会的首领，也联名致电蔡锷，"共表谢心"。蔡锷顺水推舟地向这些头面人物回电说："唐司令器识恢宏，声望素著，滇中反正，厥功最伟。此次北伐，志在荡平胡虏，早定中原。适黔局不靖，屡经绅耆电请救援，复于沿途吁恳。滇黔唇齿，不忍坐视，乃允为戡乱，解此倒悬。至任黔都督一职，本非唐君初志。惟黔局甫定，喘息未定，不能不勉循群情，暂资震慑。一俟全境安堵，仍望将唐君还我。"

随后，为稳定局势，唐继尧一方面排除异己，大开杀戒，引起了贵州各界的公愤。另一方面，由四川和云南增调滇军进入贵州"平乱"。唐继尧认为自己率领到贵州的军队"颇形单薄，不敷分布"，先是向云南军都督府申请，调援川滇军第二梯团顺道进入贵州。当时，第二梯团的一部分由李鸿祥率领，驻扎在泸州，另外一部分则由黄毓成和张子贞率领，驻扎在重庆。云南军都督府便令李鸿祥部向贵州大定进军，张子贞部向贵州遵义、铜仁等地进发，沿途消灭土匪，戡平乱局。4月8日，唐继尧又请求云南军都督府，将云南省东路游击军刘发坤部调到贵州增援。通过以上措施，"黔垣及上游各处，秩序已就恢复"。

然而，唐继尧攻占贵阳并任贵州都督，以及云南向贵州派遣大量军队的活动，马上引起了贵州内外的怀疑和非议。影响较大的，首先是四川都督尹昌衡，他直接致电民国政府中央和社会各界，称滇军入川"借名援陕，冀图经过成都，乘机夺取，如占领贵阳情事"。然后是贵州前任都督杨荩臣，4月10日，从武昌发来电报，说他已经得到孙中山大总统的委任状和饷械帮助，计划率兵回到贵州问政。他同时以贵州人的名义，宣布了滇军罪状数项。

面对如此言论和各方谴责，唐继尧进行了一系列辩解。他首先向外界宣告了"会匪乱黔真相十二端"，以及滇军入黔及平定黔乱的情由和经过。同时以退为进，致电民国中央政府，让其"转饬全黔人民，勿再挽留，俾得振旅还滇"。另外，云南军都督府也向临时大总统袁世凯和各省都督一再表示："黔事甫定，不能不暂为维持，仍请中央妥筹善法，早卸滇军之责，而释中外之疑，云南幸甚"；"恳大总统速派贤员主持黔事，俾唐司令早日交替，振旅还滇"。

其次，他还组织贵州人周沆、戴戡、刘春霖、郭重光、刘显世和绅、商、学各界人士进行辩驳。4月7日，周沆、戴戡、刘春霖等人向外界发出布告，为唐继尧和滇军辩解道："黔自反正后，张、黄、赵、蓝、叶诸匪涂炭全省，爰请命滇军府代平祸乱。黔局粗定，即拟遄行。黔人以匪党根蒂已深，非滇军留黔，难资镇慑。又以和议已成，无须北伐，公恳唐司令任黔都督。前后二十日，治乱迥殊，商旅四通，妇孺欢忭，黔人感激，有同再造。乃昨见川督通电，有'滇军借名援陕，冀图经过成都，乘机夺取，如占领贵阳情事'云云，阅之骇异。夫滇、黔同是中国领土，即同是中国人民，既非列国战争，何得辄言占领？黔省当张、黄肆虐时，糜烂已极。使滇军府稍存畛域，黔事必不可收拾。岂惟牵动西南，实将贻误大局。……况中央已定统一之局，各省必无分立之理。救灾恤邻，自是通谊。……且滇军驻黔，所有粮秣概由滇支给，滇何利而为此，当可不辨自明。"这篇布告颇能代表贵州宪政会和耆老会对滇军的态度，但也不排除为唐继尧掩饰私欲的成分。

对于杨荩臣宣布的滇军罪状，贵州省代表称之"全乖事实"。之后，贵州代表还联名向民国中央报告了滇军入黔"平乱"始末，以及滇军军纪状况，请求中央任命唐继尧为贵州都督，说杨荩臣回黔是"争个人私利，蹂躏数百万生灵"。贵州代表还公推绅耆刘春霖，前往安抚杨荩臣部，劝其不要返回贵州。

最终，在函电交驰，唾液横飞之后，5月10日，袁世凯正式任命唐继尧为贵州都督，唐继尧在贵州的统治暂时得到了巩固。

关于滇军北伐入黔，其争论甚至争吵一直持续到现在。应该说，滇军北伐及其入黔的决定本身，是难以否定的。但唐继尧率领军队进入贵州后，大开杀戒，激起贵州各界的公愤，这是应该谴责的。同时，唐继尧夺取贵州政权并出任贵州都督，在事实上开创了民国以来以武力夺取邻省政权的恶劣先例，强化了蔡锷、唐继尧的"西南政策"，对后来的中国特别是西南政局产生了较大的影响。

四、西征援藏

辛亥革命爆发前，西藏的局势即不稳定。清政府推行的"新政"建设及派川军入驻西藏的做法，引起了十三世达赖喇嘛的不满。在组织藏军和民兵抵御川军入藏失败后，1910年2月12日，十三世达赖喇嘛在英印当局的鼓动下，逃往印度，成为英国侵略中国西藏的一张王牌。

1911年中国爆发辛亥革命，英国乘机加紧了分裂中国西藏的步伐，派人赴大吉岭与十三世达赖喇嘛密谈，支持他策动西藏部分上层分子，进行叛乱和分裂活动，西藏的局势迅速恶化。1912年1月，达赖喇嘛派遣亲侍达桑占东潜回西藏，负责煽动和组织武装暴乱。达桑占东迅速组织起一支1万多人的藏军，自任卫藏民军总司令，向驻扎在江孜、日喀则、拉萨等地的清军发起进攻。3月，西藏地方政府"噶厦"以达赖喇嘛的名义通告全藏营官喇嘛，下令攻击驻扎在各地汉军，拉萨等地的藏军与驻藏清军形成了对峙局面。部分上层分子借机煽动民族仇恨，"声言洗汉"。西藏境内的汉族官商和民众，很多人惨遭驱逐屠戮。5月左右，英印政府也借口"保护商务"，增派部队到达江孜和拉萨。6月，达赖喇嘛在英国政府的护送下，从噶伦堡启程返藏。7月，藏军在拉萨向清廷驻藏办事长官钟颖及其驻军发起总攻。驻藏川军"饷糈既竭，腹背受敌"，坚持战斗到月底，即在英国干预下与藏军谈判。之后大部分被缴械，取道印度返回中国。

同时，藏军也逐渐向西藏东部和四川西部进军。达赖喇嘛"密檄康地僧徒，嗾蛮民仇汉"，藏汉民族关系严重恶化。川边藏区普遍发生了武装暴乱，已被改土归流的土司头人和寺院僧侣也乘机起事，驱逐汉族官民。稻城、乡城、江卡、南墩、三坝、贡觉、盐井等地相继叛乱或被藏军攻陷，巴塘、里塘告急，康定大震，川滇藏边区的形势一天比一天危急。至1912年7月，川边没有被藏军攻陷的，南路只有泸定、康定、巴安等三县，北路只有道孚、瞻化、炉霍、甘孜、德格、邓柯、石渠、昌都等八县。

云南不仅与西藏东南接壤，前藏堪称"滇中之咽喉"，还与四川南部毗邻，西藏、四川的形势与云南息息相关。正如有识之士所指出的："前藏危，川将不保，而滇首受其祸"。因此，云南军都督蔡锷对西藏局势一直给予密切关注。早在1912年2月，蔡锷就接到阿墩弹压委员赵珩的告急电文，称西藏陆军叛乱，有一百多叛军窜入察木多、傲牌等地，叛军可能会从巴塘潜入四川，或是从江卡逃窜到云南，请云南军都督府迅速派兵驻防。蔡锷接到电文后，立即命令丽江统领、维西参将分兵防堵，并派大理军队前往增援。不仅如此，他还致电四川都督尹昌衡，向其说明西藏叛乱的情况，提醒他应该趁早准备，以防后患。援川滇军与川军的冲突和平解决后，蔡锷又与尹昌衡商议，由援川滇军与川军组成联军，前往西藏平定叛乱。但尹昌衡对滇军毫不信任，表示平定西藏叛乱，川军"自当独任其难"，不允许滇军过问。蔡锷无可奈何，只得将援川滇军撤回云南。这对西藏叛乱的及早消除产生了较为消极的影响。

　　随着西藏局势的迅速恶化，藏中传至云南的"告警之书，急于星火"，滇中"皇然"。蔡锷于1912年4月30日提醒中央政府早日筹划西藏事务，认为"西藏为我国雄藩，外人垂涎已久，非亟早经营，则藏卫终非我有。西防一撤，后患无穷，应请大总统早为规划，以固边围而戢后患"。5月6日，蔡锷"坐视危疆，焦急万状"，再次致电中央政府："藏卫西藩关系大局，一有破裂则川、滇有唇亡之虞。现藏事危急至此，不能不早为之图。惟滇军早经撤回，未便复出，且悬军数千里，滇力难胜。况前经川省见拒，派兵又必生疑。……请迅为筹处，以救危机。"此时，蔡锷鉴于滇军援川和援黔引起的疑忌，请兵援藏的意思表示还不是非常明确。但后来见藏局日危一日，蔡锷也顾忌不了那么多了，直接向中央说："云南军队训练甚精，前经援蜀援黔，均属耐劳敢战，现已陆续抽调回滇，若之防剿藏乱，必能得力。"5月18日，蔡锷的请求终于得到了中央的同意，但中央政府同时强调，川、滇两军"务祈捐弃前嫌，力顾大局"。

　　蔡锷早已急不可待，他一边着手筹组西征军，一边与同僚讨论进藏路线。5月29日，蔡锷发电报给大总统袁世凯，提出一条"近筹藏事，远顾界务"的入藏路线。他说，云南军队进藏通常走两条路，一条是经宁远、雅州转巴塘入藏，另一条经中甸、阿墩子由巴塘入藏。但"两路皆苦绕越，而后一路沿途荒瘠，行军尤极困难"。并且，川军也会经巴塘入藏，"若滇与会师巴塘，既苦后时，又嫌枝指"。蔡锷随即提出一条新的入藏通道，即"由维西、茶硐、马必力之间出口，经珞瑜野人地方，向西北作一直线，以拉萨为目的点"。他说，这条路不仅可省去行程千数里，而且靠近中缅边界，不管将来边界交涉如何伸缩，"而巴、里塘、前藏尤为内地"，于"国防上尤有莫大之益"。但6月18日袁世凯回电说，开辟这条路"工艰费巨，非急切所能济"，令滇军赶快走中甸至巴塘一线入藏。

鉴于巴塘局势紧迫，蔡锷只能先组织援藏军前往救急，再谋由云南至西藏的新路线。6月，云南军都督府组建了西征军，以参谋厅总长殷承瓛为司令。先派出一支探险队探路，再由殷承瓛率军随后跟进。部队出发之日，"军容甚备"，云南军都督蔡锷及各厅、司长官，各校学生皆到郊外欢送。

之后，蔡锷再次致电袁世凯，强调了这条新路的益处和重要性。电文充分反映出蔡锷由滇治藏的思想，现在读之仍让人不禁赞叹蔡锷的远见卓识。其电文称："援巴之师，敢不惟

西征军总司令殷承瓛

命。然愚虑所及，尚待熟商者数端：一、滇军北趋巴塘转察木多，绕越太多，蹈兵家疲远之忌。二、滇、川同趋一路，重兵云集，粮秣转运，供难给求。三、援川之役，疑谤滋多。川军人众，或不能悉捐芥蒂。长途逼处，易滋误会。四、巴塘近在川边，川督率师出关，不难指日荡平，无俟重烦滇力。至擦瓦龙一路，路虽较捷，相去究亦无多，且向无台站，番族中梗，转饷尤艰，步步为营，费更无算。一交冬令，则大雪封山，无路可入。故以上两路，均不宜于滇军。前电所陈由维西出口，经珞瑜野人地方直抵拉萨，工费虽巨，计实中肯。以后藏乱之平，若主力悉在川军，则此路可以缓议；倘必愿滇军与闻藏事，则滇军即不能不由此路入手。盖由维西出口，经珞瑜地方，向西北进至亚巴尔即入藏境。溯雅鲁藏布江而上，转西北至甲穆达，与川藏大道

汇合，计程当省千数百里，其利一。中经怒求、珞瑜野人地方，气候较温，出产亦富，间有平原，可资屯垦，其利二。此路凿通，则滇犄其南，川捣其东，首尾策应，形势都归掌握，其利三。早占地步，使将来国界远在怒求、珞瑜野人之间，不致近逼川西、前藏，其利四。不宁惟是，吾国至于西藏，向取羁縻主义，虽由于不勤远略而亦地势悬绝有以限之。以后强邻日逼，若仍虚与委蛇不为之所，西藏庸可保乎？故实力经营刻不少缓。其从入之路，东北由青海，北由新疆，两路皆苦不易。惟东由四川为正道，然前清边务大臣糜款千万，穷数年之力，其范围仍不出巴、里塘一带，察木多尚不与焉，此亦由于荒寒奇远之故。若滇藏间之便道凿成，省程途，因地利，勤屯垦，储军实，一气衔接，西藏经营可得而言矣。"

电报发出后很久，都没有收到袁世凯的回复。滇军本不想前往巴塘，在迁延不决之际，行程遂受到耽搁。7月末8月初，维西协李学诗发来电报，说川藏边区的江卡、南墩、三坝、稻城相继失守，巴塘、盐井危急。如果巴塘、盐井再被攻克，则云南阿墩子地区将直接受到藏军威胁。此时，西征军还没到达大理，远水救不了近火，蔡锷只得先让李学诗组织一营防军，前往阿墩子驻防。

之后，蔡锷令西征军加快行军速度。8月10日，西征军抵达大理，19日进驻丽江。一面撰写藏文告示，劝谕各地喇嘛不要参与叛乱，一面兵分两路，前往盐井和乡城。前往盐井的左纵队，由郑开文担任队长，取维西大道直趋盐井；前往乡城的右纵队，以姜梅龄为队长，取中甸大道直趋乡城。司令部和剩余部队则暂时在丽江驻扎。

正当滇军全力进发之际，蔡锷突然接到四川都督尹昌衡的电报，说川军已派兵进攻里塘、巴塘和昌都，"川边千里，迎刃可解"，不需要滇军再前往这些地方。蔡锷见尹昌衡对滇军前疑未释，不欲重增恶感，便让西征军停止前进，暂时驻扎在阿墩子。

8月15日，左纵队李学诗部与藏军在阿墩子溜筒江附近遭遇，双方发生激战，滇军大获全胜。殷承瓛接到战胜捷报，非常高兴，下令李学诗乘胜进击盐井。正在这时，尹昌衡第二次发电阻止滇军进军。他向袁世凯说："滇军若占巴塘，则川军右臂全断，边藏用兵无从联络"，请袁世凯下令让滇军停止进发。袁世凯接到他的电报后，只是意思模糊地发电报给蔡锷说，川滇"两军逼处，殊多窒碍"，让蔡锷"妥筹办法，勿使两军壅滞"。

这时，巴塘川军参赞顾占文致电滇军求援说，自阴历五月十五日藏军即围困巴塘，巴塘川军"数少粮绝……惟有稳守，以待外援"。但由于道路窒碍，发向蜀中的告急电文迟迟未达。"边地在前清时，系川、滇两省共同保护。……现巴塘被围，势甚危迫。拟请移攻乡城之师，转解巴围"。蔡锷接电后，立即令西征军赶往巴塘救援。8月26日，滇军进至盐井，凌晨4点即将盐井县城攻克。9月1日，滇军运粮救济巴塘川军。

尹昌衡担心滇军顺势北上，攻取江卡、乍丫、昌都等地，第三次发电报阻止滇军，说里塘、巴塘、江卡、昌都等地都已被川军收复，乡城等地也已经派兵进取，无需滇军帮忙。"昌都附近之江卡、乍丫、同普、德

四川都督尹昌衡

格，均为川省防陆军集中地，倘滇军踵至，无地可容。请告郑纵队长固安滇边，免致互碍。"至于盐井，已另派顾占文率兵前往攻击。

殷承瓛知道川军其实并未攻占昌都等地，尹昌衡的真实用意仍在阻止滇军，便生气地回电指责说："西藏为滇、川屏障，宁静山以东，蜀省应早为经营。乃自去冬至今，仅以空文号召，未见一兵出关，坐使叛番构乱……滇军奉大总统西征之命，应巴塘、拉萨求救之请，顾全大局，克日出师。右规乡城，左规盐井，以为川军攻巴、里之声援。今盐井收复已念余日，乡城投诚已一月余，犹不肯自由行动者，一则为川军留有余地，以敦睦邻之谊；一则须俟大总统明定权限，以为措手之方。西征既为国防问题，军费由各省分担……非得中央命令，（滇军）必不再越雷池一步，毋庸代为过虑。"来电称

已克复里塘、昌都，"实为预占地步"，称"克复"纯粹是为了"盗虚声"。川藏交界的宁静山以西，"渺不见川军之踪迹"。蔡锷也发电报给尹昌衡说："盐井为滇师入藏门户……为提军入藏办理善后计，（滇军）暂行驻扎以利转输，非有所利于其间。川军若欲进规拉萨，则藏地广袤，随地可以进兵，何必再拨营往攻，致使两军逼处？"尹昌衡接到这两封连嘲带讽的电报后，想必心中肯定是非常不舒服，于是"川、滇两军之恶感愈深矣"。

之后，尹昌衡再次致电中央，以滇军沿边界进军，会引起英国人干涉为由，请中央下令滇军停止进发。这次，他的愿望终于得以实现。9月21日袁世凯下令说："滇军援藏一节，现款难筹，英人干涉，民国初建，岂容轻启外衅？……至川边抚剿，尹督既自任专办，筹兵筹饷，悉由该督经营，滇自不必固争。刻下昌都等处均驻川兵，殷司令切勿轻进，转生枝节。"

云南军都督府将撤军之令转给殷承瓛，殷承瓛接到退军之令，"愤懑殊甚"，直接发了封电报给国务院，一口气宣泄了早已压抑在自己心中的怒火。从中我们可以看出，在辛亥革命胜利初期中央权威不足、地方政权矛盾重重的背景下，作为援藏军司令的殷承瓛的无奈和愤慨，亦可见狭隘省际意识给平定藏乱带来的消极影响。其电文声称："滇本贫瘠，自顾不遑。迭承大命，促令西征。而求救之文，又急于星火。我都督情不得已，始选将出师。三月以来，虽兵不血刃，而损失已巨。事方得手，忽饬驻井，忽饬还滇。……在承瓛号令不一，既已大失军心；在钧院朝令夕改，亦恐有妨军政。进既不可，退又不能，狼狈之间，责言交至。兴言及此，亦难堪矣！夫寥廓无垠……川、滇两军为数几何，所谓不能容者。此可以觇川督之量矣！……究竟川军出发若干人，占领若干阵地，何时克复巴、里，何时直抵拉萨？尚希明确指示，破我晦盲。否则别命上将，立统六师，风迅雷厉，荡平乌斯，此上略也。不然则划分区域，明定权限，申命扑勇有志之某某省，明出间攻，分道合击，此中略也。再不然，则令近藏各省，相机殖边，以防为剿，以屯为守，观衅而动，进退裕如，此下略也。若徒耳食粗疏夸大者之纸上军声，旋进而旋退之，以及仰外人之鼻息以为动止，坐使辉煌佛国，转瞬沉沦，莫如先发大命，饬滇班师。将来亡藏史上，若有滇军西征之一字一姓，滇军虽死不为雄鬼以夺其魄，亦为厉鬼以击其脑。皇天后土，共鉴斯言！"

从上面的电文中不难看出，殷承瓛根本不想撤军。蔡锷屡次催促他，他都以撤军"必须设法妥筹方保无虞"为由进行拖延。9月末，滇军先将盐井交给四川委员张世杰驻守，然后退至党弄驻扎。但盐井随即便发生了川军劫掠民间的事件，滇军闻报赶回时，张世杰已经逃走，"盐井官舍民房烧掠一空"。殷承瓛连忙将此事报告云南都督府，并请都督府转报中央。他担心滇军再次撤离盐井后，乱军又会回来滋扰，遂决定留兵暂驻盐井。

10月7日，收到中央回电，对滇军再次进占盐井的原因表示怀疑说："滇督前称滇军交出盐井，及因扰乱复井驻扎一层，疑窦颇多。川、滇同为民国领土，川军立功原与滇军立功无异。该督与尹督应饬两军将士万不可稍存嫉媢，别有排构，致坏边局"。蔡锷见中央对滇军产生怀疑，令殷承瓛将滇军所占的波密等地让给川军，赶快率军撤离。

殷承瓛接到这封撤军电报后，灰心"痛哭"，决意班师回滇。10月末，撤离藏境，11月11日抵达丽江。为使滇藏、滇川防务有备无患，他分令陆、防各军在各个要隘驻扎，派兵驻守中甸，以防乡城、德格，驻阿墩之巴眛，以防红、白盐井、珞瑜、波密，驻菖蒲筒、白汉罗、维西，以防扬渣、闷空。同时，令贾子绥率军驻扎丽江，"与中甸、维西遥为声援"。

布置妥当后，殷承瓛率军于11月29日离开丽江，12月10日回到昆明，滇军援藏使命遂告完结。之后，北京中央政府大总统袁世凯颁布了嘉奖令："滇军讨匪绥边，师出以律，炎风朔雪，振旅而还。诸将士劳苦功高，殊堪嘉尚。出力官兵俟滇督蔡锷呈报到京，再行优奖叙功。"殷承瓛被提升为陆军中将，其他人员也得到了不同程度的褒奖。

以蔡锷为首的云南军都督府积极"由滇治藏"，除了抵御英国侵略西藏，保卫西南边疆安全，从而保卫国家安全外，还与他们维护国家统一，接受"五族共和"思想有较大关系。蔡锷是梁启超的学生，通常被视作立宪派人士。他在1912年曾有诗云："双塔峥嵘矗五华，腾空红日射朝霞。遥看杰阁层楼处，五色飞扬识汉家。"有的资料将最末一句记为"五色旗飞识汉家"，其赞同和支持五色旗暨"五族共和"的思想溢于言表。云南军都督府建立后，其施政纲要宣称"联合各民族，构造统一之国家……汉、回、满、蒙、藏、夷、苗各族视同一体"，表现出了对"五族共和"的理解与支持。他们结合云南实际，已经意识到"五族共和"并不切合中国的实际，云南并不止五族，因而自作主张，提出了事实上的"七族共和"主张，是云南军都督府对民国初年"五族共和"思想的丰富和发展。

总之，云南辛亥革命胜利后，全省秩序井然，冠于全国。以蔡锷为首的云南军都督府没有偏安一隅，不自小，不自外，在革命大势危急、国家统一和边疆稳定受到威胁的时候，以广阔的胸怀勇敢地担负起促进全国光复和统一的重任，积极筹划北伐，派兵援助四川、贵州和西藏，在保卫国家安全、维护国家统一和维持边疆稳定上，作出了杰出的贡献，发出了"西南"强劲的声音。虽然云南援川、援黔、援藏的军事行动并不圆满，但对于整个国家的革命发展和国家统一来说，却有着重要意义，这一功绩是不容置疑的！同时，云南军都督府的上述军事和政治活动，加强了云南边陲与中国中心双向打通而密接的关系，从而推进了中国早期现代化的发展。

五、二次革命

1912 年 3 月，袁世凯攫取辛亥革命的成果，取代孙中山出任临时大总统。之后一意孤行，实行专制独裁，破坏民主共和。1913 年初，中国国民党在国会选举中获胜，国民党代理理事长宋教仁准备组织内阁。袁世凯担心宋教仁组织内阁后，对其形成掣肘，于是派人于 3 月 20 日将他暗杀。凶手旋即被捕，案情真相大白。国民党理事长孙中山倡议起兵讨袁，但黄兴却主张通过法律手段解决，讨袁提议暂时搁置。6 月，袁世凯下令罢免反对其统治的国民党人江西都督李烈钧、广东都督胡汉民、安徽都督柏文蔚。在孙中山的鼓动下，7 月 8 日，李烈钧在江西湖口成立讨袁军，宣告独立。16 日，黄兴也在南京宣布讨袁。随后安徽、上海、广东、福建、湖南等省纷纷响应，被称为"二次革命"。

云南都督府接到李烈钧等人的讨袁电文后，虽指责袁世凯"举措乖违，有拂众意，激成祸乱，殊难辞责"，但基于以下六点考虑，仍然拒绝予以响应。一是担心外国列强借机干涉，"南北相持未决而瓜分之祸立至"。二是担心危及国家统一，"统一之局破，则几人称帝，几人称王，群龙无首，宇内鼎沸"。三是担心蒙、藏沦亡，"内地兵兴，而蒙、藏之沈沦万无可避，而腹省将随之俱亡"。四是担心战乱兴起，人民遭罪，不得民心。"南北相竞，需索劫夺，独苦吾民。人心厌乱，不讴歌帝王，则求庇他族"。五是担心反袁成功后，善后需要巨款，不得不向外国借贷。到时外国人把持中国经济命脉，"虽欲不为埃及不可得矣"。六是担心革命成为惯性。云南都督府关于上述六个方面的论述是比较经典的，比照中国近代之历史发展，尤其发人深思。"变革以还，吾国一般人心，似因激刺而失其常度。一切善良可贵之信条，几于扫地以尽。而权力龌龊之思想，则已深中人心。口共和而心盗贼，国事之不宁，根本原因端在于此。此后再接再厉，国不亡则恶风日长，以国家为儿戏，视革命为故常。今日甲革乙，明日丙又革丁，革之不已，人将相食，外人起而代庖，则亡国犹有余辜已"。云南都督府明确表示，"锷等一息尚存，对于国家前途，惟有以保土安民，巩固统一为第一义。苟反于此，力所能至，歼除不遗"！

国民党代理理事长宋教仁

曾任云南陆军讲武堂教官的
江西都督李烈钧

云南都督府的这些理由，虽然客观上助长了袁世凯的倒行逆施，但即使现在看来，亦是经过深思熟虑，能够言之成理。而且，正如朱德元帅所说，此时"革命力量缺乏坚强的团结，又缺乏充分的思想准备，特别是没有掌握足够的武装力量"。有的学者甚至说："实际上，袁世凯当时所领导的共和政府，在国际上得到全面支持，在国内也被多数人认为是中国希望之所在。孙中山革命派这时已完全不同于辛亥革命以前的革命派，只是势单力孤的一群军事冒险主义者。"所以，当时讨袁的时机还不成熟。云南若是举旗参加讨袁，肯定会消耗不少兵力，而成功的可能性依然渺茫。因此，似乎可以这样说，正是由于"二次革命"时云南都督府没有参与讨袁，才为之后的护国运动留下了一支重要的军事力量。

为限制"二次革命"对云南的影响，云南都督府采取了以下措施：一是禁止反袁革命消息在省内的传播。云南都督府向社会各界发出布告说："近因九江不靖，匪徒乘机鼓动。如有造谣生事，查出惩不从轻。"云南民政长又令云贵电政管理局，禁止传送反袁诸省到云南的电报。二是劝解起义各省罢兵，并建议袁世凯严惩为首发难之人，"其附和者流，但能悔祸罢兵，似可概从宽免"。三是准备组织滇、黔、川、桂四省联合军队，进驻武汉，以兵威促使各省罢兵，进攻广东反袁的陈炯明。四是派兵攻打四川反袁的熊克武部。8月，熊克武宣布讨袁，兵分三路攻打拥护袁世凯的四川都督胡景伊。袁世凯下令云南、贵州等省出兵，支援胡景伊，反击熊克武。蔡锷、唐继尧组织了滇黔联军，以唐继尧为总司令，分左、右两翼进攻熊克武。9月，右翼黔军进逼重庆，熊克武等人见兵力不敌，逃离重庆。其他各省的讨袁活动持续到8月底9月初，也相继宣告结束。至此，"二次革命"以失败而告终。

然而，在全国讨袁运动已经偃旗息鼓的时候，12月，云南却发生了一次打着"二次革命"旗号的兵变事件，研究者称之为"'二次革命'的尾声"或"'二次革命'旗帜的再举"。事件的领导者为杨春魁，原名杨澧，字辉五，原籍江西，祖上移居云南，起义时家住大理城内的米市街，以贩米为业。早年曾担任驻大理新军第七十六标司书，后随部移驻腾冲，并于1911年参加了张文光领导的腾越起义。后离开部队返回大理，成为大理哥老会首领。

当时的大理，由于云南军都督府连年用兵，赋税征收过重，加以严厉打击会党，激起了普通民众和会党成员的不满。1913年5月，曾任滇西军都督张文光秘书的刘嘉宾，到广州了解到一些讨袁的情况，回到大理发动杨春魁讨袁。杨春魁见民心可用，又有"讨袁"的旗帜，决定举事。经过几个月的准备，形成了以他为首的二十多人的领导骨干，联络了大理陆军第四团第一营和第三营。其中第三营是由原巡防营改编，士兵以哥老会党徒为主。

12月8日，杨春魁"声称奉孙文、李根源等命令，二次革命"，率领大理陆军第四团第一、三营，以及大理哥老会党徒，进攻大理城。驻大理北门外的第三营士兵首先发难，第一营闻号响应。两军合并，自北门进入大理城，攻占饷械局、警察局、电报局、县衙、旅司令部等处，午后四点即占领全城。之后，杨春魁等组建了云南同盟独立总机关部和云南迤西总司令部，杨春魁自任司令，刘嘉亮、田克勤为协司令。他们布告举事宗旨说："推翻满清，建造民国，原以为民。乃近年来克饷加粮增税，我军不忍旁观，举义为民保险。酒布苛捐，一律豁免。"宣布响应孙中山号召，脱离袁世凯独立。总机关部派兵二连镇守大理上关和下关，招募新兵，组织保卫队、先锋队、敢死队、炮队和独立大队，派军占领邓川、洱源、剑川、乔后盐井等地，鹤庆、漾濞、永平、巍山、宾川、盐丰等地也出现了响应者的活动。同时，杨春魁还发电报给李根源和张文光，让他们来大理共谋大事。

刚从贵州返回云南任云南都督的唐继尧闻讯，立即致电袁世凯，请示应对措施。袁世凯回电，令唐继尧马上调兵进剿，捉拿李根源、杨春魁等人。唐继尧遵令派迤西镇守使谢汝翼、旅长韩凤楼和团长赵钟奇率兵西上镇压。杨春魁组织部队应战，前锋在祥云县与唐继尧军接触。这时，云南同盟独立总机关部和云南迤西总司令部李福兴、栗飞鹏等人倒戈，帮助唐继尧军攻占大理城。杨春魁弃城逃走，24日在柴村被当地人所杀。杨春魁被杀后，余部腹背受敌，兵变各部相继被平定，举事宣告失败。受牵连的李根源被迫逃亡日本，张文光也被枪杀于腾冲硫磺塘温泉。

第六章　新政策　新气象

Xinzhence xinqixiang

一、云南军都督府的现代化改革

澳大利亚学者霍尔曾称赞1927年龙云对云南的统治为"充满信心与奋发改革的时代"。相比较而言，民国初年的云南才是个真正的"充满信心与奋发改革的时代"，这与云南军都督府年青奋发的领导者有关。当时军都督府各个部门的主要负责人，都是二三十岁的青壮年。他们朝气蓬勃，风华正茂，思想新潮，满怀抱负，具有开拓创新的勇气和思想。他们一旦上台，势必放开手脚，大干一场。

在他们的主持下，云南军都督府展开了现代化建设和改革，制定了一系列新政策，带来不少新气象，朱德回忆说："当时的云南已呈现出一种新的面貌。"主要可归纳为以下几个方面：

第一，建立民主共和地方政府，设置调整政治机关，开辟云南政治现代化的新时代。

云南军都督府成立后，即声明起义"宗旨在铲除专制政体，建造善良国家，使汉、回、满、蒙、藏、夷、苗各种族结合一体，维持共和，以期巩固民权，恢张国力"。在之后公布的政纲中也明确说明，中华国国体为民主共和体，云南军都督府是中华国的地方政权；"建设主义，以联合中国各民族，构造统一之国家，改良政治，发达民权"。

他们以西方三权分立为原则，设置各种政治机关。在行政方面，设军政部主管全省行政事务，参议院作为军事和政治事务的咨询机关，参谋部主管军事谋划，军务部主管军备事务。在立法方面，改原省谘议局为临时省议会，作为立法机关，议员由原谘议局议员和参议院参议官组成；军都督府的大政方针和重要举措，都与省议会讨论决定。在司法方面，起初因财政支绌，司法机关暂付阙如。后在民政司下设审判局负责司法事务。后来又奉中央命令，设司法筹备处、高等审判厅、高等检查厅，专管司法事务，各县司法事务则由行政官吏代理。同时，令司法筹备处培养司法人员，以备异日单独设立司法机关。至此，云南军都督府的机构基本完备，建成了民主共和地方政府的雏形。

之后，对这些机构又有所调整。1912 年 5 月，黎元洪副总统倡议军民分治，云南军都督府表示拥护，改军政部为政务厅，参谋部为参谋厅，军务部为军务司，其实只是变更机构名称而已。1913 年，中央要求实行军民分治，改行政设置为民政长、观察使、县知事三级。罗佩金被任命为民政长，其下设内务司、财政司、教育司、实业司。裁政务厅，另设行政公署。改组军事机关，撤销参议处，另建秘书、参谋、副官三处，以及军需、军务、军法三课。

另外，云南军都督府还实行了一些具有民主特色的政治举措。如设立军政府政务会议，每周星期三举行。由都督和省内各机关重要人员，以及省议会和参议处代表参会，讨论省内一切重大事宜。再如，让法制局编辑政治机关报《云南政治公报》，"使全滇人士，咸知政令之颁布"。

以上政治措施，宣告了云南专制政体的终结，开辟了云南政治现代化新的时代。

第二，改革内政，打造高效廉洁的新政府。

鉴于清末云南当局行政效率低下、贪污腐败风行的状况，云南军都督府对内政进行大力改革，主要包括以下几方面：

任人唯贤。云南军都督府在政府和军队中撤换了一批只想升官发财的旧官员，任用克己奉公的青年知识分子，"在政府机关和军队中注入了新的民主血液"。在用人上，不搞特殊。

编制五年规划和规章。蔡锷认为，"一切政务非通筹全局无以定缓急轻重之序，非严立程限断难免始勤终怠之虞"，命令各机关就所管事务制定五年政务大纲。大纲需交给秘书处审核裁减，以保证各机关政务平均发展。还编订行政规章数十种，以便在中央法令未颁布之前有所规范。

提高政府工作效率。军都督府令各个部门编制办事程限表，由主管长官监督，按期执行。军都督府政务会议决定的事宜，下令各机关限期办理。1912 年 4 月的军都督府政务会议，还明文规定了上班时间和会客时间。

军都督蔡锷善于体察民情。为体察民情，蔡锷经常微服私访，留下了许多逸闻趣事。一天傍晚，蔡锷微服私访。他换上蓝布长衫和土布鞋，独自走出了都督府。他在大街上边走边看，不时与人攀谈。不知不觉已到深夜，他急忙往军都督府赶。没想走到大门时，却被一名岗亭卫兵拦住。这名卫兵刚调到军都督府不久，还不认识蔡锷。蔡锷此时既没穿军装，又没带证件，卫兵坚决不让他进门。没办法，他只好转到后门试试。事不凑巧，后门的卫兵也是新兵，也不让他进去。蔡锷灵机一动，对卫兵说："请通报，我要会见都督夫人。"卫兵上下打量着他问："你和都督夫人是什么关系？"蔡锷不想暴露身份，支支吾吾不好回答。卫兵见状顿起疑心，"啪"、"啪"就给了蔡锷两个耳光。响声惊动了在传达室的一位参谋，他走出来一看，不禁大吃一惊：卫兵打的竟然是都督！他大声呵斥卫兵，连忙把蔡锷请进门来。蔡锷拉着参谋进了办公室，写下一张纸条，递给参谋执行。参谋心想：这个卫兵算是完蛋了！但仔细一看，见纸上写着：该卫兵忠于职守，立即提拔为排长。卫兵因祸得福，参谋暗自为他高兴，赶紧到后门告诉他这个好消息。但卫兵知道自己闯了弥天大祸，早已逃之夭夭了。

另外，军都督府还采取了节减薪俸、规定公务员不准随意宴客等措施。通过这些举措，"前清官吏敷衍因循之习，廓除殆尽矣"，"造成了刻苦、朴实、清廉的新风气"，云南军都督府成为一个高效廉洁的政府。

第三，调整地方行政设置，治理土司地区。

清朝曾在云南设迤东道、迤西道、迤南道、临开广道四道，军都督府取消迤东道。后置西防和南防巡按使，之后又将巡按使裁撤，改派三迤调查员。地方行政体制暂沿清朝府、厅、州、县设置，府县同城的地区，裁县而由府兼管县务。在繁盛的地方和边防要地，设立行政委员或增设县治。1913年3月，中央要求缩小行政区划，云南都督府遵令将府、厅、州改为县。然后划分区域，设道管辖。道的长官称观察使，分别任命滇中观察使、临广观察使、滇南观察使和滇西观察使。

对于土司地方，认为"殊俗异政，虽隶域中，俨同化外，内足为文化之梗，外足为边境之忧。军府以为同是国民，理难歧视，则思所以因势而利导之"。这时第二师师长李根源驻师腾冲，主张采用渐进的办法经营土司地方，得到了云南军都督府的同意。军都督府认为："急于改流，转多顾虑。不若为之更化善治，以守潜移默化之功。乃设弹压委员，先从事于审理诉讼、设立学校、振兴实业、筹办警察诸端，使土司地方，渐与内地人民受同等之法治。"

第四，治理财政，振兴实业。

云南生产落后，经济贫穷，向为财政受协省份。辛亥革命爆发后，各省协济骤然中断，中央也无力拨款救济。但军府新立，百废待兴，加上派兵援助川、黔、藏，需费颇多，"财政艰窘，转甚于前"。鉴于此，军都督府决定整顿财政。一是裁汰冗员、削减薪俸、严管经费报销、遣散军队等方式节约开支。二是筹办公债。云南军都督府认为借外债发展经济，会导致国权丧失。决定发行爱国公债，收到款项十余万元，"财力得以稍纾"。三是消除前清陋规，限定州县的俸禄和办公费用，使地方收入尽入府库。四是加强厘税管理。清朝厘税收入，十之七八为征税官员中饱私囊。云南军都督府将厘税包给家底殷实的绅商办理，厘税收入较以前大大增加。五是开设富滇银行，并在下关、昭通、个旧等地设立分行，货币流通随之通畅。

通过以上措施，"综计节流所入不下百万，开源所入约计当二百万之谱"。因此，"夙称贫瘠之滇省，财政基础得以巩固矣"，不用再像李经羲担任云贵总督时"逢人乞贷"了。民国元年，云南财政不仅没有赤字，反而结余近20万元。甚至在中央财政紧张的时候，还解款20万元协济中央。这在云南财政史上是罕见的。

民国二年（1913）富滇银行发行的纸币

蔡锷都督"以本省财政困难,民生凋敝,非急振兴实业,无以为自立之地。乃先从盐务、矿务入手,更进而经营农、桑、树、畜、工艺之事"。整顿盐务,由实业公司专门经营,扩大销量,抵制从越南、缅甸运进的私盐;推广矿业,拟订《云南矿务暂行章程》,尤其注意开发保护个旧锡矿和东川铜矿,在昆明设立矿物化验所、地质调查研究所等;注重农林,提归化、华亭两寺院的年租为农会活动经费,在昆明设立农林局、在各地设立农林实业团,订立垦荒、森林、畜牧章程,改良种棉、制茶办法;提倡工商,通令各属调查工商状况,改清劝业道的劝工总局为全省模范工厂,整顿商品陈列所,举办创业劝工场。

第五,开拓交通,发展教育。

交通方面,云南军都督府"最注重者铁道为首,电报、邮政次之,汽船、马路又次之"。曾致电中央,倡修滇邕铁路。修通了泸州至云南的电报线,筹设昆明至昭通、昭通至叙府、东川至宁远、思茅至顺宁、丽江至巴塘的五条电报线。在威远、镇边、新平、南安、易门、罗次、禄劝、剑川、云龙、中甸等地开通邮政。在滇池安放汽船一艘,倡修全省马路。

教育方面,设立学政司(后改称教育司)专管教育,令各县筹设教育分会。起初只设置视学四名,因人数太少,每年竟不能将全省学校视察一遍。后增设六名,任命专业熟悉的师范毕业生担任。由于以前设置的师范学校都在昆明,各地学生求学较远,毕业后又都不愿回乡。为改善这种状况,军都督府在曲靖、昭通、蒙自、普洱、永昌、丽江等地设初级师范学校,培养师资。注重外语教学,遣送学生留学欧美日本。重视军国民教育,以培养国民武力。

第六,整顿军队,援助邻省革命。

云南军都督府成立后,"其首务为改编军队"。改镇为师,协为旅,标为联,营为大队,队为中队,排为小队,军官称"长"。定立官阶,上级分正都督、副都督、协都督,中级分正都尉、副都尉、协都尉,下级分正校尉、副校尉、协校尉。师长授予副都督阶,以下递降。全省共编陆军两师,第一师师长为韩建铎,第二师师长为李根源。又设陆军志愿教练大队、国民军模范大队、省防国民军、商团局等。

严申军纪，约束部队。据载，昆明光复后，都督府就发出《严禁将士肆入官居民宅搜索骚扰》告示，规定官兵扰民必遭严惩。告示执行得非常严格，时任云南军都督府财政部长的袁家普回忆，有一名士兵无故放了一枪，立即就被判了两年徒刑。此后，他在云南的前后三年里，再也没有听到过枪声。

裁撤兵丁，节约军饷。云南光复之初，迤西、迤南都私自招募军队，援助邻省革命又增招兵丁，导致军队庞大，饷糈浩繁。这时云南军都督府失去他省协济，财政紧张，军饷所需成为军府财政的一大累赘。云南反正后，军都督府就裁兵数十营。援蜀军回滇后，又命令士兵退伍，"军饷因而锐减"，减轻了军府财政负担，消除了乏饷引起兵乱的根源。

云南军都督府的现代化建设，前人总结的特点中，有以下几点值得我们特别注意：一是辛亥革命"各省争言独立，滇特称反正，故秩序未至大坏，善后亦易为功"。二是"省垣甫定，即设顾问、参议各官，以收老成硕彦，故阻力消而改革易"。以上两点，以往的研究往往将其看做革命不彻底性和妥协性的表现。三是"不排斥外省人，斯贤才聚而政事举"，这与援川滇军在四川受到排斥形成鲜明对比。由于以上等一些原因，云南"阅时未久，遂能铲除专制，造成共和"；其现代化建设，"非建设于破坏之日，实隐建设于未破坏之前"。

孙中山先生曾说过："历史上许多伟大事件仿佛是一块又一块路碑，它们记载着社会发展的里程、前驱者的劳绩和继续行进的去向，辛亥革命就是近代中国历史上这样一块丰碑。"对于云南来说，辛亥革命同样具有里程碑意义。辛亥革命的胜利，开创了云南历史的新纪元。辛亥革命胜利后云南军都督府的现代化改革，更促进了云南政治、经济、交通、教育、军事等各项事业向现代化的大步挺进。

二、蔡锷廉洁节俭

1912 年 9 月 25 日，云南都督蔡锷发布《致云南省各厅司局厂令》："公务员不准滥行宴会，前经规定禁令，通饬遵照在案。访闻近日各公务员恪遵功令，力崇俭德者，固不乏人，而于休沐日外仍前延宾宴会者，亦所难免。合再申明禁令，仰各厅司局厂一体遵照：嗣后公务员有于休沐日以外延宾宴会者，由各该长官认真纠举，并由巡警局严查密报核处，以为玩视功令，征逐酒食者戒。"

这恐怕是民国初年各省政府中少有的禁止公务员"征逐酒食"的命令，时至 21 世纪的今天，读起来仍令人产生诸多感慨。

蔡锷治滇两年，"首崇节俭"，公正严明，坚韧勤奋。他带给云南人民的，除了军事上的战无不胜，以西南一隅抗衡中原的自信与荣誉外，还有他始终不渝的爱国主义精神及"为国民争人格"的铮铮誓言，积极参与国家的政治、军事活动，由此奠定了近代"云南精神"的内核与基石。

蔡锷治滇，留下了诸多清正廉明的政绩与轶事。

裁减薪金。1912 年 1 月，蔡锷因云南用兵川、黔，入不敷出，于是下令酌减薪俸。遵照蔡锷指示，军都督府制定了具体减薪方案，将原定的十一级官俸，依次酌定为二成至八成，弁护、目兵、匠夫照旧额发放。都督蔡锷的薪俸由 600 两（元）减至 120 两（元），与副都督相同。同年 6 月，蔡锷以国事多艰，再次发布减薪令："凡军政学警各界，除分认爱国公债外，其原薪六十元在上者，均减为六十元，以下递减，惟目兵暂仍其旧。"蔡锷的薪俸从 120 两（元）减为 60 两（元），是原来的十分之一，与中等副都尉（营长）的薪俸相同，使"廉洁成为一时风尚"。

规定机关、商铺作息时间。1912 年 4 月，经军都督府政务会议讨论，规定机关办公时间：每天早上七点半，由兵工厂放汽笛一次，作为信号。迟到十分钟，罚月薪的百分之一，迟到二十分钟，罚月薪的百分之二，每十分钟以次递推。规定会客时间：外来之客早上八点至十点，都督府内人员则在十点至十一点，下午两点至三点。蔡锷还在自己的办公桌背后，贴上这样一张纸条："鄙人事冗，除公事外，请勿涉及闲谈。"8月，都督府巡警局拟定商店开门的时间，出示晓谕，通令执行。规定各街铺户每天早上七点钟一律开门，违背者每过半个钟头，罚金二角。因有事停开的，要报告本段派出所。受到处罚的商铺，要在辖区内张榜晓示。

崇尚俭朴。蔡锷生活简朴，传为美谈。据都督府秘书长周钟嶽记载：蔡锷私生活极为严谨，决不滥费一钱。在都督府中，与周钟嶽同餐，极俭约。偶尔问周："家中菜钱若干？"周回答："二角。"周也问蔡所费，也回答说："二角。"军都督府外交司次长、前清翰林陈度记载："民国初，邵阳蔡公督滇，亦极俭朴。盛夏惟白纻衫一袭，袖染墨痕，襟有穿孔，无更易者。军服亦不华丽。求之近世伟人，不可多得。""民国肇兴，蔡邵阳督滇，崇尚俭朴，非星期不宴客，一席之费不得过五元。悬为例禁，违者有罚。警察厅长非星期宴客，

曾任云南军都督府秘书长的周钟嶽

请蔡首座。请帖入，蔡即于其上批：违背功令，罚薪半月。闻者莫不诧异发噱，而奉令惟谨。"军都督府参谋官留日学生董泽受到蔡锷的赏识，被选送为云南省官费留美学生。临行前，蔡锷将董泽请到家中，设便宴为董饯行。"餐前以一杯清茶、一碟炒豆招待客人，而饭菜则由蔡夫人潘惠英亲自下厨烹饪"。后来董泽成为近代云南高等教育的奠基者，首任东陆大学（今云南大学）校长。

遣返蔡钟。云南军都督府用人，分特任、荐任、先任后报、径行任用四种，由军政部传集各司会议订定呈核，交都督任命。同时颁布《云南文官试验暂行规则》、《高等文官试验施行细则》、《普通文官试验施行细则》，规定

文官考试资格、科目、阅卷、公示等。通过考试赞扬官员，择优录用。据周钟嶽记载，蔡锷决不妄用一人。其弟蔡钟由湖南来访，蔡锷告诉他说："此间无事可以位置弟。"给旅费二十元，让他徒步返回湖南。

蔡锷将军的家庭

英雄流泪。周钟嶽描述蔡锷说："蔡公恂恂如书生，而英迈不群之气，溢于眉宇。其性坚忍深沉，平居不轻自表露，而遇当为之事，则奋厉踔发，穷日夜不息，无论如何艰阻，必期于成；又断制力极强，每议一事，众论纷呶，公徐出一言，则当机立断。"俗语说男儿有泪不轻弹，但蔡锷在云南，有资料记载他几次流泪，也极感人，堪称真英雄，真豪杰。"重九"起义爆发后，蔡锷、李根源等前往面见逃亡后的云贵总督李经羲。"时三人跪

1916 年 9 月在日本就医时的蔡锷及其夫人潘惠英

地，抱头大哭。乃入居谘议局。步行过市，锷参左手，根源参右手，经羲面上泪痕未干，人民观者如堵"。这是第一次流泪，是感于李经羲的知遇之恩与顺应革命形势之不得已之泪，略含歉疚。1913 年 8 月，蔡锷决定辞去云南都督职务，推荐唐继尧接任。这一决定引起滇军师长李鸿祥和谢汝翼的强烈反对，罗佩金、张开儒等也感不满，起而与蔡锷为难。李鸿祥当面向蔡锷力争，"据谈蔡被逼至下泪"，仍不变初衷。或说蔡锷因部下争权夺位，气愤已极，"不禁大哭起来"。这是第二次流泪，是对同甘苦共患难的革命同事的失

望之泪。1915年12月20日，蔡锷历尽艰辛到达昆明，与唐继尧等召集会议，讨论出师护国。唐继尧在会上提出推举蔡锷为都督，自己愿意统兵出征。蔡锷反复强调自己此次南来，为拯救国家，不是争权夺位。两人互相推让，反复辩论不已。蔡锷"情词诚挚，至于泣下"。这是第三次流泪，是向志同道合的革命同事披肝沥胆、剖明心迹，含有欣慰和感激之情。

云南情缘。蔡锷在云南，留下了极好的名声与政绩，云南人以他为骄傲，他也视云南为第二桑梓。但较少为人所知的是，蔡锷与云南还有一段缠绵的情缘。他在昆明期间，曾娶潘惠英为侧室，双方感情深厚，情真意切，恩爱有加。潘惠英，生于清光绪二十年（1894年）十二月十八日，公历1895年1月13日，小蔡锷12岁，晋宁州贡生潘廷权之女。其伯父潘廷枸任四川省资州州判，潘廷权曾举家赴四川投奔哥哥。在四川时，潘惠英的母亲生病卧床，她仿效古人"割股疗亲，孝感动天"的做法，割肉疗母，但未能挽救母亲的生命，于是全家又回云南。蔡锷就任云南都督后，公务繁忙，案牍劳顿，家属仍在湖南，无人照顾，于是僚友

潘惠英与孩子

筱凤仙

们劝他娶亲，并选定了以"孝"闻名的潘惠英。婚礼于1912年正月举行，并未铺张，仅都督府中几位要人和有关职员知道，潘惠英其时17岁。婚后不久，蔡锷之母及原配夫人刘贞侠（森英）来到昆明。10月，潘夫人生女蔡淑莲。1913年蔡锷到北京，潘夫人偕行。1914年6月，蔡锷母亲及刘夫人到北京。27日，潘夫人在北京生长男蔡琨，因生于阴历五月初五日，故字端生，

其时蔡锷在天津养病。1915 年 7 月，蔡锷母亲返回湖南。11 月，刘夫人携带儿子回湖南侍母，潘夫人则随侍蔡锷左右。12 月 19 日，潘夫人和女儿在何鹏翔的护送下离开天津前往香港，返回昆明。蔡锷率军前往川南与北洋军作战后，潘夫人留在昆明家中。蔡锷在军中，与潘夫人通信较多，现保存下来的共有 8 封。信中，蔡锷称潘夫人为"贤妹"、"吾妹"，声称"别后苦相忆，想同之也"，"别经三月，想念弥笃"，"戎马倥偬中苦忆汝母子"，可谓纸短情长。1916 年 1 月 20 日（阴历十二月十六日），潘夫人在昆明生次子蔡珂，潘廷权电告蔡锷，锷其时驻军川南永宁（今叙永县），故取字永宁，以志纪念。并多次写信说："殆天公所以报吾妹为子之孝（指"割臂疗亲"事），为母之慈，何幸如之。惜堂上远隔在湘，电音阻塞，不能闻斯喜兆耳。""吾妹于归后，连年生育，因之气血大亏，宜善加调摄。""吾妹产后体态如何？乳儿壮健否？甚念！"蔡锷在信中向潘夫人详细说明国家大事、军情进展，显然以知书达理的潘夫人为自己政治抱负及救国爱民的知己。在强调个人的相思想念时，多次讲到自己的身体状况及病情，并于 5 月 26 日信中，提到将抽身引退，为治疗身体，打算出国疗养，希望潘夫人能偕行。军情稳定后，潘夫人携子从昆明赶到四川军前，此后随待蔡锷身边。9 月蔡锷从上海东渡日本就医，潘夫人护行，曾立英先生主编《蔡松坡集》收有照片一张，题为"1916 年 9 月在日就医时的蔡锷及其夫人潘惠英"。蔡锷去世后，留下老幼茕茕，梁启超等以官方抚恤金及奠仪共二万余元共同经理生息，作为蔡锷母亲、夫人的生活费及子女将来的教育费。他们还在长沙天鹅塘樟树园一号代购产业，将蔡锷家属迁往居住。此后，潘夫人的经历不甚清晰，仅知她将夫君的一缕发丝与自己的发夹编织在一起，相伴终生。1923 年 11 月，她在昆明孀居，绅民张向宸等向昆明县政府呈文，声称"晋宁贡生潘廷权之女惠英，现年 32 岁（应为 28 岁），自幼秉性纯孝，于民国元年，适蔡公松坡为室"。文中以潘惠英 10 余年前在四川割臂疗亲，请求旌表。唐继尧与内务司司长吴琨会衔指令昆明县，由省公署题给"至性过人"四字匾额一方，以示表扬。其父时任昆明市政公所女子习艺所所长。1932 年 1 月，日军侵犯上海，潘夫人此时寄寓江湾，仓促逃离，将蔡锷寄给她的家书遗失。之后，有资料说她居住在杭州，过着清贫的生活。抗战时期，原东陆大学校长董泽将潘惠英一家

4 口从沦陷的杭州接到昆明自己家中居住，"热情接待，亲如一家"。又有资料说她曾在中华圣公会创办的昆明恩光小学（万钟街）任教。1942 年前后，其女蔡淑莲任教于私立松坡中学，这是流寓昆明的湖南籍名士创办的。此外，在蔡锷家谱中有如下记载："又配潘氏，清光绪二十年甲午十二月十八日（公元 1895 年 1 月 13 日）午时生，生二子泽琨、泽珂；生女一，闺字淑莲。"

三、新气象

1912 年 3 月 5 日，《时报》登载的一篇文章，反映了民国初年中国社会生活中的新变化与新气象，云南的情况也大致如此：

新礼服兴，翎顶补服灭；剪发兴，辫子灭；盘云髻兴，堕马髻灭；爱国帽兴，瓜皮帽灭；爱华兜兴，女兜灭；天足兴，纤足灭；放足鞋兴，菱鞋灭；阳历兴，阴历灭；鞠躬礼兴，拜跪礼灭；片卡兴，大名刺灭；马路兴，城垣巷栅灭；律师兴，讼师灭；枪毙兴，斩绞灭；舞台名词兴，茶园名词灭；旅馆名词兴，客栈名词灭。

云南军都督府成立之初，各级领导人大多是 30 岁左右的青年，其中蔡锷、刘存厚 30 岁，李根源、谢汝翼、李鸿祥、张子贞 33 岁，罗佩金 34 岁，殷承瓛 35 岁，唐继尧、顾品珍 29 岁，庾恩旸 28 岁，朱德 26 岁，周钟嶽 36 岁，李曰垓 31 岁。他们刚从各类学校毕业，多在军中服役，没有沾染上晚清的官僚作风和各种陈规陋习，"恰同学少年"，生龙活虎，意气风发，给昆明政坛带来了一股清新的空气。"

改用阳历。"重九"起义后，云南军都督府改用黄帝纪年，如《公诔杨振鸿布告》，称"黄帝纪元四千六百有九年九月十三日"，《祭战死将士文》称"皇汉四千六百有九年秋九月十八日"，《云南军政府讨满洲檄》称"皇汉纪元四千六百有九年"。南京临时政府成立后，临时大总统孙中山于 1912 年 1 月 2 日发表通电，学习西方，改用阳历，以黄帝纪元四千六百有九年十一月十三日为中华民国元年元旦。云南军政府接电后，通令全省执行。楚雄府于1月13日（十一月二十五日）接到电令，改用阳历。于是以14日为除夕，各级官员士绅赶印名片，"以备明日拜贺"。当晚，"官绅互相辞年"。15日，在知府大堂举行补贺元旦礼，之后与军队共进早餐，宴开七桌。

剪辫蓄发。留发结辫是清朝统治的一个象征，革命党人视"辫子"为奴性的表现，多次限令剪除，民间也将"剪辫"视作革命的标志。南京临时政府建立后，孙中山命令内务部晓示人民一律剪辫。云南则于各地起义后，自发提倡剪辫蓄发。罗佩金、庾恩旸等率军前往蒙自，经过通海时，召集县知事、士绅及中队长以上军官开会，指示三件要事，第一件即"限三天内，男子一律剪去头发辫"。在大理地区的鹤庆县，也掀起了一个剪发运动，提倡蓄短发。

严禁鸦片。孙中山以临时大总统名义，发布了严禁鸦片命令。云南军都督府也厉行禁止吸食鸦片，违者拘留罚款，运者、卖者处以徒刑。全省各地如鹤庆等地，也提出了禁止鸦片烟的口号。1913年初，颁布了禁烟草案，命令各地"自本章程到达之日起，云南境内不得再有烟籽一粒下地，烟苗一茎出土"。将鸦片视作云南新政的最大障碍，特设禁烟巡视员，分十一区进行调查，并将调查报告列表上报。

改变称谓。称谓反映了等级观念，与民主共和、人人平等的宗旨背道而驰。临时大总统孙中山下令革除前清官厅称呼，云南军政府通令全省各厅、州、县，革除"公祖"、"父台"等名目，一律在本官名下加一"长"字，作为通称。民间则称呼"先生"，或"××君"。提倡文明礼节，废除"跪拜"，代之以"鞠躬"。规定普通相见为一鞠躬，最高规格为三鞠躬。

禁止刑讯。临时大总统孙中山命令内务部、司法部，通令全国各地属，不论行政、司法官署，及何种案件，一概不准刑讯。下令将刑具焚毁，不准再用笞杖、枷号等刑罚，改为科罚金和拘留。云南军政府通令全省，遵令推行。

禁止赌博。南京临时政府时期，内务部呈请大总统，要求不论何种赌博，一律禁除。云南军政府下令禁止赌博，违者没收赌具，罚款拘禁，重者处以徒刑。在滇南的个旧矿区，凤称难治，蔡锷南巡后，严禁赌博。后警备大队到个旧接防，队长李植生严厉禁止赌博，一夜之间逮捕著名赌棍八人，捆至队部驻地宝华山寺，立即枪毙，起到了较大的警示作用。

劝禁缠足。临时大总统孙中山发布了劝禁缠足命令，云南各地创立"天足会"，禁止妇女缠足。罗佩金等率军经过通海，指示三件要事，第一件除剪辫外，规定"女子除50岁以上者外，余者一律放足"。在鹤庆等地，也提出了"禁止裹足"的口号。

普及人权。民国初年，国民享有选举权、参政权等公权，享有居住、言论、出版、集会、信教自由等私权，成为时尚及较为普遍的观念。云南各地提倡科学，提倡民权，出现了"禁养奴婢"、"禁止纳妾"、"男女平等"等口号，流行"自由平等"、"文明世界"、"改良开通"等话语，资产阶级民主共和与人权平等的精神逐渐深入人心，成为几年后云南护国首义、维护共和的思想基础。1914年，民国建立后的第三年，新年伊始，昆明出版的《共和滇报》（1月20日）登载了一副对联，颇能反映当时云南主要是昆明城内的崭新气象：

言论自由，信仰自由，出版自由，法律以外无自由，前年今日铁血树上大放自由花；

男女平等，国民平等，社会平等，人类之中皆平等，粤北满南共和山前已结平等果。

此外，昆明等地改"学堂"为"学校"，废除尊君明经思想。创立报馆，发行《滇声报》等，宣传政府措施，传播社会新闻。破除封建迷信，封闭省会城隍庙，禁止往各寺庙烧香拜佛，把城隍偶像送进博物馆。改良服饰，取消冬帽、袍褂等满洲服装，代之以短装、毡帽，妇女改穿旗袍，军、政各界则用本省绸缎布匹，制作新式服装。婚礼废弃繁琐仪文、事务，由繁入简。注重公共卫生，建筑公厕，禁止随意便溺，违者由警察送往拘禁罚款。撤销巡警局，建立省会警察厅，在各街口分设派出所，处理纠纷、斗殴等事件。建筑方面，出现了两至三层式样新颖的西式楼房，宫楼回廊、彩壁玻窗引人注目。娱乐方面，出现了云华茶园、丹桂茶园等戏园，演出有关政治教育和移风易俗的剧目。整个社会风气"洗净腐败古董气氛，一切都讲究新式、时髦"。

1912年"重九"起义纪念日的庆典，尤为引人注目，影响深远。当时政府宣布放假三天，要求省会各机关、学校、团体，举行各种庆祝仪式。各大街口及公共场所，都扎青松毛、柏枝牌坊，上缀彩色纸花数千朵。在横坊上用红色电灯镶成"云南光复纪念"六个大字，坊的两边镶嵌电灯，缀成对联，四周复用彩色小电灯镶缀成花边。晚上，灯光闪烁，与各处街灯相映，耀眼夺目，大有"不夜天"的景象。市民自制彩灯挂在门上，学生们举行提灯会，列队游行，边走边唱，长达数里，涌向五华山向政府祝贺。以承华圃大操场（今翠湖边科技馆内）为纪念大会场，在讲武学校大厅前草坪上用大木柱建成纪念亭一座，高约十丈，周围用彩绸、彩布装饰成花亭，五彩缤纷，花团锦簇。白天举行运动会，各机关、学校、团体环绕四周，观者不下万人。驻省城的军队列队参加，演出节目《皇帝梦重阳》等，表演革命军击溃巡防营，清廷皇帝及官员溃逃的故事，全场欢声雷动。会场内四周临时搭成戏台四座，日夜演唱，历时三天。晚上还进行耍龙灯、唱花灯及表演各种杂技。歌声、乐声、爆竹声，人们欢腾如沸，热闹非常。

真可谓万众一心，同心同德，整个社会呈现出一派生机勃勃的新气象。

四、礼送李经羲出境

李经羲（1859~1925），安徽合肥人，字仲仙，又作仲宣、仲轩，李鸿章之弟李鹤章次子，出身豪门巨宦。1879年（光绪五年）优贡生，先后任四川永宁道、湖南盐粮道、湖南按察使、福建布政使、云南布政使。1901年起任广西巡抚、云南巡抚、贵州巡抚，1909年任云贵总督。1910年10月，倡导和组织清廷各省督抚联名奏请组织责任内阁，尽快召开国会，支持立宪派发起的第三次国会请愿运动。他曾对讲武堂学员宣布，云贵总督可以不做，讲武堂不可以不办。为了限制云南督练公所总参议北洋派靳云鹏的势力，他邀请蔡锷赴云南任职，任命为第三十七协协统。对于革命党人在讲武堂和新军中的活动，他采取了措施进行防范和控制，并计划进行镇压。时人评价他"颇有才，尤娴于吏治"，但"语多尖刻"。蔡锷称他"暗弱"，因此革命"大义遂以遍于军学各界"。

云贵总督李经羲

李经羲是清王朝的最后一任云贵总督。他在云南任职的时间较长，早年任布政使，1907年任巡抚，1909年2月至辛亥革命爆发任总督，对清末云南及辛亥云南起义都产生了一定的影响。这样，加上处理马嘉理事件签订中英《烟台条约》的李鸿章，担任钦差大臣审理马嘉理案的湖广总督李瀚章（李鸿章之弟），李氏家族共有三人与晚清时期的云南扯上了关系，这倒是一个有意思的问题，值得进一步梳理和研究。

"重九"起义爆发后，陆军第十九镇统制钟麟同、布政使世增、兵备处总办王振畿、参谋长杨集祥被杀，靳云鹏化装为轿夫逃走。李经羲手足无措，只是念叨我待李根源、蔡锷不薄，"决不致如此，决不致如此……"最后翻越后墙逃往僚属肖巡捕家中躲藏。全城稳定后，李经羲被搜寻出来，接到谘议局，蔡锷、李根源请其出来主持大局，李经羲表示不愿意。蔡锷、李根源对其优礼有加，同意他提取白银四万多两的存款，另送给他旅费大洋五千元，将李经羲礼送出云南。提学使叶尔恺与地方结怨较深，也被捕获，众人都想将他杀死，因李根源保护，仅被人打落几枚牙齿。革命党人中有愤恨李经羲和叶尔恺的，先后将他们的辫子强行剪掉。李经羲离开昆明经过禄丰村时，恰好遇到匆匆赶回昆明的周钟嶽，便对周说："滇中举事，予不非之。惟滇处边隅，英、法环视，且距中原僻远，可稍缓以观其变。今既已如此，望转达蔡某，善自为之。"经过河口时，李经羲强行提取公款三千多元带走。到香港后，李经羲与叶尔恺会面，看见彼此的辫子都被剪去，相顾愕然，啼笑皆非。据说两人之间还发生了一场有趣的对话，叶尔恺说："这次什么都完了，官禄钱财一无所有。"李经羲说："这回真是赤裸裸的，一点东西都没有带出来，真叫悲惨了。"叶尔恺说："你恐怕比我好一些。"李经羲说："好一些这句话怎么讲？哦！你比我不过多损失几颗牙齿罢了。"

对于李经羲等人被礼送出境一事，后人有不同的说法，认为是蔡锷和李根源革命不彻底的表现。早年李根源解释说："当此义军初起，人心惶惑，宜不念旧恶，准其一体自新，方是军府正大光明之态度。"这是实事求是的说法。1961年却作了自我批评："我与松坡以旧属之故，竟囿于传统观念，将其礼送出境。……凡此种种，今日思之，我等当日革命之不彻底与妥协性要以概见。"而朱德元帅却于同时咏诗纪念说："生擒总督李经羲，丧失人心莫敢支。只要投降即免死，出滇礼送亦宜之。"没有上纲上线，朴实平和地说，这样做也是可以的，是无可非议的。

因此，我们可以说，在推翻清王朝的统治特别是建立巩固的新政权方面，云南立宪派士绅及一部分旧官僚起了很大的作用。蔡锷等人曾总结民国初年云南社会稳定的原因："滇省此次反正，纯由陆军主动，故势力雄厚，不旬日而全滇底定。其主要人员，每有政治知识与经验，故一切善后布置，俱能井井有条。"一是由于资产阶级革命派的势力强大，这是事实。二是由于"政治知识与经验"丰富的立宪派士绅积极参与和支持，这也是事实。九月初十日午刻，蔡锷、李根源、罗佩金等六人以军政府总司令处的名义，致电省谘议局，说明军队已于昨晚首先举义，围攻云贵总督署及各局、所，"义师所向，着着制胜"，现在大局已定。"惟是破坏之责，锷等已尽，而建设之任，专在诸公。盖诸公为全省代表，乡望素孚。务祈出而维持，互相赞助。如表同情，请即移至敝令处，会商善后办法，是所切盼！"用词真挚恳切。谘议局的反应也很积极，马上复电，说明推翻清廷统治也是他们"所欲为而不能为者"，"顾首先发难在诸公，既不避枪林弹雨之危，同人等责任所在，敢不竭力维护，以勷成功"。表示已经召集各议员，"一俟到齐，即趋辕奉教"。随即以省谘议局的名义，致电全省各府、厅、州、县官吏及自治公所，约定十条，要求照办。这对于稳定局势，促成全省各地响应昆明起义，支持大汉云南军都督府，起了重要作用。

由于蔡锷等军方领导人态度谦恭，权责分明，"破坏之责，锷等已尽，而建设之任，专在诸公"。谘议局议长张惟聪、副议长段宇清等公开支持，表示"竭力维护，以勷成功"，为新兴政权大汉云南军都督府的顺利成立创造了条件，建立起了良好的军绅关系，"互相赞助"，没有出现攘夺权力等纷争，这在辛亥革命时期响应独立的省份中也是不多见的。

在大汉云南军都督府中，旧官僚和立宪派士绅占据了重要的位置。新成立的参议院名义上是参议军事、政治的机关，实际上因人设事，由都督选择素孚名望及旧官僚中"卓有政声"者23人充任参议官，如席聘臣、游万昆、何秀桢等，希望凭借这些"老成硕彦"的声望，减少新政府的改革阻力。在军政部，总长李根源极力延引旧官僚和士绅担任要职，如民政司司长杨福璋，原任云南按察使。接任司长王玉麟，原任贵州按察使。副司长为孙光庭，原任云南图书馆馆长、学务公所议绅。财政司司长陈价，曾在贵州做官，后为李经羲奏请回云南襄办新政。副司长席聘臣，曾任山东学务公所专门科长。外交司司长周沆，曾任云南府知府。副司长陈度，曾任云南造币分厂总办。学政司司长李华和副司长陈文翰，曾任云南两级师范学堂教员。实业司司长吴琨，曾任滇蜀腾越铁路公司总办、学务公所议绅、云南谘议局议员。副司长丁彦，曾任滇蜀腾越铁路公司驻腾越分公司总办、云南谘议局议员。在地方一级行政组织中添设巡按使，任命著名士绅赵藩为迤西巡按使兼迤西道尹。临开广巡按使唐尔锟、道尹何国钧都是旧官僚。

云南士绅与旧官僚以积极的姿态融入民国，客观上造成了民国初年较为宽松的政治、思想环境，他们经过新的分化组合，很快在新的社会中找到自己的位置，成为民国政府的官员、国会议员、沟通政府与社会的协调人、报刊编辑等。士绅与旧官僚进入新社会的过程及他们在民初社会中的活动，表明民国社会很大程度上仍然在旧的轨道上向前滑行。辛亥革命完成了政治上的鼎革，但是社会鼎革并没有出现。

五、崇谦的经历

崇谦（1866～1935），字仲益，又字益三，号退荐，雅尔湖瓜尔佳氏，正红旗满洲荣泰佐领下人，自署长白（今吉林省长白朝鲜族自治县）。光绪五年（1879）由文生员遵例报捐笔帖式，光绪十一年（1885）中式乙酉科文举人。光绪二十八年（1902）赴云南任南安州（今双柏县）知州，其后任善后局收支文案、通海县知县、东川府知府、釐金局提调、盐井渡釐金督办、楚雄府知府等职。著有《宦滇日记》（残本），逐日记录他在云南的经历。

"重九"起义爆发时，崇谦在楚雄知府任上，"闻之涕零"。他压下了省城兵变的消息，仅宣布腾越兵变，决定以保护百姓和维持社会安定为主意。他赴议事会召集城内绅士，调集团兵，防守城池。十二日，接到新成立的军都督府致各府、厅、州、县电稿，要求各地官吏照常办事。崇谦立即与大理方面联络，商量如何回复军政府。这一天，他还看到了军都督府致各道、镇的电文，声称"李制军（指李经羲）已在议局率司道办事"，这对他无疑是一个较大的安慰。于是调团点团，抚辑营兵，成立保甲，

崇谦为自己主持纂修的
宣统《楚雄县志》作序

宣布条规。但随后几天，由于消息隔阂，信息不通，各地"排满"传闻甚嚣尘上。崇谦如坐针毡，焦灼惶急，担心革命军难以相容，召集士绅谈话，宣称要自杀殉清。士绅们议论纷纷，希望他保境安民，并提出如果时局长期不

能解决，就请崇谦出面组织临时民主政府，并派士绅在崇谦出行时前后围护，保护他的安全。由于看到省城出版的《大汉滇报》（原《云南日报》）"排满"言论激烈，崇谦更为恐惧，计划让侍姬玉琴带领独子宝铎（小名六曾）先行逃命，自己与妻子王佳氏一起自杀。但是13岁的宝铎不愿意分离，一家相拥痛哭，最后只有全家自杀一条道路。为了自救，保全身家性命，十七日，崇谦以楚雄县议事会劝学所的名义，致电省谘议局，投石问路，打探消息。强调自己深明大义，与士绅等竭力经营，现在楚雄人心安定。二十二日，又以楚雄县议事会劝学所暨绅商学界的名义致电军政府暨参议院，强调自己在维护楚雄社会治安方面的贡献，但因为是满人，虽然为官爱民，是汉人中也不多见的"贤吏"，但身家性命没有保障。现在既然奉令照常办事，希望军政府参议院明白电示，并电令军队官兵，经过楚雄时予以保护。二十三日，云南军都督府军政部回电说："此次义举，是政治革命，并非种族革命，不得妄生满汉意见。崇守涂令（楚雄县令涂建章），均有政声，理应力为保护，以为爱民者劝。除径电饬大理曲统领，传谕所属军官，道经楚雄地面，妥为保护外，凡该属土著客籍，所应仰体德意，不得别生意见，致累贤良。电到，仰会所将电文印刷多张，遍为宣告。"这使崇谦稍感安心。同日，云南军都督府致电大理陆军统领曲同丰："此次反正，楚雄府崇守既表同情，且平日政声洋溢。希告我大汉军官凡经过楚雄地面，理应极力保护，不得别生意见。"军政部也致电崇谦："该守莅楚，实心任事，本政府一视同仁，并无满、汉意见。已饬曲统领暨地方极力保护。该守仍当靖共尔位，勿生疑虑。"但崇谦似乎没有收到发给自己的电报。曲同丰经过楚雄时，对他进行了安慰，解释疑团，并向他借了300元钱后匆匆前往昆明。此后"排满"风声仍紧，昆明及各地都有人身穿军装、手持枪械，以搜索逃官、满人为名，任意闯入民居官宅，肆行骚扰。十月初四日，崇谦看到了军都督府新委任的楚雄府知府黄彝致楚雄自治局的电文，只好商量另找房屋居住，收拾行李衣箱，焚烧相关公文资料。初六日，得知顺宁府知府满人琦璘被杀，"兔死狐悲，深为惋惜"。楚雄地方也发生了佃户要求减免地租、军人宣言"排满"等事件。

十八日，李根源率军途经楚雄前往大理，军队进入知府衙署，崇谦只好让眷属躲到轿夫老谭的破屋中。由于大量军队在衙署出入无忌，崇谦担心遇到"不测"，衙署后院及轿夫破屋均无法躲藏，只好出署逃往绅士左济生家，眷属逃往门生宋元德家。但左济生极为恐惧，不敢收留，并下了逐客令，宋元德住处的房主也不敢收留。崇谦无奈，逃往自治局，并将眷属也接到自治局安置，儿子宝铎由其老师倪谦吉带回家中躲藏。到了夜半，李根源副官蔡自煇因为父亲受过崇谦的照顾，带兵持枪，四处寻找崇谦表示感谢，为崇谦所误解，"势甚不测"，议事会副议长王建章与士绅张凤诰将他藏匿在自治局南厢房床下。蔡自煇等人走后，崇谦将眷属送往自治局局丁李万家，自己化装为团兵，随哨弁王维富及团丁四人，假装出外巡城，从东南城墙的缺口处爬出城外，打算逃往荷花村王维富家。半路上，因王维富有事回城，崇谦与团丁许光亮、许光前改往小东村许光亮家。"一路竭蹶而行，二许或牵或负，至时天犹未明，而心中忐忑，甚悔此行"。到后暂息于楼上草榻，"一夜未眠，奔波虽疲，而万虑千愁，不能合眼。一经思及，中心如焚，前途如何，何堪设想"。许光亮与其父许学彦、兄长许光宣不断来陪伴安慰他，但因有事在心，仍坐卧不宁，"每自言语，或绕楼徘徊，焦灼不堪言喻。又恐累及许家，拟明日定另逃避。然又思逃避无所，只好寻一自尽，回首妻儿不能相顾，日后如何归结？伤也何如？"下午三时许，倪谦吉和王建章找到许家，解释说李根源知道军队的行为，"甚不过意"，宣布一定极力保护，并接他返回城内。当晚，崇谦回到自治局，前往见李根源。李根源声称昨晚知道崇谦逃亡，"一夜未曾安眠"。于是颁布奖札，肯定崇谦在楚雄的政声："该守世长中土，服习礼教，应准改姓黄氏，取同为黄种之义，入籍楚雄，媲昔人居颍之风"。奖给他白银五百两，要求自治局公同商议，拨送公产一区，为崇谦生活之用。同时颁布札令，任命崇谦为楚雄自治局名誉总理。

一夜之间，崇谦的命运突然柳暗花明，这大大出乎他的意料，"念及昨宵，伤定思痛"，"诚始愿不及此"。心旌摇曳、死里逃生的崇谦不敢与人结怨，见有军人闯入衙署，马上求情，甚至下跪。第二天，新任楚雄府知府黄彝到任，与崇谦联宗。黄彝原是崇谦旧友，相见甚欢。于是崇谦接回眷属及儿子宝铎，暂时住在衙署西院。劫后余生、惊魂未定的崇谦病倒了，以"忧伤惊懼，昼夜经营，劳顿太过之故"。病好后，闲居中的崇谦与当地士绅多有往来，并与黄彝过从甚密，受到黄的多方照顾。当士绅谢丹诰攻击崇谦入籍楚雄，"遍街肆骂，谓余非楚种，不认其入籍"时，黄彝将李根源保护告示张贴，宣布"如有造谣生事，即照军法从事"。新政府改用阳历，黄彝与崇谦一同在府署大堂"行庆贺元旦礼"，众人尊两人"同为长官，一体庆贺"，并与军队共进早宴。后崇谦作诗表达自己的心情："莫问华清今日事，如今已是汉家朝"。"春色无情故，新年改故年。荣华今异路，爆竹好惊眠。……那堪至漂泊，天畔独潜然。"顺宁知府琦璘家人苑福到达楚雄时，崇谦与他交谈，了解到琦璘被杀及其家属的悲惨状况，决定将他们接到楚雄安置。当琦璘次子夔功（乳名寿格）到达楚雄，"余阖家见寿格遭际异乡，均怆然泣下，怨人亦自怨耳"。之后琦璘夫人等到楚雄，住到次年六月下旬才离开。

琦璘，字叔敏，正红旗满洲人，贡生，"人才开敏，善于谈谐，兼精鉴别，多能艺事"。对于他的经历，当时的社会舆论即有评论。11月19日，《时报》以《满人尽忠汉人》为题报道说："云南顺宁府知府琦璘，虽系满人，素极维新，亦常以满廷专制为限。自接省城光复电，深为欢跃，当即复电投诚。蔡都督以该府在顺数载，尽心民事，政声远播，不惟仍令照旧供职，且令大理陆军极力保护。讵顺宁有一巨匪名谭占标者，行为不法，受琦府严惩数次，衔恨刺骨。因见省城光复，不及防备之时，伊竟招聚匪类百余人，并勾诘驻顺巡防营勇，乘时作乱，以图抢劫。当于九月十六日早，忽将府城占据，杀入署中，琦府督率亲兵十余人与之酣战，奈寡不敌众，败走出城，当即飞调缅宁协马某速带驻缅防营救援。至十八日，琦府闻马兵将到，琦出于距城五里之某庙中等候。马兵一到，渠愿身先夺城，以救黎民。因黎民在城中被谭匪抢掠奸淫，骚扰不堪。不料马兵来至距城十里，尚未与琦合，听闻谭党利害，竟折回不敢前来救城。而琦府不知之。后庙僧私漏琦府消息于谭匪，被匪党围庙，将琦拿获，解入城中，琦仍毫无惧色。一见谭匪，即拔手枪轰击，意欲为除民害。岂琦枪未中谭而谭转将琦轰毙，并挖琦之心肝。现在省都督以谭占城掠民，罪大恶极，电由榆城派大兵前往攻剿，为琦复仇云。"与此相对应，该报又以《汉人尽忠满人》为题报道说："昨据新任弥勒县杨某禀称，旧任弥勒县胡令国瑞，于九月初十日卸篆，适值滇军反正，各省独立，遂于念九夜捐躯署后东井，遗书云：阅报知京城沦陷，清帝被囚，用以身殉，虽达取不取而各行其志，愚者终不失其为愚耳。身后事敬以相托，余钱百串又金钏一支，乞代购棺殓厝枢弥邑。非不欲归骸故里，无盘川费也云云。"

1912年10月，崇谦一家返回昆明，住南门外南校场头道巷。1913年乘滇越铁路火车回到北京，冠汉姓关，称关崇谦。之后寓居天津，开办公司，经营煤窑、煤铺等，1935年病故。其子宝铎改名关振生，是著名历史学家、燕京大学历史系教授邓之诚家的抄书先生，或称作为邓先生编讲义、抄文稿兼陪他下围棋、聊天的"清客"，曾整理校注其父的《宦滇日记》（部分）。

崇谦一家在云南辛亥革命中的经历，可谓跌宕起伏，一波三折，始如临渊履薄、朝不保夕，继又柳暗花明、死里逃生。反应了民国初年云南军都督府民族政策的调整和演变历程，是"五族共和"思想积极作用的表现，也是"五族共和"思想保护了部分满族官员和普通满人生命的例证。

除了崇谦和琦璘两家之外，当时云南满族官员的命运，能够知道的，还有白盐井提举满人灵琨，字乐峰，行四，辛亥革命后入滇籍不归，改名赵柳泉；广南府知府桂福，字筱岩，瓜尔佳氏，辛亥革命后还居北京，新中国成立后去世。世增，字益三，祖大寿之裔，正白旗汉军。早年补旗学生员，入同文馆学习。后通晓法文，任同文馆副教习。光绪十五年（1889）随出使英、法、意、比大臣薛福成出使欧洲，任翻译官，回国后任总理各国事务衙门翻译官，之后任驻法国使馆参赞、驻俄国使馆参赞、外务部丞参等职，曾翻译《西藏全图》、《西伯利亚铁路图》等上奏。辛亥革命时从云南布政使任上调任甘肃布政使，尚未成行而"重九"起义爆发。世增拒绝进入法国领事馆躲避，被起义军队捕获，押往陆军讲武堂，后被枪杀。清廷谕旨追赠巡抚，照巡抚阵亡例，从优赐恤，予谥"忠愍"。其子祖英，以员外郎任用。

六、李根源经略滇西

辛亥革命爆发后，"五族共和"成为当时"最普遍的观念"，为最大多数人所接受。云南是少数民族众多的省份，云南军都督府根据云南的情况，将各省起义的宗旨修订为"使汉、回、满、蒙、藏、夷、苗各种族结合一体，维持共和"。同时宣布云南的政纲为"联合中国各民族，构造统一之国家，改良政治，发达民权，汉、回、蒙、满、藏、夷、苗各族视同一体"。纲领确定后，下一步就是如何治理云南广大的边疆民族地区。

云南军都督府治理少数民族地区，首先遇到的仍是清末以来的"改土归流"问题。1911年12月，李根源率师西上处理大理与永昌问题，针对腾越起义领导人干崖宣抚使刀安仁，曾与军政府多次讨论到"改土归流"问题，提出两个解决方案。

李根源

其一，武力"改土归流"，一劳永逸。计划出动军队，只要两个月的时间，就可平定腾永诸土司及怒俅之地。但军队出动前，需要先向外国人（指英国）声明，要求他们不要侵犯云南边境，不要收纳叛逃的土司。地方平定后，马上进行政治设治，在南甸宣抚司地设一县，干崖宣抚司地设一县（蛮允划入该县管辖），陇川宣抚司地设一县，猛卯安抚司地设一县，遮放宣抚司地设一县，芒市安抚司地设一县（猛板土千总地划入该县管辖）。在怒俅地区，将六库、老窝、登埂、鲁掌、卯照五个土司管辖的范围，设为一县。

其二，沿袭土司旧职，设置行政委员。计划在各土司地区设立行政委员，逐渐收回土司的司法裁判权，然后清查户口，开垦荒地，大兴教育，安抚少数民族民众。得到少数民族民众的支持后，逐渐将各级行政机构广为设置。这样，虽然保留了土司的名号，实际上建立了县级流官政权。

1912 年 3 月 18 日，蔡锷致电赵藩和李根源，认为"改土归流"一事必须审慎，听说滇西各土司知道即将"改土归流"的消息，已经私下联系，意图反抗。军政府担心他们铤而走险，寻求外国的庇护，这就成为为渊驱鱼，反而会酿成外交纠纷。因此，稳健的办法只能先从教育和司法裁判入手，安抚羁縻各土司，慢慢限制他们

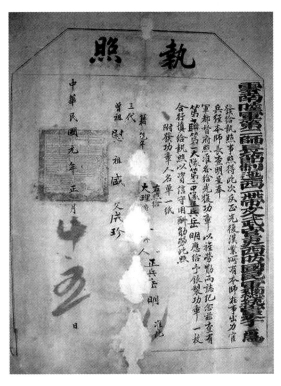

李根源颁发给正兵岳明的"银质光复奖章执照"

的权力，争取少数民族民众的支持，为以后"改土归流"做好准备。

4 月 10 日，蔡锷又因为刀安仁事件，向内务部和各大报馆发布通电，声称："云南沿边土司大小五十余处，割据自雄，凌虐土民，暗无天日，土民铤而走险，辄酿外交。现全国同享共和，而土族犹沉黑暗。为大局计，为国防计，不能不筹议改流。惟幅员辽阔，兼顾不易。不兼顾则此牵彼动，其难一。边地多系瘴乡，人咸裹足，诸不应手，其难二。极边各处，异言异服，骤言治理，适形捍格，其难三。故取渐进主义，以振兴教育、收揽法权、代清财政为主，济之以平治道路、奖励开垦、试办警察、提倡实业。行之数年，潜移默化，不改之改，收效较易。迭经电商李师长，现即抱定此旨，办理渐有头绪，□亦甚相安。前因内务部电询对于土司采用何策，当将此意详陈。"

云南军都督府逐步明确了对沿边土司采取渐进主义政策，不同程度上推行了以存土置流为主的"不改之改"措施，在保留土司制度的同时，设置了

一套自成系统的流官政权，普遍确立了土流并治的统治形式。

在腾永土司地区，李根源在南甸、干崖、陇川、猛卯、遮放、芒市诸土司地，各设行政委员一人，又在其中交通要冲和商业繁盛之地，增设巡捕员四人，辅助行政委员。在怒俅地区，经略时间较长。李根源成立了拓边队，以任宗熙为委员长，景绍武为副委员长，于1912年4月分道进入怒江，遭到各民族头人和群众的围攻和阻拦，于是拓边队采取武力，"夷渐畏服，陆续归诚"。此后，云南军都督府任命姚春魁为怒俅边务总办，在兰坪营盘设"怒俅殖边总局"。6月，李根源将拓边队改为殖边队，以任宗熙为第一队队长，景绍武为第二队队长，何泽远为第三队队长，分别向知子罗、知子罗下段和菖蒲桶白汉洛进发。8月，又将殖边队改为殖边营，分四队分道经营，仍然遭到各少数民族的反抗。于是殖边营调整政策，一面逐渐将殖边营变成行政机构，一面利用当地头人、蓄奴主之间的矛盾，分化和瓦解奴隶部落和氏族集团，以武力和行政手段实行"开笼放雀"政策，使奴隶向殖边营靠拢，逐渐控制了整个怒江地区。其后，云南省政府下令设立了菖蒲桶、上帕、知子罗三个殖边公署，建立起了行政机构。六库、老窝、登埂、鲁掌、卯照等地，则设治建立了泸水县。

李根源积极经略滇西，取得了一定的成绩，引起了英国的嫉恨和不满。英国驻腾越领事横加干涉，曾照会云南军都督府，认为李根源在滇西，"权力无限，外人不宜前往大理"。云南军都督府进行了反驳，声称云南地方安静，传教士来往自由，李根源并无反对外国人之意，他在滇西所办事项，是其职权内的正当行为，希望英国领事不要误会。此后，李根源又派人抓捕了英军进入片马的向导，英国驻腾越领事"大忿"，积极谋划将李根源及赵藩调离滇西。除向云南军都督府施加压力外，还致电驻北京的英国公使，向民国外交部控告李根源等。云南军都督府据理力争，坚持不允，只将抓捕英军向导的士兵处理了事。但事隔不久，李根源和赵藩均先后解职，离开了滇西。

为纪念云南军都督府殖边队进驻怒江，1912年阴历七月中旬，筹办怒俅边务正委员长任宗熙等在福贡上帕树立了《纪实》碑，记述了殖边队经略怒江的过程，感慨"怒地粗定。于以见天下无大难事，难得者时耳，藉使我国光复无期，尚不知开辟在何年？"同年阴历九月初九"重九"起义纪念日，各有关人员在福贡上帕树立了《同事人员纪念石》，列举了参与筹办怒俅边务的主要人员名单及其职务。而参与此役的"兵目"，则略去名姓。

七、刀安仁的遭遇

　　　　　　边塞伟男，辛亥义举冠遇春；
　　　　　　中华精英，癸丑同恸悲屈子。
　　二十年革命成功，忧患与同，安乐莫共，鸟尽说弓藏，槛车就擒悲邓艾；
　　三百日缧囚初释，奇冤虽雪，沉郁已深，豹死留皮在，疑疏谁为颂陈汤。

　　这两幅挽联，前一幅署名孙中山，后一幅署名云南同乡会，是为追悼民国陆军上将、傣族土司刀安仁（刀沛生）而作，充分肯定了刀安仁在辛亥革命中的功绩，同时强调了他所遭受的冤屈。

　　刀安仁（1872~1913），又名郗安仁，字沛生，云南干崖（今德宏傣族景颇族自治州盈江县）第二十四任宣抚使，官名"帕荫法"，意为倚天帕氏，著名傣族民主革命先行者。光绪十七年（1891）19岁时接任干崖宣抚使职，称为"精明默静，可造之资"。早年，缅甸国王孙太子莽达拉缰括带领允社土司、孟人领土司等在干崖避难，常与刀安仁父子交谈，使刀安仁深受缅甸亡国之痛的强烈刺激。光绪十七年（1891）刀安仁刚刚袭职，英国军队侵入干崖铁壁关地区，刀安仁马上组织队伍抵抗，击退了英军的进攻，并在铁壁关大青树安营扎寨，保卫边疆。1898年中英会勘滇缅边界，由于清廷的退让，丧失了干崖、陇川、勐卯的大片土地。刀安仁抗争无效，于是满怀悲愤，用德宏傣文撰写了叙事长诗《抗英记》，表现出了强烈的近代主权国家观念。

傣族民主革命先行者——刀安仁

刀安仁之墓

1905 年，一筹莫展的刀安仁到缅甸、印度游历。在仰光期间，结识了华侨商人丘仁恩。丘仁恩见他谈吐不凡，有志仇满，便将他介绍给了后来同盟会缅甸分部的爱国华侨庄银安、徐赞周、陈甘泉等人。经过交谈，刀安仁慨然以举兵滇边为己任，并请求他们帮助物色人才。刀安仁回到干崖，创办了军国民学堂，培植军、政人才，革命党人秦力山带人到干崖军国民学堂开展工作。该年 5 月，刀安仁将校务委托给秦力山，自己带领十余名傣族男女青年赴日本留学。他拿着秦力山的介绍信，与孙中山和黄兴等认识，进入东京法政大学速成法政科学习。其弟刀安文（又名郗衍，字教生）入陆军士官学校炮科，刀宇安入法政学校，刀贵生和刀卫廷（字守安）入师范学校，刀厚英（女，又名郗立）学纺织丝绸，线小银（女，又名线江）学橡胶加工和日语），龚银团（女，又名龚澂）学印染，管子才（女）学园圃，刀白英（女，又名郗英）学栽桑养蚕。不久，刀安仁、刀安文接受了资产阶级民主革命思想，经吕志伊介绍，孙中山主盟，加入了同盟会，成为同盟会最初三年会员。

在日本期间，他安排三弟刀安善拍卖官租，汇款 3 万银元到日本，将其中 2 万银元捐赠给同盟会。1907 年，他再次通知家中拍卖官租，汇款 5 万银元到日本，除留下购买起义用的枪支、兴办实业的机器经费及回家的路费外，余者捐赠给同盟会。经日本友人宫崎寅藏介绍和帮助，他与日本东亚公司反复协商开发干崖，达成种植橡胶、裁桑养蚕、印刷、制造火柴、纺织丝绸、加工橡胶等协议合同。1908 年春，他带领日本农艺专家、轻工专家、教员及十多个技工回到干崖，以新城城西为工业区，满怀希望，逐渐举办了砖瓦厂、丝织厂，安装自来水设备，购进火柴厂、印刷厂的机器。大力发展橡胶，引种桑树、杉树等经济林木，打破了北纬 17 度以北为"橡胶禁区"的理论。开设新城银庄，发行日本承印的"纹银一两"、"纹银五两"、"纹银十两"三种面额的银票 30 万两。他还改革土司署，精简机构，设总理一人，负责全司署的一切行政事务；总理下设财政、户籍、司法、军事官员，另设堂官一人，传达命令；师爷一人，办理文牍。废除了土司出行时的全套銮驾和吹打班，改八人大轿为骑马等。

刀安仁力图以西方资本主义的模式来改革土司领地的政治、经济和文化，同时扩大宣传，邀请邻近的南甸、陇川、盏达、芒市、勐卯、遮放、潞江、户撒、腊撒 9 个土司前往考察观摩。但作为清王朝腾越厅治下的干崖宣抚使，未能处理好与腾越厅及云南各级政府的关系，并将日本人带到云南沿边地区，引起了清廷的注意和警觉，保皇派的报纸也竭力渲染刀安仁兴办工厂、制造军火、图谋造反。清政府照会日本，反对东亚公司支持刀安仁，云贵总督锡良派员询察。东亚公司以"恐影响国交"为由，废弃合同，召回专家技术人员，刀安仁的现代化改革一败涂地。这一事件中，日本政府、清廷中央、保皇派、革命派、云贵总督及各级地方政府、新闻报刊等纷纷卷入，事涉国防、外交、革命等敏感问题，由此种下了后来刀安仁悲剧的祸根。

在发展实业的同时，刀安仁与腾越张文光等联合，在干崖建立了同盟会支部，又在腾越建立了"自治同志会"，积极筹划在滇西发动武装起义。1908 年底，刀安仁配合杨振鸿密谋在永昌发动起义，事泄失败。1911 年广州起义失败后，同盟会仰光分会全力筹办滇西起义。刀安仁在腾越与张文光、刘辅国三人，组成了一个核心小组，以刀安仁为组长、张文光为副组长、刘辅国为联络员。武昌起义爆发后，10 月 27 日，腾越起义爆发，刀安仁组织的滇西国民军于 28 日赶到腾越，与在腾越的张文光配合，经过一日战斗，摧毁了清王朝对腾越的统治，建立了资产阶级民主革命的新政权——滇西军都督府，张文光为第一都督，刀安仁为第二都督。刀安仁捐出代印老军用票银 2 万两，供起义军使用。接着，腾越起义军东进大理，加速了滇西起义的进程。

就在此时，刀安仁与日本东亚公司合作兴办实业事件再次发生影响，《东方杂志》登载的文章将刀安仁领导的起义归入"边境之被动"，声称："腾越厅干崖土司刁安仁，乘滇省响应革军之际，率土勇数千人，取道永昌府黄达铺，进攻大理府。"刀安仁引起了新成立的云南军都督府的误会和嫉恨，流言四起，指责刀安仁"勒索金银"、"反抗汉人"。12 月 26 日，张文光提议，推刀安仁为滇西军政府代表，赴上海、南京报告起义经过。刀安仁离开后，云南军都督府和李根源开始追缴刀安仁所部起义军的武器，将他们驱逐回干崖，并给刀安仁加上"干涉外交"等罪名。

1912 年 2 月初，刀安仁由仰光抵达上海，并到南京晋见了孙中山。他向孙中山报告了滇西起义的情况和自己近年来的工作和遭遇，要求回干崖发展实业，开发边疆。就在这一时期，他向孙中山呈文，计划整顿腾（越）、永（昌）、龙（陵）、顺（宁）各属土司地区的行政，给土司评定品级，颁发服饰印鉴和正式公文。孙中山批示说："据该土司（指刀安仁）所陈各节，间有可行，仰候令行内务部酌核办理可以。"同时命令内务部说："此后对于各处土司行政如何改革，如何设施，皆中央政府所应有之事。合就将原呈发交该部，仰即查照酌核，转饬施行。"

此后，孙中山即将辞去临时大总统职务，临时政府准备北迁。刀安仁在上海、南京等地购买设备，等候参加了武昌起义的弟弟刀安文，一起回干崖兴办实业。3月，内务部根据云南军都督府及李根源的电报，以"煽动各宣抚使独立"、"兴夷灭汉"、"帝制自为"等罪名，将刀安仁、刀安文二人逮捕，后来移往北京监狱。9 月中旬，经孙中山等人的积极营救，刀安仁兄弟二人被放了出来，任命为中将衔陆军部谘议和少将衔陆军部谘议。但刀安仁的身体在监狱中受到严重摧残，不久病重住院。1913 年 3 月下旬，刀安仁的病情恶化，医治无效，与世长辞，享年40 岁。北京国民政府追赠他为陆军上将，并以"上将恤典"，举行了盛大的追悼大会。

刀安仁墓的文字介绍

　　而在其故乡，刀安仁的悲剧还远没有结束。由于刀安仁多次拍卖官租，支援革命，兴办实业，干崖宣抚使逐渐败落。刀安仁去世后，家乡的保守势力评价他"不忠不孝"，说他家的土司衙门是皇帝给的，可是他还要反皇帝，不忠；他典卖完了二十几代祖宗世守的土地产业，是忤逆不孝。

　　这就是一个少数民族民主革命先行者的悲剧人生。

八、蔡锷南巡

　　1912年9月上旬，蔡锷曾亲自出巡滇南防务，前往临安（今建水县）、个旧、蒙自、阿迷（今开远市）考察。但遗憾的是，有关蔡锷南巡，我们没有能够找到完整的资料记载，仅可从一些零星材料中，推测出其大概过程。而对他南巡的军事考量和国防布置，则完全付之阙如。

　　当年8月左右，云南都督府"政务较从前稍觉清简"，都督蔡锷决定外游。一方面，因为"南防重要问题毫未处理"。在此之前，蔡锷曾委派都督府军政总长罗佩金出巡南防，但罗佩金"迟迟未往"，经蔡锷多次催促，才"勉强就道"，前往蒙自住了一夜，第二天即匆匆返回。另一方面，蔡锷认为自己一年以来没有离开省城，对昆明以外各地的情形"实未能周知"，因此有必要"实地视察"，根据巡察的实际情况，采取措施，处理相关问题。滇南地区的相关人士，则有认为蔡锷是前往处理清末遗留下来的云南与英法帝国主义之间的七府矿产事宜。令人意外的是，民间特别是省城的社会舆论，却纷纷揣测蔡锷将借南巡的机会，

云南都督蔡锷

悄悄离开云南。为了澄清谣传，8月底，蔡锷专门接受了同盟会云南支部机关报《天南日报》（同盟会改组为中国国民党后，改名为《天南新报》）记者的采访，说明自己南巡的目的和意义。这恐怕是民国初年云南地方政府官员，首次通过新闻媒体，声明相关政策和有关事件真相。9月5日，《天南日报》以《蔡都督南巡之真相》为题报道了记者的采访。蔡锷以都督身份，声称外间揣测之词，毫无理由，说自己要乘机离开云南，"实属无稽之言"。指出自己对于云南"心实爱戴，可为第二桑梓"。自己与都督府同僚及全省文武官吏"亲洽无间"，"决不能为个人计"，忍心淡然离去，以致破坏云南的建设大局，损坏自己的名誉。

之后，蔡锷乘滇越铁路火车南下。9月8日在个旧"绅商学各界欢迎会"上致答词，阐明云南辛亥起义的意义、民国建立的对外意义及自己对当前全国局势的担忧。认为个旧锡矿如果开采得法，每年可以获利四五千万元。其改良的根本方法，是建立一所矿业学校，"研究开采、冶金等术，一便实地练习，二免借才异域"。作为治标的应急办法，是逐渐改变土法炼锡，广泛聘请矿冶技术人员，采用机器开采和冶炼。"一资本家之力量不足，则合众资本家以谋之"。在锡矿的销路方面，强调"以铁道为主，以马路为辅"。输出时打破滇越铁路公司的垄断地位，"价愈廉则销路愈广"，同时源源输入产品，改变矿区"米珠薪桂"的局面。如此，则十年之后，个旧地区将成为一个"黄金世界"。

9 月 10 日，蔡锷一行由个旧弯子街老厂来到蒙自。蒙自社会各界包括小学师生均列队前往三孔桥迎接。据有关人员回忆，当时蔡锷身穿短便衣服，乘坐由两名轿夫抬着的藤篾凉轿。队伍前面有五六名随从骑着高头大马开道，卫队约有五十余人，全部佩带手枪围护。前面另有两人，各抱盒子纱灯。队伍行进到西正街时，各商号燃放鞭炮欢迎。9 月 11 日，蒙自绅商学三界在南门外新戏院举行欢迎会，士绅王继林致欢迎词。蔡锷身穿全边兰呢礼服，头戴大呢礼帽，在欢迎会上致答词。他举西方英、美等国为例，阐明民国政府民主政治与晚清政府之间的区别。对于西南国防，在矿产方面，应多方开采，"货不弃地，外人则无从垂涎"；在交通方面，应广兴路政，使铁道、电车、马路逐渐发展起来，既可以使列强收敛其"铁道政策之野心"，又可以逐渐收回已经失去的路权和矿权，"作亡羊补牢之计"；在地方建设方面，广兴学校以谋教育之普及，改良警察以保地方之治安，从而实现地方自治，使其成为折冲御侮的最好工具。如果实现这一目标，云南虽然"逼处强邻，夫何畏哉"。时人回忆说，致词的时间持续了两个小时，听众约有千人。蔡锷中等身材，须紫而短，双目炯炯有神，颇有儒将风度。但他湖南人的乡音较重，"语言不大可辨"。9 月 12 日，蔡锷在蒙自军政警各界欢迎会上致答词，肯定了蒙自在国防上的重要地位和作用。他说："自前清辟为商埠，拘守一隅的蒙自，一变而为商业竞争之蒙自；自滇越铁路告成，商业竞争之蒙自，再进而为国防重要之蒙自。故蒙自之安危，直接则一省之关系，间接则一国之关系也。"他要求蒙自各界在内政外交方面力求进步，不要仅以恢复社会稳定为目的。对于国内局势，蔡锷有感而发，他批评说："自政府统一以后，南北隔阂，意见未消，政党勃兴，竞争剧烈，内则兵变频仍，外则风云日亟，阁员迭更，国务院如暂住之大旅馆。"因此，解决的办法，"惟永矢忠贞，和衷共济而已"。他将"和衷共济"上升到共和国真精神的高度，要求为公家服务的公仆们为国家服务，为共和国的主人翁——人民服务。当天，他还乘兴游览了蒙自杨家庄刘声远的别墅，并在别墅内"闩余山房"休息，与当地文人畅谈诗文。刘声远请他留文纪念，他集辑蒙自本地文人李鸿岭诗句"萧寺写经秋满叶，柴门临水稻花香"，书写留送刘声远。

应该说，蔡锷南巡滇南，开民国初年云南地方政府要员巡视边疆、加强国防建设之先例。他每到一地，都要结合当地特点，从国防、经济、教育等角度发表演说，使各界人士深受鼓舞，对于巩固云南南部边防有重要的意义。同时蔡锷心怀全国，有感而发，强调和衷共济的共和国精神，表明了自己及云南都督府的国家建设思想。

Diqizhang

第七章　新起点　新希望

Xinqidian xinxiwang

一、唐继尧的志向

唐继尧（1883～1927），字蓂赓，云南会泽县人。生于书香世家，其父名唐学曾，称为"邑中名宿"。1883 年 8 月 14 日，唐继尧出生，少时聪明好学，过目成诵。15 岁应童子试，补博士弟子员。1904 年赴昆明应试，考取云南省官费日本留学生，远行前由其父引见陈荣昌，建议他选学工科。到日本后，感觉到"工业缓不济急，不如学陆军，异日庶可为国家效用"，于是改入东京振武学校，后加入同盟会。振武学校是一所专门为学习军事的中国留学生建立，以进入日本陆军士官学校和陆军户山学校为目标的预备教育学校，由清政府与日本东亚同文会主办，不属于日本文部省，附属于日本参谋本部。创办于 1903 年 7 月，学习期限从 15 个月、18 个月改为两年、三年，军事课程分为学科和术科。1906 年 5 月，唐继尧以优异成绩从振武学校毕业，以陆军士官学校"候补生"身份，到金泽第九师团炮兵联队见习。经过严格训练，从二等兵、一等兵升到军曹（班长）。一年后，进入陆军士官学校第六期炮兵科。1908 年 12 月，从士官学校毕业。1909 年初，经朝鲜半岛、东三省、北京、天津及越南回到昆明，担任新军督练公所参谋处提调，兼任云南陆军讲武堂教官，后任新军第十九镇第三十七

出任云南都督的唐继尧

唐继尧著《东大陆主人言志录》

协第七十四标第一营管带。"重九"起义前，云南革命党人先后召开了 5 次秘密会议，唐继尧 5 次会议均参加，其中最后一次会议就是在他的寓所举行。起义过程中，唐继尧率军攻入云贵总督衙门。云南军都督府成立后，唐继尧担任参谋部、军政部次长，兼陆军讲武堂总办。1912 年初云南组成北伐军，唐继尧任司令，率军援黔。1912 年 5 月 10 日，任贵州都督。1913 年 9 月，蔡锷辞去云南都督职务，推荐唐继尧继任。9 月 28 日，北京临时大总统发布命令，任命唐继尧为云南都督。

唐继尧志向远大，周钟嶽先生称他"生而岐嶷，自少倜傥有大志"。邓之诚先生评价他"恢宏有远识"。到日本留学后，他在一颗水晶图章上镌刻了"东大陆主人"五字，以拯救苦难中的东大陆为己任。他在《会泽笔记》中直抒胸臆，袒露情怀，声称"不速使中国富强，凌驾欧美，俯视列强，枉为二十世纪之中华男儿，生何如死！""鸿鹄有志，燕雀何知？今日个人忍辱修学，所以为国家未来立富强之基础也。"1905 年夏，他写成七律《偶成》：

> 莫对青天唤奈何，扫开忧愤且狂歌。
>
> 壮心百练锄群丑，宝剑双飞碎众魔。
>
> 铸造苍生新模范，安排黄种旧山河。
>
> 澄清事业寻常事，欧亚风云亦太和。

1910 年正月，于昆明道中写成七律《偶成》：

> 磊落襟怀唱大同，昆池水浅且潜龙。
>
> 愿销天下花生苦，都入尧云舜雨中。
>
> 雄才几辈傲仑华，千古功名未足夸。
>
> 蔓草他年收拾净，江山栽遍自由花。

"重九"起义成功后，云南军都督府的领导人蔡锷、唐继尧等人，并没有将视野局限在云南。他们积极参与国家的政治和军事活动，派兵"援川"、"援黔"和"援藏"，支援全国革命，维护国家统一。在担任贵州都督期间，唐继尧"善抚循驾驭"。"二次革命"爆发后，支持袁世凯，出兵重庆，"以韬略闻于时"。回昆明就任云南都督后，立足西南，整军经武，"抱闳伟之略"，常思戮力中原，廓清海宇，以国事为己任。1915 年，他写成《七月黑龙潭养疴》：

> 江山放眼谁为主？大地茫茫任我行。

事业英雄宁有种，功名王霸总无情。

千年老树饶生意，百尺寒潭订旧盟。

举世由来平等看，誓凭肝胆照苍生！

可以说，作为一个时势英雄，唐继尧始终以国事为己任，活跃于国家政治和军事活动中。参加辛亥云南起义，率军北伐援黔，领导发动护国起义，再造共和。为实现自己"计划中未来的中国总统"梦想（一位英国领事述及唐继尧时，说"他相信自己是未来的中国总统"），不自外，不自小，以统一中国为目标，与北京国民政府、孙中山广州政府之间合纵连横，加强了云南边陲与中原内地之间政治、经济、文化的联系与凝聚，推动了中国社会的现代化发展，作出了重要的贡献。但是，为了实现这些远大目标，唐继尧排除异己，加重剥削，穷兵黩武，镇压反抗，甚至不惜大开杀戒，造成了严重的危害，受到社会各界的诟病与指责。

二、"滇军精锐冠于全国"

民国初年的滇军，产生过重大的影响，具有崇高的威望。蔡锷曾评价说："滇军精锐冠于全国。"1929 年，学者文公直编著《最近三十年中国军事史》，几乎重复了相同的评价："滇军之精锐雄武，则为当时之第一流军队。"可以说，这种认识在民国年间的中国，包括云南省内，几乎是一种共识。

为什么会有这样众口一词的认识呢？

首先，滇军的人数。清末编成陆军第十九镇时，采用募兵制，招募全省各地年龄在 20～25 岁的男丁入伍，作为陆军常备军，全镇官兵共 10977 人。加上巡防营、保卫队等，全省共有军队 35849 人。士兵三年服役期满，退为续备军。"重九"起义后，据蔡锷等人的记述，滇省军备，除巡防、团队不计外，共有陆军两镇，其中一镇开赴进入四川及贵州。军都督府实行征兵制及短期兵役法，预计战时可出动军队 5 万人以上。1912 年 6 月 20 日，援川滇军回到昆明。经过筹划，将出征士兵核定为自愿退伍、自愿留队及转入巡警三类，分别发给退伍执照及退伍奖金，一次退伍大约 5000 余人。全省各州、县还组织了代表，欢迎军人退伍还乡。此后，将滇军编为第一师、第二师，每师下辖两旅，旅下改联队为团、大队为营、中队为连、小队为排，以李鸿祥、谢汝翼为师长。第一师驻省城及南防蒙自一带，第二师分驻迤西大理、迤东之昭通一带。取消辎重队，将陆军警察队改编为宪兵队四区队，每区队下辖两分队。唐继尧回滇后，整军经武，更换将领，整顿训练两师正规军队，又以治安为名，密令各县整饬地方团队。自行添编警卫团两团，以唐继禹、赵世铭为团长，并借补充警卫团

云南陆军军需局

名义，招募退伍士兵及新兵，严格训练。

其次，滇军的装备。清末陆军第十九镇装备德国克虏伯新式六八步枪8000枝、七生退管山炮54门、重机枪50挺。又有资料称购买了步枪一万七八千枝，每枝步枪配子弹1000发，机关枪是马克辛式的，都是当时最新式的武器，除北洋军之外，全国罕有。"重九"起义后，据蔡锷等人的记述，新式枪械大约足够装备两镇军队之用，旧式枪械经历年积累，可以使用的也不少。军政府还积极筹划，大力扩张兵工厂，专门生产新式枪炮子弹。唐继尧回滇后，曾秘密向德国定购了二百余万元的武器，可惜因第一次世界大战爆发，只有一部分起运来中国，被袁世凯侦知后扣留。1915年春夏，借举办陆军模范团的名义，向北京政府参谋部次长唐在礼，诓赚来部分枪械和弹药。九月上旬，又以准备秋操为名，派军需课长缪嘉寿、兵工厂长赵伸，前往日本购军火，赶运回云南。同时密令兵工厂修理旧

枪械，赶造子弹。

云南陆军医院

云南陆军征兵事务所

关于滇军作战时的装备，援川军出发时有详细记载。

第一梯团配置最为整齐，有步兵五大队，骑兵五中队，炮兵三中队，机关枪六挺，还有卫生队、弹药队、粮饷队和电信队。步枪每杆携带子弹一百五十发，马枪六十发，机关枪每挺四千八百发，炮每尊携带炮弹五千发。出发前三天需要

云南陆军兵站总监本部

马匹柒百零三匹。

第二梯团有步兵四大队，炮兵一大队，机关枪一大队，马四十骑，卫生队一中队，还有弹药队、粮饷队和电信队。司令部及标本部携带子弹二千八百发，步队每营八万发，马队四千五百发，炮队携带炮弹四百发及小枪弹，机关枪队携带机关枪子弹一万九千二百发及小枪弹，弹药纵列携带炮弹七百八十四发，小枪弹二十二万五千发，机关枪弹四万另八百发。共需马匹柒百叁拾叁匹。

其三，滇军的将领。辛亥革命后，留日士官生成为军队的高级将领，大多升任团长以上职务。云南陆军讲武堂毕业的学生，也大多升任营长以上职务。他们都参加了辛亥革命中的各地起义，有的参加了援川军、援黔军及西征军的军事行动，积累了丰富的实战及指挥经验。文公直称滇军的高级将领多是后来"战争中之有名人物"，讲武堂学生与军队中下级军官"亦多特出之士"，可以说是"济济多士"。历史学家邓之诚评价说："（罗）佩金有才，（李）根源有谋，（殷）承瓛精综核，（谢）汝翼、（李）鸿祥质直有勇"。唐继尧回滇后，认为军队尚可以临时添募，将领则必须平时造就。他一面庇护勉慰叶荃、黄毓成、赵复祥、罗佩金、

云南军人之刺枪击剑

云南陆军步兵操演之营横队

云南陆军步兵操演之散兵教练

云南陆军骑兵操演之连横队

顾品珍、刘云峰等，一面积极扩充云南陆军讲武学校，选取部分赋闲军官及测量班学员，到讲武学校补习，"以备任使"。唐继尧亲自授课，设立将校讲习会，要求各旅团营军官入会，定期集合学习。

民国初年的滇军将领，可谓群星灿烂，英雄辈出，极一时人才之盛。对此，参加领导护国起义的滇军高级将领李烈钧将军深有感触，他在 1932 年护国起义纪

云南陆军骑兵操演之马上体操

云南陆军炮兵操演之连横队

云南陆军炮兵操演之射击

云南陆军机关枪兵操演之射击

云南陆军机关枪兵操演之肩枪教练

云南陆军工兵操演之施放地雷

云南陆军工兵操演之构筑散兵壕

念日，感于日寇猖獗，国事艰难，深切缅怀早年共事的西南英雄，赋诗《云南首义纪念日》云：

> 金碧驰驱忆昔年，滇黔鼙鼓上云天。
>
> 义声远播幽燕功，那得唐刘再戍边。

"唐"指唐继尧，"刘"指贵州都督刘显世。1936年护国起义纪念日，又赋《七绝》云：

> 昔年鼙鼓震南天，此际贼氛漫北燕。
>
> 若使滇黔诸将在，同心御寇定争先。

其四，滇军的精神，这是民国初年滇军战无不胜的最核心因素。自清末以来，云南处在英、法环伺之下，各族青年产生了强烈的亡国亡省忧患意识，并且日积月累。许多人留学日本，又受到了资产阶级民主革命思想的教育。云南陆军讲武堂"坚忍刻苦"四字校训也产生了重要影响。辛亥革命中，云南军人广泛受到了民主革命思想的熏陶和革命斗争的锻炼，渴望参与国家的政治和军事活动，以维护民主共和及国家统一为己任，具有高昂的爱国热情及革命觉悟。这是一支有

云南陆军宪兵横队

云南军乐队

云南军人课外种稻

云南全省团保总局

"思想"的军队，也是一支有"理想"的军队，他们在战争中知道为什么而战，为谁而战，因而能所向无敌。当援川军从昆明出发时，云南军都督府各界及在昆明的四川人都到郊外欢送，男女学界向出征军士赠送纪念品，"士气风发，无复古昔从军苦之叹"。北伐援黔军从昆明出发时，各街铺户，悬挂五色国旗，军政学绅商各界人士，前往欢送。省议会及女子爱国协会，向出征军士赠送纪念白巾，学生们列队欢送，"称觞祝捷，高呼万岁"。出征官兵感于仪式隆重，"精神倍振"。看到学界旗帜上"不平胡虏，请勿生还"八个大字，不禁"悚然自励"。

文公直曾评论说，滇军"军容之整肃，实为西南各省之冠，北洋军亦有所不及"。甚至英、法等国派往云南的秘密侦探，"咸震于滇军之精神"，也向他们的国家提出报告，希望引起注意。而滇、黔、川、湘等地的普通民众，则用这样的诗句来形容滇军：

> 头戴红边边，到处戳通天。
>
> 身穿二尺五，如狼又似虎。

诗中虽对滇军骚扰民间略有微辞，但客观上也反映了这支军队四处横冲直撞、勇猛无畏，敢于将天戳通的精神。

三、开启"唐继尧时代"

1913年11月1日，唐继尧移交了贵州都督的职责，3日率滇军起程回云南。路上赋《偶成》七律诗二首，感慨"历史千秋留泡影，神州百战尽蜗争。疮痍满地何年补，惭愧前途父老迎。"25日回到昆明，12月初正式接任云南都督，发表《答谢父老欢迎书》，表示自己"受命以来，益深悚惕"，但"怀梓桑必教之情，责无旁贷。……利国福民，夙切匡时之志。窃愿与邦人诸权和衷共济，一致进行。庶上以副中央倚畀之重，下以酬父老期望之殷"。

刚上任的唐继尧感到云南与两年前相比，已经有了很大的变化，"雨旸不时，盗贼滋炽，地多伏莽，民鲜益藏"。省库存款仅有五十九万余元，只够一个月的经费。因此，当务之急是如何维持财政，稳定政局，然后进行建设。但让他没有想

云南省公署

到的是，12月8日，大理地区爆发了杨春魁兵变，给了他当头一棒。杨春魁，原名杨澧，字辉五，大理城内人。早年任驻大理陆军第七十六标司书，随部移驻腾冲，参加了张文光领导的腾越起义，后来成为大理哥老会的首领。由于云南军都督府连年用兵，征收粮税、捐税等过重，加以严厉打击哥老会等会党，杨春魁率领哥老会及驻大理陆军第三营、第一营发动兵变，"声称奉孙文、李根源等命令，二次革命"。控制了大理全城，建立了云南同盟独立总机关部和云南迤西总司令部，杨春魁任总司令。唐继尧秉承北京政府参谋本部及陆军部的命令，派迤西镇守使谢汝翼及旅长韩凤楼、团长赵钟奇率兵西上，进行镇压。12月23日，谢汝翼所部攻占大理，杨春魁等人弃城出走，24日死于大理城郊，余部溃散。此后，唐继尧、谢汝翼等对大理驻军进行了整顿，恢复地方秩序。受牵连的李根源被迫逃亡日本，张文光被枪杀于腾冲硫磺塘温泉。1914年4月，滇南临安（今建水）又发生了兵变，叛军攻占了临安县衙署、富滇银行分理处等。唐继尧奉北京政府参谋本部及陆军部的命令，派兵镇压，迅速平定。

经过两次兵变，唐继尧乘机整顿全省军政，清除异己，以顾品珍、沈汪度为第一、第二师师长，巩固了在全省的统治。

半年后，唐继尧奉命兼任云南巡按使，兼理民政。于是向全省发布布告，声称"以身许滇，凡可以为吾滇民兴利而除弊者，誓必竭心力以为之，而不敢稍负职守"。

唐继尧治理云南，前人大多强调其"袭（蔡）锷成规"，具体内容有以下几方面。

改革官制。1914年，北京政府进行官制改革，倡导军民分治，各省都督改名为将军，另设巡按使管理民政。将军行署内设参谋、秘书、副官三处，军务、军需、军法、军医四课。颁行道官制、县官制，裁撤地方政府中府、厅、州及直隶州、直隶厅等机构，实行省、道、县三级行政制度。改迤西道为腾越道，兼管滇西北、滇西边务；迤南道为普洱道，兼管滇西南、滇南边务；临开广道为蒙自道，兼管滇南、滇东南边务。

整顿吏治。严格考核全省县知事，撤换不称职的官员。县知事的选拔，首选通过县知事考试及保荐免考的合格人员。如果人员紧缺，也可选择具有与县知事相当的资格，又有丰富政治经验的人员。

民国年间大观公园内的唐继尧铜像

民国年间圆通山上的唐继尧墓

肃清匪患。与署民政长李鸿祥一起，出动军警，分路剿捕。在全省各地编练警备队，酌定人数、饷项，详细订立章程。在治安混乱的重要地区，设立游击队，分区巡察，以资保卫。设立保甲，安抚退伍军人，加强与其他省接壤地区的缉捕

今圆通山上的唐继尧墓

工作。

振兴实业。首先，支持滇蜀铁路公司与个旧股东组成官商合办的"个碧石铁路股份有限公司"，发行股票，集资修筑个碧石铁路，于1915年开工。其次，采取四项措施，整顿个旧锡矿：1. 筹款接济。2. 筹集巨款，组设锡务公司。3. 设立云南个旧砂丁局，办理个旧砂丁事务，解决劳资纠纷。4. 引进先进技术，采取新法采锡，解决了大锡精炼的问题。其三，平息东川等铜矿矿工暴动，整顿铜业，鼓励商人投资兴矿。其四，兴办自来水厂，设立蚕桑学校和蚕桑培训班，发展云南蚕桑业。

注重教育与文化。报请北京政府，请求对云南中等程度的学校，仍由国家拨款维持。加

个碧石铁路公司

个碧石铁路的寸轨机车

派学生出国留学，据统计，仅 1914 年至 1915 年云南留学生人数，就超过了以往留学生人数的总和。设立"辑刻《云南丛书》处"，聘请赵藩、陈荣昌任总纂和名誉总纂，由云龙、周钟嶽、唐尔镛任总经理，孙光庭、李坤、袁嘉毅、席聘臣、秦光玉等任编纂审查员，编辑印行《云南丛书》初编 152 种，1148 卷，《云南丛书》二编 53 种，254 卷，保存了大量珍贵的地方文献。

四、庾恩旸巡视普防

旌麾迢遞入他郎，珂里新开画锦堂。

画出筹边根本计，不忘敦俗劝农桑。

这首诗，是云南开武将军行署顾问、昆明文人李坤（字厚安）所作，肯定民国初年行署参谋长庾恩旸巡视普防（今普洱市及西双版纳防务）的作用与意义。

云南开武将军行署参谋长庾恩旸

庾恩旸（1883～1918），原名恩赐，留学日本时改名恩旸，字泽普，一字执右，别号墨江枫渔，他郎厅（今墨江县）碧溪镇人。幼时父母双亡，由哥哥教育成长。1902年入普洱中学，后考入云南省高等学堂。1904年考取日本留学生，入振武学校，加入同盟会。毕业后到广岛第五联队炮科练习，期满入陆军士官学校，1908年毕业，又到广岛第五联队见习。1909年奉调回滇，任陆军第十九镇炮队第十九标教练官，参与筹办云南陆军讲武堂。第十九镇随营学堂成立后，兼任两学堂管教。后调任炮队第一营管带，仍兼讲武堂教官。昆明"重九"起义时，与唐继尧、罗佩金率军攻打云贵总督署。起义成功后，任云南军都督府参谋部部长、云南北伐军总参谋长。唐继尧任贵州都督时，出任黔军总参谋长，兼任贵州讲武学校校长及军务处长。后随唐继尧回昆明，任云南陆军讲武学校校长及都督府高等顾问，授陆军中将衔。1914年5月，任警备总司令部总参议官，7月，任开武将军行署参谋长。护国起义时期，任军政厅长兼宪兵司令，兼任参谋厅长，后任督军公署总参谋长兼第三师师长。1917年任第三卫戍区总司令、靖国军第三军总司令，兼任靖国联军总司令部参赞。1918年2月18日，率靖国军第三军至贵州毕节，被刺身亡，时年35岁，追授陆军上将。著有《云南首义拥护共和始末记》、《中华护国三杰传》、《云南普防巡阅管见录》、《庾枫渔诗集》等。

1915年1月，庾恩旸以开武将军行署参谋长身份，任普防巡阅使，代开武将军唐继尧巡视普防各地方。普防巡阅使巡阅区域，以普洱道尹所辖全境为范围，包括思茅、元江、宁洱、景谷、景东、他郎等县及普思沿边行政总局所辖七个行政分局。

庾恩旸为什么要于此时代替唐继尧巡视普防呢？

唐继尧通过各种策略和措施稳定了在云南的统治后，下一步就是如何加强对边疆少数民族地区的控制，以巩固西南国防。他沿用了蔡锷派李根源西巡及亲自南巡蒙自的做法，计划赴南防巡视，整顿边务，整饬吏治。1914 年 7 月 5 日，唐继尧乘滇越铁路火车南巡，因事于中途停止，两天后返回。该年冬，唐继尧再次南巡，写有《甲寅冬月南巡》诗三首。

唐继尧从滇南返回昆明后，计划继续巡视西防和普防，但都因事未能成行。于是"以西南边防重要，特电准中枢，特派专员巡阅"。1915 年春，以大总统名义派云南巡按使任可澄巡视南防，派陆

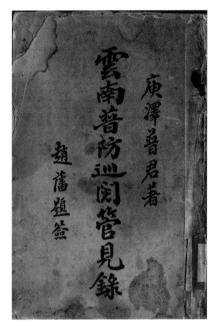

庾恩旸著《云南普防巡阅管见录》

军第一师师长张子贞代替唐继尧巡视西防，派开武将军行署参谋长庾恩旸代为巡阅普防。任可澄"往返百余日，周历数千里。轺车所过，赴愬（诉）者尘集"。可惜与张子贞西巡一样，其过程和经历不得而知。庾恩旸"搜军实，诘奸暴，问疾苦，安边圉"，4 个月后返回昆明，其经历及所开展的工作，有详细的记载。

庾恩旸制定《普防巡阅条例》，内容是："第一条，普防巡阅使，代将军巡视普防各地方。第二条，普防巡阅使巡视区域，以普洱道尹所辖全境为率。第三条，巡阅使之下，设职员如左：一、参谋；二、副官；三、秘书；四、军需；五、军法；六、军医；七、随员。第四条，巡阅使之职权如左：一、校阅陆军；二、考查警备及团防情形；三、考查边防情形；四、惩治盗匪，并筹弥盗方法；五、讯访民间疾苦，并抚循军民；六、关于地方公益及民刑诉讼事件，得批饬该管地方官处理之。第五条，凡属于第四条各项事件，除关系重大者，仍随时详请将军核示外，巡阅使得径行处断后详报将军，或详请咨明巡按使备考。第六条，巡阅使执行第四条各职权，遇必要时得咨行道

尹，或径饬各县知事及军警团防，为相当之处置。第七条，本条例由将军核准施行。"接着，庾恩旸以普防巡阅使名义，向普防各警备队长、各县知事、各行政委员发布了《通饬普防各官员文》，声明巡阅内容是"所有军队是否精良、边围是否靖谧、人民有何疾苦、盗匪如何惩除"。下令所经过地方的县知事按照粮秣单，"如数购置，由本行营军需处，照市给价"。此后又先后发布《晓谕普防各属文》、《布告普防各属文》等。

1月29日，庾恩旸等率队从开武将军行署出发，唐继尧及各军政机关长官在三元宫送行，陆军少校以上军官列队欢送。当天巡阅使率队及步兵第七连行军到呈贡，县知事、警察区巡长等在城外列队欢迎，宿营后县知事率绅董教员谒见。调查呈贡户口、气候、学校、警察、地方贫富、人民疾苦、风俗习惯、盗贼、军队给养、禁烟、商务、实业、道路交通、河川、沿途高地、应兴应革事宜。此后，经晋宁、休纳、嶍峨、新平、青龙厂、元江，于2月13日到达他郎（今墨江）。各地官员接待情形，沿途调查内容大致相同。2月19日从他郎出发，经通关、磨黑、普洱，于2月28日到达思茅。沿途集合警备队士兵操演，检查枪支，先后发布《示谕新平县属振兴水利文》、《通饬普防各属县知事弥盗文》、《批示普防各土司禀请承袭文》等，又在普洱省立第四师范学校及普洱道小学教员讲习所发布训词，向普防各属两等小学校学生发表演说，向普防各属女子两等小学校学生发布训词。庾恩旸到达普洱时，施放陆军礼炮十九响，巡阅使行辕大门上悬挂对联云：

巡功书大有年，于今可见，禁暴奸以固封疆，胸贮甲兵，掌运经纶，考察纵横八千里，三载治乱安危，边氓喜盗弥商通，人和岁稔；

阅民得名上将，自古罕闻，振木铎而安版纳，注意闾阎，关心桑梓，咨询内外数十县，万姓艰难疾苦，到处皆整经肃武，问俗观风。

到达思茅时，普洱道尹兼思茅关监督刘钧率地方官绅和各界代表在东城外列队欢迎，施放陆军礼炮十三响，巡阅使署宿营于城内高等小学校。在思茅期间，曾由商务总理陪同赴"雷永丰"茶号，参观制茶作业过程。其时恰逢越南边境有事，关系外交，庾恩旸坐镇思茅，分兵策应，使政府无南顾之忧。4月，他郎县官绅立《陆军中将、开武将军行署参谋长云南普防巡阅使泽普庾公纪念碑》，以示纪念。

庚恩旸的巡阅工作结束后，提出了以下整顿意见。

防务方面：1. 未定界务亟宜勘定，已定界务亟宜设法维持；2. 普防各边地须添驻重兵，思普宜派大员镇守；3. 普防沿边各土司地亟宜屯垦；4. 普防各边地亟宜调查测绘。

内务方面：1. 勐烈亟宜设县，镇沅、景谷县治宜另移地点；2. 普防各属烟禁亟宜严厉施行；3. 普防各属水利亟宜克日振兴；4. 普防大道亟宜修理，桥梁亟宜建设。

教育方面：1. 普防各属亟宜设联合中学，俾高等小学毕业生有升学之阶；2. 普洱各属亟宜添设女子师范，以储各县女子小学之师资；3. 普防各属私塾亟宜即时改良。

实业方面：1. 普防各属实业应因地制宜，由振兴土货入手；2. 澜沧县西盟山等处金银矿产，亟宜开采；3. 他郎县内接近勐烈之勐野盐井，亟宜开采。

弭盗方面：1. 普防各属保卫团，亟宜赶办成立；2. 普防各属警备队，亟宜改良；3. 普防各属警察，亟宜整顿；4. 各属退伍兵，亟宜调治裁制；5. 普防各属劣绅，亟宜惩办。

五、柯树勋治理西双版纳

庚恩旸巡阅普防期间，收到普思沿边行政总局（今西双版纳）易武土职伍树勋、整董土职召国顺、六顺土职刀继善、勐旺土职召国藩、竜得土职叶桂芳、勐仑土职召鋆翁、橄榄坝土职召拉札翁等七人的报告，否定各区行政委员的设置，要求恢复土司承袭，庚恩旸予以严词拒绝。

这一事件的发生，由当时柯树勋开发西双版纳所引起。

柯树勋（1862～1926），字绩臣，广西柳州人。19岁投身军旅，参与镇压同盟会发动的河口起义，升任铁路巡防营管带。光绪三十四年（1908），西双版纳爆发了勐遮、六顺、顶真三土司与勐海、勐混土司及景洪宣慰使司之间的战争，经宣慰使呈报，云南省政府派兵进入西双版纳，与勐遮、顶真等土司进行了激烈的战斗，双方互有胜负。1910 年（宣统二年）1 月，云贵总督署派柯树勋率军到勐海增援。5 月，柯树勋平定了勐遮、勐海之间的战争，督带第五营驻守顶真、勐遮，"招抚夷民归田"。1911 年（宣统三年），思茅厅同知黎肇元议请将西双版纳"改土归流"，"分勐遮、顶真、勐混、勐海、勐阿为五区，出示变卖田地，议设一厅三县，骆负图、陈兆廉、阳荣辉、周世清、邹位灿，均充编户，招垦员弁，抽花茶捐助费"。后因黎肇元、周世清等先后因瘴气去世，"改土归流"的计划停止。

柯树勋

1912 年 1 月，云南军都督府任命督办边防各营柯树勋为思茅厅同知，兼副营务处。不久，都督蔡锷任命他督办勐遮、顶真等五勐善后事宜，督带边防各营，分段派人接办编户。柯树勋设善后总局于车里，以邹位灿为帮办，驻勐遮，委李谭、黎祚、陈锦昌、陆廉、唐建臣等为

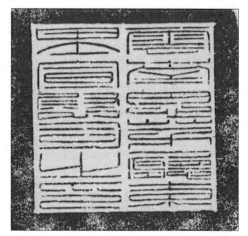

云南督军唐继尧颁给车里宣慰使司的木印

编户员。7 月，勐遮、顶真等五勐编户完成，柯树勋向都督府提出治边十二条，内容包括改土归流、筹款、官守、诉讼、交涉、实业、国币、通商、学堂、邮电、招垦、练兵。云南军都督府民政司兼司法司接到报告后，认为柯树勋提出的治边措施"多中肯綮"。同意划分区域，派官镇守，分设弹压委员。但"改土归流"一事，应当暂缓实行，分别对待，实行土流并治。

1913 年 1 月，柯树勋在车里成立普思沿边行政总局，云南军都督府委任柯树勋为总局长。其下分设司法、教育、实业、财政、交涉、翻译各科，先

设勐遮、勐海、勐阿三行政委员，并召集各勐土司叭目会议，就权限、户口、征捐、折工、税银、外交、学堂、垦殖、婚姻、守法、住房、薙发、奖励等订立章程。9月，将西双版纳划为八个行政区。第一区驻车里，柯树勋兼行政委员；第二区驻勐遮，李谭为行政委员；第三区驻勐混，陈钺为行政委员，第四区驻大勐笼，周国华为行政委员；第五区驻勐腊，何树堃为行政委员；第六区驻易武，何光汉为行政委员；第七区驻普文，何瑛为行政委员；第八区驻关房，石云章为行政委员。各区分设书记、翻译、法警，行政委员与土司共同议政。

柯树勋进入西双版纳，平定勐遮、勐海土司之间的战争，阻止了英国"企图利用土司内部矛盾，分裂我国边疆的阴谋"。此后对宣慰和各勐土司、叭目进行优抚笼络，采取措施发展经济、文化，巩固边防，对于增进边疆与内地的联系起到了重要的作用。

但柯树勋的开发政策也引起了西双版纳各傣族土司的不满和反抗，因此1915年庚恩旸出巡普防时，才发生了易武、橄榄坝等土职要求恢复承袭的事件。为了使他们"开拓眼界，增进见识。使知中国之伟大而泯其夜郎之念，以奠沿边于磐石之安"。1923年2月，柯树勋召集召片领刀承恩、各勐土司头人、各区行政委员在行政总局会议室开会，商讨各土司头人到昆明晋见督军唐继尧一事。但各勐土司头人疑虑重重，经过柯树勋反复劝说，长期努力，克服重重阻碍，各勐土司头人才略有领悟，勉强同意。于是柯树勋广为征集沿边土特产，选定各勐晋省人员，规定大勐土司头人5人，随行人员10人，中勐土司头人4人，随行人员6人，小勐土司头人3人，随行人员5人。全体人员确定后，先到各土司团集中，举行送行的拴线仪式。

1923年6月，柯树勋带领荫袭宣慰使刀栋梁、各勐土司、叭目、团首及随行人员共120余人（或说200余人），前往昆明，谒见唐继尧，被称为"云南最早的少数民族观光团"。柯树勋乘坐16人抬的大轿，师爷、秘书乘坐2人抬的滑竿，刀栋梁及各土司头人骑马，随行人员步行，在百姓的欢送下渡江北去。沿途宿小勐养、关坪、景乐寨、普文、麻栗坪，到思茅后休息了10天。然后宿那贺里，到普洱后休息了7天。之后宿把边江、通关、露水井、张洛坪、墨江、湾那、元江、荫远坝、青龙厂、坡角、扬武、峨山、玉

柯树勋率领的西双版纳土司、头人晋省观光团
前排左起第三人为宣慰使刀栋梁，第五人为柯树勋

溪。因时逢雨季，"一路凄风苦雨，备受淋漓"，于7月20日抵达昆阳。21日，部分随从及官兵留住昆阳，步行前进。柯树勋率刀栋梁等所有土司头人70余人，乘坐滇池小火轮到达大观楼码头，行程共计40余日。省政府派来招待人员，安排他们住在城内右家巷招待所（或说顺城街天成堆客栈）。柯树勋派人到云南省公署报到，省公署派人到客栈慰问和关照，要求他们耐心等待唐继尧的接见。

8月9日，唐继尧在省公署光复楼召见柯树勋，历时三小时。柯树勋向他汇报了多年来的治边政绩，得到唐继尧的肯定和赞赏，之后设宴招待。8月19日，刀栋梁与土司代表李谭、翻译李梦弼等押送礼品到省公署，计犀角一对、象牙一对、包金镂花缅刀一对、包银镂花缅刀八对、虎皮四张、鹿茸四架、银质槟榔盒大小十六个及其他土特产品。又据傣文资料记载，行前准备的礼物有：象牙十对，上等鹿茸百架，虎骨虎皮百套，花毯百床，烟土千两，象牙柄长短刀各百把，熊胆千个，银持槟榔盒（大号）百个，其他土特产甚

柯树勋（二排正中戴帽者）与各土司代表参观东陆大学

多。沿途由乐队引导，绕街过市，各界人士相迎，观者如堵。唐继尧指令总务处按礼单全部收下，并将犀角、象牙等贵重礼品送到博物馆陈列，以垂永久。

8月20日，经过事先的操练演习，柯树勋率刀栋梁及各勐土司、叭目、团首共41人，整队前往省公署。光复楼前排列千余人的戎装仪仗队，军容整肃，隆重欢迎。柯树勋等先到光复楼后面的操场，参观机关枪射击表演和其他机炮装卸操作技术表演。午后1时，唐继尧率省署内务、财政、军政、外交、交通、教育、实业、司法等8司司长，在光复楼礼堂召见。唐继尧居中站立，迎宾乐队奏乐，柯树勋致词云："普思沿边行政总局长柯树勋，谨率十二版纳各勐土司头人随员等，向督军行觐见礼。"全体人员向唐继尧行三鞠躬礼，唐继尧还礼如仪。礼毕，乐队奏乐，唐继尧分别向各土司、叭目、团首赠以一二三等靖国奖章一枚，唐继尧照片一帧。

仪式结束后，全体人员到光复楼大讲堂会茶。唐继尧训话，大旨以沿边界于英、法、暹罗三强国之间，实为全滇重要门户。企盼各土司头人叭目团首等，各秉爱国热忱，佐助柯树勋总局长办理沿边一切重要政务，使沿边渐进文明，固若磐石，不致为强邻虎视鲸吞，则不惟本省长及全滇所利赖，即全国亦有厚望焉。训话之后，设宴招待。

从 8 月 21 日起，柯树勋等人先后参观了云南陆军讲武学校各部门兵种及教练空炮战斗演习、北教场近卫大队约千人实弹射击、东陆大学、省立第一中学、联合师范学校、成德中学、女子师范学校及女子中学、高等师范学校、巫家坝飞机场及各种飞行投弹表演、钱局街造币厂、省无线电台开幕典礼、求实小学、市立第五小学、红十字会等。所到之处，受到各机关团体民众的热烈欢迎，并摄影纪念。没有安排参观时，观光团成员就自行安排游览街市和风景名胜，唐继尧还在滇剧园群舞台宴请他们，同时观看戏剧演出。

10 月底，唐继尧批示了柯树勋及西双版纳各土司所请事项，批准西双版纳设立团练。委任宣慰使刀栋梁为地方保卫团团长，勐混土司代办刀栋才、勐拉土司刀盛珩、勐遮土司刀忠良为副团长，各勐土司均按大勐、小勐及等级分别委为营长、连长、排长等职，各随员也视其官职分别委任为连长、副连长、排长、副排长等职。并向各土司头人和随员颁发了佩有肩、领章的绿色毛呢军服一套，佩剑一把，皮带一条。团长、副团长则各赠送驳壳枪一支，对于未能前来昆明晋见的老宣慰使刀承恩，及其他土司头人，也各赠送了相同的礼物，由柯树勋带回，分别转发。

11 月 1 日起，唐继尧暨省署各机关相继设宴饯行。11 月 9 日，柯树勋等离开昆明，沿途有时休息 5 天或 10 天不等，行程 50 余天，于 12 月 28 日返抵车里。他们回到小勐养后，刀栋梁派人到召片领司署报讯。刀承恩得知长子和柯树勋总局长已经回来，当即命令波勐（传达官）击鼓通知议事庭头人集中，商量迎接事项。派人通知曼景兰、曼蚌囡、曼阁、曼德等寨头人和百姓做好迎接准备。除在队伍所经之处搞好清洁卫生，还按迎佛仪式在道路两旁栽上芭蕉树和甘蔗，在江边渡口搭彩棚，扎牌坊。召片领及司署议事庭、村寨头人、百姓约 400 人，身穿节日盛装，敲锣打鼓到江边迎接。柯树勋一行坐船渡江回到西岸，刀栋梁和各土司头人身穿唐继尧颁发的军服，精神抖擞地走来，受到人们的热烈欢迎，为这次具有重要意义的省城观光活动画上了圆满的句号。

六、蓄势待发　亮剑南天

轰轰烈烈、光耀千秋的云南辛亥革命就这样画上了圆满的句号，历史又翻开了新的一页，云南在未来的历史长河中扮演了更加精彩、更为耀眼的角色，成为中华民国生死攸关的中流砥柱。

总结辛亥革命近四年后云南的发展态势，我们用八个字来加以概括，那就是"蓄势待发、亮剑南天"。

正如前面的分析，云南军都督府的现代化建设为云南的发展奠定了坚实的基础；滇军在援川、援黔、援藏等军事行动中，积累了丰富的实战经验，敢战善战；唐继尧回任云南都督后，进行了一系列的改革与建设，特别是对边疆少数民族地区的巡阅和治理，稳定了西南的国防前沿，等等。可以说，这一时期的云南仍然是奋发向上的。唐继尧志向远大，以国事为己任，养精蓄锐，蓄势待发，时刻准备在事关国家命运的重大问题上再次发出西南强劲的声音。

相对于云南的奋发向上，全国的形势却是乌云密布，黑云压城，中华民国大总统袁世凯帝制自为，新兴的资产阶级民主共和政体岌岌可危。

为了挽救无数革命志士以生命和鲜血建立起来的中华民国，"为国民争人格"，已经调到北京任经界局督办的蔡锷、梁启超为主的进步党、孙中山领导的中华革命党、黄兴为首的欧事研究会等，纷纷投入了反对袁世凯复辟帝制的行列。由于没有军事势力，他们不约而同，都将目光投向政治稳定、"滇军精锐冠于全国"的云南，以云南、贵州为武装讨袁的基地。云南众望所归，一时成为全国关注、世界关注的焦点。

面对如此形势，唐继尧与云南军民审时度势，决不退缩，以救国救民为己任，勇敢地承担起砥柱中流、力挽狂澜的任务。他们积极进行政治、军事等方面的秘密准备，广纳各方英雄豪杰，派人与蔡锷、孙中山、黄兴甚至袁世凯的嫡系北洋将领冯国璋等协调联系。1915 年 12 月 19 日，蔡锷冲破重重困难，从日本经香港乘滇越铁路火车抵达昆明。12 月 25 日，唐继尧、蔡锷、李烈均等发出通电，宣布云南独立，组织护国军，出兵讨袁。云南军民以大无畏的精神首举义旗，亮剑南天。滇军健儿不避艰难，迎着狂风，顶着暴雨，冲锋在前，前赴后继，给袁世凯精锐的北洋军以沉重打击。随着全国各地的逐渐响应，袁世凯被迫于 1916 年 3 月 22 日撤销帝制，废除"洪宪"年号，恢复"中华民国"纪年。6 月 6 日，袁世凯在内外交困中因病去世。

云南军民首倡的护国起义获得了全面的胜利，维护了中华民国的共和政体，避免了历史的更大倒退。我们可以说，护国首义是云南辛亥革命在中国西南地区的继续和发展，也是全国范围内伟大的辛亥革命的新高潮。

在护国首义中，云南军民勇于亮剑、敢于亮剑的敢为天下先的精神，已经成为辛亥革命精神的精髓所在，值得我们永久纪念，发扬光大。

这些，又是另外一部著作要深入研究和阐述的内容。

主要参考文献

1. 周钟嶽总纂，蔡锷审订：《云南光复纪要》，李东平整理，云南省文史研究馆、云南省社会科学院文献研究室，1981 年 8 月。

2. 中国科学院历史研究所第三所编：《云南、贵州辛亥革命资料》，科学出版社 1959 年 1 月版。

3. 中国人民政治协商会议云南省委员会文史资料委员会编：《纪念辛亥革命七十周年》，《云南文史资料选辑》第 15 辑，1981 年。

4. 谢本书、荆德新等编：《云南辛亥革命资料》，云南人民出版社 1981 年 8 月版。

5. 中国人民政治协商会议云南省委员会文史资料委员会编：《云南辛亥革命资料选编》，《云南文史资料选辑》第 17 辑，1982 年。

6. 中国人民政治协商会议云南省委员会文史资料委员会编：《辛亥革命在云南》，《云南文史资料选辑》第 41 辑，云南人民出版社 1991 年 9 月版。

7. 中国人民政治协商会议云南省委员会文史资料委员会编：《重九风云》，《云南文史资料选辑》第 58 辑，云南人民出版社 2001 年 9 月版。

8. 云南省史学会、云南省中国近代史研究会编：《云南辛亥革命史》，云南大学出版社 1991 年 10 月版。

9. 《云南近代史》编写组：《云南近代史》，云南人民出版社 1993 年 9 月版。

10. 中国人民政治协商会议全国委员会文史资料委员会编：《辛亥革命在各地——纪念辛亥革命八十周年》，中国文史出版社 1991 年 9 月版。

11. 中国科学院历史研究所第三所编：《云南杂志选辑》，科学出版社 1958 年 11 月版。

12. 中国史学会主编：中国近代史资料丛刊《辛亥革命》，上海人民出版社 1957 年 7 月版。

13. 章开沅、罗福惠、严昌洪主编：《辛亥革命史资料新编》，湖北人民出版社 2006 年 9 月版。

14. 中国人民政治协商会议全国委员会文史资料研究委员会编：《辛亥革命回忆录》，第 1、3、6、7 集，文史资料出版社 1981、1982 年版。

15. 中国社会科学院近代史研究所近代史资料编辑组：《辛亥革命资料类编》，中国社会科学出版社 1981 年 12 月版。

16. 龙云、卢汉修，周钟嶽等纂：《新纂云南通志》，李春龙、刘鸿斌等点校，云南人民出版社 2007 年 3 月版。

17. 民国云南通志馆编：《续云南通志长编》，云南省志编纂委员会办公室，1985 年 12 月。

18. 蔡端编：《蔡锷集》，文史资料出版社 1982 年 11 月版。

19. 曾业英编：《蔡松坡集》，上海人民出版社 1984 年 7 月版。

20. 朱育和、欧阳军喜、舒文：《辛亥革命史》，人民出版社 2001 年 3 月版。

21. 隗瀛涛、赵清主编：《四川辛亥革命史料》（上、下），四川人民出版社 1981 年 9 月版，1982 年 2 月版。

22. 冯祖贻、顾大全：《贵州辛亥革命》，贵州人民出版社 1981 年 8 月版。

23. 郝文征、冯祖贻、顾大全主编：《贵州辛亥革命资料选编》，贵州人民出版社 1981 年 11 月版。

24. 〔英〕H.R 戴维斯著，李安泰、和少英等译：《云南：联结印度和扬子江的锁链——19 世纪一个英国人眼中的云南社会状况及民族风情》，云南教育出版社 2000 年 4 月版。

25. 杨学政主编：《云南宗教史》，云南人民出版社 1999 年 11 月版。

26. 谢本书：《讨袁名将——蔡锷》，兰州大学出版社 1997 年 1 月版。

27. 东南编译社编述：《唐继尧》，震亚图书局 1925 年 1 月版。

28. 郑学浦等编著：《唐继尧传》，香港陈鸿澄发行，1997 年 3 月。

29. 李根源著、李希泌编校：《新编曲石文录》，云南人民出版社 1988 年 1 月版。

30. 李根源：《雪生年录》，沈云龙主编《近代中国史料丛刊》第二辑，台北文海出版社。

31. 崇谦：《宦滇日记》，抄本，存云南省图书馆。

32. 秦国经主编：中国第一历史档案馆藏《清代官员履历档案全编》，华东师范大学出版社1997年10月版。

33. 刀安禄、杨永生等编著：《刀安仁传略》，云南民族出版社2001年3月版。

34. 曹成章：《民主革命先驱刀安仁》，中国社会科学出版社2010年3月版。

35. 庾恩旸：《云南普防巡阅管见录》，昆明巡阅使行营，1915年。

36. 庾恩旸：《云南首义拥护共和始末记》（上、下册），云南图书馆1917年排印本。收入沈云龙主编"袁世凯史料汇刊续编"，16，台北文海出版社1966年版。

37. 柯树勋编辑：《普思沿边志略》，云南开智公司代印，1916年。

38. 侯祖荣编著：《西双版纳现代历史人物——柯树勋传，李拂一先生与西双版纳》，远方出版社2002年3月版。

39. 潘先林：《民族史视角下的近代中国论稿》，云南大学出版社2009年11月版。

40. 《西藏研究》编辑部编：《民元藏事电稿·藏乱始末见闻记四种》，西藏人民出版社1983年2月版。

41. 周立英：《晚清留日学生与云南近代化》，云南大学专门史（中国民族史）专业博士学位论文，打印稿，2004年5月。

42. 《滇话》杂志社：《滇话》，第1、2、5号，存云南省图书馆。

43. 迤西陆防各军总司令部编：《西事汇略》卷八《边备》、卷九《殖边》，1912年7月铅印本。

44. 云南省社会科学院历史研究所（原署云南省历史研究所）编：《研究集刊》。

45. 云南省社会科学院历史研究所编：《云南现代史料丛刊》。